귀나팔

THE HEARING TRUMPET
by Leonora Carrington

리어노라 캐링턴
귀나팔

이지원 옮김

wo
rk
—
ro
om

일러두기

이 책은 리어노라 캐링턴의 『귀나팔』을 한국어로 옮긴 것이다. 1996년 미국
보스턴의 이그젝트 체인지(Exact Change)에서 출간된 책을 번역 저본으로
삼았다. 삽화는 리어노라 캐링턴의 둘째 아들인 미술가 파블로 바이스
캐링턴(Pablo Weisz Carrington)이 그렸다.

본문의 주는 옮긴이가 작성했다.

원문에서 이탤릭체로 표기된 라틴어는 방점으로, 전체가 대문자로 강조된 단어는
굵은 고딕체로 구분했다.

차례

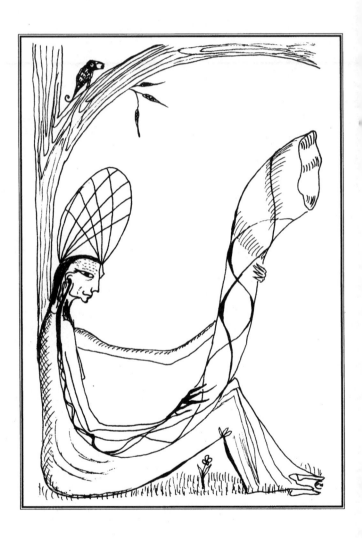

작가에 대하여

리어노라 캐링턴(Leonora Carrington, 1917-2011)은 영국 태생의 멕시코 초현실주의 화가이자 소설가이다. 런던에서 그림을 배우던 캐링턴은 독일 출신의 화가 막스 에른스트를 만나고, 함께 프랑스로 거처를 옮겨 파리의 초현실주의자 모임에 참여한다. 몇몇 초현실주의 전시에서 작품을 선보이고 단편소설집 『공포의 집』을 프랑스어로 출간했던 캐링턴은 제2차 세계대전이 발발하면서 에른스트가 군 수용소에 억류되자 정신착란을 겪기 시작한다. 스페인, 포르투갈 등을 전전하다가 멕시코 대사이자 시인이었던 레나토 르두크의 도움으로 혼인신고를 한 뒤 뉴욕으로 떠나 에른스트, 브르통, 부뉴엘, 뒤상 등 초현실주의자들과 다시 교류하게 된다. 이어 멕시코시티에서 뱅자맹 페레, 레메디오스 바로, 옥타비오 파스, 디에고 리베라 등과 조우하고, 특히 바로와 신비주의에 대한 생각을 나누며 가깝게 지낸다. 르두크와 이혼한 캐링턴은 헝가리 출신의 사진기자와 재혼하고, 아들 가브리엘과 파블로를 낳는다. 1948년 뉴욕의 피에르 마티스 갤러리에서 여성 중 처음으로 개인전을 열고, 1950년에는 멕시코시티에서 개인전을 여는 한편 『귀나팔』을 완성한다. 이후 멕시코시티 국립현대미술관과 몬테레이 현대미술관, 런던 서펜타인 갤러리 등에서 개인전을 열고, 미국 여성예술코커스의 평생공로상과 멕시코 국가과학예술상 등을 수상했다. 2011년 5월 25일, 멕시코시티에서 94세로 사망했다.

이 책에 대하여

『귀나팔』은 리어노라 캐링턴이 1950년에 멕시코에서 영어로 쓴 글이다. 전쟁과 맞물려 연인과 이별하고 정신착란을 겪으며 이곳저곳을 떠돌게 되었던 캐링턴은 멕시코에 정착해 미술가로 활발히 활동하는 한편 아이 둘을 낳고 길렀다. 비록 한 인터뷰에서 멕시코에 대한 애증의 감정을 밝히기도 했지만, 어쨌든 인생의 한가운데에서 새로운 삶을 만들어 가게 된 곳에서 완성한 소설이다. 이 책은 1974년에 프랑스 출판사 플라마리옹(Flammarion)에서 'Le Cornet acoustique'라는 제목으로 먼저 출간되었고, 1976년에 영어로 출간되었다. 한국어판 『귀나팔』은 1996년 미국 보스턴의 출판사 이그잭트 체인지(Exact Change)에서 펴낸 영어 판본을 한국어로 옮긴 것으로, 이 판본에는 리어노라 캐링턴의 둘째 아들인 미술가 파블로 바이스 캐링턴의 삽화가 곳곳에 실려 있다(삽화의 저작권을 문의하자, 파블로는 이 그림들을 책의 일부로 간주하기에 자유롭게 사용해 달라고 답해 왔다). 현재는 2021년 뉴욕 리뷰 북스(New York Review Books)에서 새로 출간된 판본으로도 접할 수 있다.

친구가 말한다. 이 굉장한 나팔이 네 삶을 바꿔 놓을 거야.

이 책의 주인공은 아흔두 살의 여자 노인 메리언 레더비이다. 메리언의 고백대로, 아흔두 살에도 미래는 언제나 불확실하다. 일찌감치 이를 깨달았을 메리언의 창조자, 당시 30대의 리어노라 캐링턴은 자신이 보고자 하는 노인의 미래를 마음껏 새롭게 그려 본다. 메리언은 캐링턴에게서 환상을 살아가면서 시간을 확장해 나가는 삶을 선물받았다. 아흔두 살이라는 나이와 무관히 꿈을 품고 있었던 이에게 합당한 선물이다.

꿈에 이어 메리언의 시간을 확장한 또 다른 축은 가족 대신 친구가 세운다. 메리언은 (캐링턴의 멕시코 생활을 지탱해 주었던 친구 미술가 레메디오스 바로의 머리색을 연상케 하는 빨간색 가발을 애용하는) 옛 친구에게 선물받은 귀나팔을 통해 새 친구들의 세상을 듣는다. 친구들은 메리언의 삶을 다른 것들과의 부딪힘을 흥미진진하게 감당해 나가는 시간으로 만들어 간다. 부딪힘은 기적을 만들어 내는 조건이 되기에.

그래서 친구의 말대로, 이 굉장한 나팔이 주인공의 삶을 바꿔 놓았는가? 들을 수 없어 세상과 단절되어 가던 여자이자 노인은 귀나팔을 통해 다른 말들을 들으며 세상에 귀 기울일 수 있었다. 귀나팔은 기적의 조건이 되는 부딪힘을 만들어 내는 도구가 되었다.

이 책은 누군가의 미래가 귀나팔을 사용한 기록이다. 노인의 삶, 여성의 삶, 동물과의 공존 등이 지금의 우리가 꿈꾸어도 좋을 미래의 찬란한 기록을 이룬다.

편집자

내게 귀나팔을 선물했을 때, 카르멜라는 결말을 어느 정도 예견했던 것 같다. 카르멜라는 악의적이라 할 수는 없고 다만 유머 감각이 묘할 뿐이다. 이 귀나팔은 귀나팔 중에서도 상당히 훌륭한 표본으로, 아주 현대적이라고 할 수는 없었다. 하지만 은과 자개로 상감하고, 물소의 뿔처럼 웅장한 곡선을 그리는 특출하게 예쁜 것이었다. 귀나팔의 장점은 미적인 면모에서 그치지 않고 소리를 증폭하는 성능도 대단해서 내 귀에도 일상 대화가 웬만큼 들릴 정도였다.

나이가 내 모든 감각을 손상시킨 것은 아니라는 점을 여기서 분명히 하고 싶다. 책을 읽을 때 안경을 쓸지언정 내 시력은 여전히 좋다. 실제로 책을 읽진 않지만 말이다. 물론 류머티즘 때문에 뼈가 좀 휘기는 했다. 하지만 날씨가 온화할 때 산책을 가고 일주일에 한 번씩 목요일마다 방을 빗자루로 쓰는 걸 방해할 정도는 아니다. 특히 비질은 유용하면서도 마음을 고양시키는 운동이다. 또 덧붙이자면, 나는 내가 여전히 쓸모 있는 사회 일원이라고 생각하고 그럴 만한 상황에서는 상냥하고 재미있는 사람 구실을 할 능력이 된다고 믿는다. 이빨이 하나도 없고 틀니마저 끼지 못한다는 점을 불편하게 여긴 적도 없는데, 누구를 깨물어야 할 일도 없을뿐더러, 구하기 쉽고 소화도 잘 되는 부드러운 음식에는 여러 가지가 있기 때문이다. 으깬 채소, 초콜릿, 따뜻한 물에 담근 빵이 내 소박한 식생활의 근간을 이룬다. 고기는 전혀 먹지 않는다. 씹기

11

도 힘든 것을 먹자고 동물의 생명을 뺏는 건 옳지 않다고 생각한다.

나는 이제 아흔두 살이고 한 15년간 아들네 가족과 함께 살았다. 우리 집은 주거지역에 위치해 있고, 영국식으로 표현하자면 작은 정원이 딸린 반(半)단독주택이다. 이 나라에서는 어떻게 부르는지 모르지만 스페인어로 "공원이 있는 널찍한 주택" 같은 것일 테다. 이건 사실이 아니다. 이 집은 널찍하지 않고, 비좁고, 공원 비슷한 것도 찾아볼 수 없다. 하지만 멋진 뒷마당이 있어서 나와 내 고양이 두 마리, 암탉 한 마리, 가정부와 그 집 아이들 둘, 파리 몇 마리, 용설란이라 불리는 선인장 식물 하나와 함께 쓴다.

내 방은 이 다정한 뒷마당을 향하고 있는데, 오르내릴 계단이 없기 때문에 아주 편리하다. 문만 열어도 밤에 별을, 또는 내가 유일하게 견딜 수 있는 햇살인 이른 아침 해를 누릴 수 있다. 가정부 로지나는 원주민 여자로 성격이 뚱하고 인류 전체에 대체로 반감을 갖는 듯하다. 나를 인간으로 여기지 않기 때문에, 우리 관계는 나쁘지 않다. 그녀에게 용설란과 파리와 나는 뒷마당을 차지하는 것, 풍경의 한 요소로 존재하고 또 그렇게 여겨진다. 고양이는 좀 다르다. 고양이들의 개성은 로지나의 기분에 따라 격렬한 기쁨 또는 분노를 야기한다. 로지나는 고양이에게는 말을 걸면서 자기 아이들과는 전혀 말하지 않지만, 나름의 방식으로 아이들을 아낀다고 생각한다.

12

나는 이 나라를 단 한 번도 이해할 수 없었고 이제 다시는 북쪽으로 돌아갈 수 없을까 봐, 이곳을 영원히 벗어날 수 없을까 봐 두려워지기 시작했다. 하지만 희망을 잃어서는 안 된다. 기적은 일어나고, 실제로 상당히 자주 일어나니까. 사람들은 어떤 나라에 가는 데 50년이 걸린다고 하면, 대개 반평생도 넘는 시간이기에 너무 길다고 생각한다. 하지만 내게 50년은 그저, 내가 있기 싫은 어딘가에 갇혀 있는 시간의 공간일 뿐이다. 나는 지난 45년간 벗어나려는 노력을 계속해 왔다. 어째서인지 한 번도 벗어나지 못했는데, 나를 이 나라에 잡아 두는 마법 주문 같은 게 있나 보다. 언젠가는 순록과 눈, 벗나무, 초원, 개똥지빠귀의 노래를 행복하게 음미하면서, 내가 여기에 이렇게까지 오래 있었던 이유를 찾아낼 것이다.

이 꿈의 목표가 언제나 영국이었던 것은 아니다. 사실 나는 특별히 영국에 자리 잡고 싶은 마음은 없지만 런던에 계시는 어머니를 찾아뵙기는 해야 할 것이다. 어머니는 점점 늙고 계신다. 여전히 매우 건강하시긴 하다. 일백한 살은, 최소한 성서의 관점에서는, 그렇게 대단한 나이가 아니다. 어머니의 집사인 마그레이브는 내게 버킹엄 궁전 엽서를 보내면서 어머니가 휠체어를 타시며 매우 활기차게 지내신다고 알려 준다. 휠체어에 탄 사람이 어떻게 활기찰 수 있는지는 도무지 모르겠다. 어머니가 눈이 거의 멀었지만 수염은 없다고 마그레이브가 말하는 걸 보니 아마 작년 크리스마스 선물로 보낸 내 사진을 염두에 두고 있는 것 같다.

나는 실제로 짧은 회색 수염이 났는데, 평범한 사람이 보기에는 역겨울 수도 있겠다. 개인적으로는 멋져 보인다고 생각한다.

영국에서는 길어야 몇 주만 보내면 될 것이고 그 후에는 내 평생의 꿈과 조우해서 개들, 북슬북슬한 개들이 끄는 썰매를 타러 라플란드로 갈 것이다.

이 모든 것은 여담일 뿐, 내 정신이 오락가락한다고 생각하지는 않았으면 좋겠다. 내 정신은 오락가락하지만 내가 바라는 것 이상으로 그러지는 않는다.

여하튼 나는 아들 갤러해드와 같이, 주로 뒷마당에서 산다.

갤러해드는 식구가 많은 편이지만 절대 부자는 아니다. 정식 대사가 아닌 영사관 직원의 작은 월급으로 먹고산다. (정식 대사는 정부에서 더 두둑한 연봉을 받는다고 들었다.) 갤러해드는 시멘트 공장 관리자의 딸과 결혼했다. 부인 이름은 뮤리얼이고 부모 둘 다 영국인이다. 뮤리얼은 자식이 다섯인데 그중 막내는 여전히 우리와 같이 산다. 이 애의 이름은 로버트고, 스물다섯 살에 아직 미혼이다. 로버트는 상냥한 성격이 아니어서 어렸을 때부터 고양이들에게 못되게 굴었다. 게다가 오토바이를 타고 다니고 집에 텔레비전을 들이기도 했다. 그 이후로 내가 우리 집의 앞채 쪽에 가는 일이 현저하게 줄었다. 요즘 혹여나 갈 일이 생길 때는, 이렇게 말해도 된다면, 유령 같

14

은 형태로 다녀온다. 최근 내 식사 예절이 색달라져서 그러는 편이 나머지 식구한테 모종의 안도감을 선사하는 것 같다. 나이가 들면 다른 사람들의 별난 취향에 더 무심해지기 마련이다. 내가 마흔 살이었다면 붐비는 전차나 버스에서 오렌지를 먹는 걸 망설였을 테지만 오늘날이라면 오렌지 정도는 태연하게 먹을 수 있고, 한걸음 더 나아가, 아무 대중교통에 타서 얼굴 하나 붉히지 않고 식사 한 끼를 마친 뒤 별미로 이따금 즐기는 포트와인 한 잔으로 입가심까지 할 수도 있다.

그럼에도 불구하고 나는 내 구실을 하고 내 방 옆에 있는 부엌에서 일을 돕는다. 야채 껍질을 벗기고, 닭 모이를 주고, 또 앞서 말한 대로 목요일이면 방을 쓰는 등 과격한 활동도 한다. 난 누구에게도 피해 주지 않고, 남의 도움 없이 내 몸을 깨끗이 씻는다.

매주 사소한 즐거움이 적당히 찾아온다. 월요일에는 날씨가 온화하면 길을 따라 두 블록을 걸어서 친구 카르멜라를 보러 간다. 카르멜라는 아주 작은 집에서 조카랑 같이 사는데, 조카는 스페인 사람이긴 하지만 스웨덴식 찻집에서 케이크를 굽는 일을 한다. 카르멜라는 아주 쾌적한 삶을 살고 있고 정말이지 매우 지적이다. 손잡이가 달린 안경을 사용해 책을 읽고 나와 달리 혼자 중얼거리지 않는다. 기발한 스웨터를 짜기도 하지만 그녀의 진짜 즐거움은 편지 쓰는 것에 있다. 카르멜라는 전 세계에 있는 생면부지의 사람에게 편지를 쓴 다음 본명이 아닌 각종 낭만적인 이름으로 편지 끝에 서명을 한다. 카르멜라가 익명의 편지를 경멸하기도 하지만 무엇보다 효율성을 감안한 것이다. 끝에 이름을 서명하지 않은 편지에 누가 답장을 쓰겠나? 카르멜라의 섬세한 필체로 쓰인 이 놀라운 편지들은 천상의 방식으로, 항공우편으로 날아간다. 누구도 답장을 보내지 않는다. 이게 바로 인류의 불가사의한 면모다. 사람들은 뭔가를 할 시간이 항상 없다.

어느 화창한 월요일 아침에 나는 언제나처럼 카르멜라를 찾아갔는데 카르멜라가 현관 앞 계단에서 날 기다리고 있었다. 매우 흥분해 있음을 한눈에 알아차릴 수 있었다. 가발 쓰는 걸 깜빡했기 때문이다. 카르멜라는 대머리다. 허영심이 좀 있는 편이라 평소 같으면 가발 없이는 절대 길에 나오지 않았을 거다. 카르멜라의 빨간 가발은 오래전 사라진 머리칼을 기리는 여왕적 제스처 같은 것으로, 내 기억이 맞다면 원래 머리도 가발처럼 빨간색이었다. 이 월요일 아침의 카르멜라는 평소의 영예로운 왕관은 벗은 상태였지만 아주 신나서 원래 습관과 달리 혼잣말까지 하고 있었다. 나는 그날 아침 암탉이 낳은 달걀 한 알을 주려고 가져왔는데 카르멜라가 내 팔을 잡아채는 바람에 떨어뜨리고 말았다. 정말 안타깝게도 달걀은 돌이킬 수 없는 상태가 되었다.

"계속 기다렸잖아, 메리언. 20분 늦었어." 카르멜라는 깨진 달걀은 쳐다보지도 않고 말했다. "이러다가 언젠가는 와야 한다는 것도 까먹겠어." 나야 당연히 듣지를 못하니 카르멜라의 목소리가 가냘픈 비명처럼 들렸고 이와 비슷한 말을 하는 거라 짐작할 도리밖에 없었다. 카르멜라는 나를 집으로 끌고 들어간 다음, 몇 번의 시도 끝에 나를 위한 선물을 준비했다는 사실을 이해시켰다. "선물, 선물, 선물." 전에도 카르멜라가 뜨개질한 것이며 식료품이며 선물을 준 적이 몇 번 있었지만, 이렇게까지 신나 있는 걸 본 적은 없었다. 그녀가 귀나팔의 포장을 풀었을 때, 나는 그게 먹거나 마시는 데 쓰는 물건인지 그냥 장식품인지 알 수가 없었다. 여러 복잡한 제스처 끝에 카르멜라가 귀나팔을 내 귀에 갖다 댔고, 가냘픈 비명으로 들렸던 소리가 성난 황소 울음소리처럼 내 머릿속으로 파고들었다. "메리언, 내 목소리 들리니?"

물론 들렸고, 무시무시했다.

"메리언, 내 목소리 들려?"

나는 말없이 고개를 끄덕였다. 로버트의 오토바이보다도 듣기 싫은 끔찍한 소리였다.

"이 굉장한 나팔이 네 삶을 바꿔 놓을 거야."

마침내 내가 말했다. "세상에, 소리 지르지 마, 불안해지잖아."

"기적이네!" 카르멜라가 여전히 신나서 말했고, 더 작은 소리로 이어 갔다. "앞으로는 네 삶이 달라질 거야."

우리는 같이 앉아서 제비꽃향 로젠지를 빨아 먹었다. 숨에 향을 더해 주어서 카르멜라가 좋아하는 사탕인데, 나도 이제 그 고약한 맛에 익숙해졌고 또 카르멜라를 향한 애정 때문에 좋아지기 시작했다. 우리는 나팔의 혁명적 가능성에 대해 생각했다.

"이제는 앉아서 아름다운 음악이나 지적인 대화를 들을 수도 있고, 너희 식구들이 너에 대해서 뭐라고 말하는지 염탐할 수 있는 특권도 생기는 거야. 정말 흥미진진할 거야." 카르멜라는 로젠지를 다 먹은 후 특별한 날을 위해 아껴 둔 작고 검은 시가를 피우고 있었다. "너도 알겠지만 이 나팔은 기밀로 유지해야 돼. 자기들이 하는 말을 듣지 못하게 하려고 빼앗아 갈 수도 있으니까."

"나한테 무언가를 숨길 이유가 있을까?" 극적인 상황에 대한 카르멜라의 열망은 구제 불능이라고 생각하면서 내가 물었다. "내가 무슨 해를 끼치는 것도 아니고 날 거의 보지도 않는걸."

"그건 모를 일이야." 카르멜라가 말했다. "일흔 살과 일곱 살 사이의 인간은 고양이가 아닌 이상 믿어서는 안 돼. 지나치게 조심해서 나쁠 게 없어. 그리고 사람들이 네가 귀가 먹었다고 여기고서 말하는 걸 엿들을 때 그 짜릿한 권력을 상상해 봐."

"이 나팔을 못 볼 리 없어." 내가 미심쩍어 하며 말했다. "물소 뿔인 거 같은데, 물소는 정말 큰 동물이잖아."

"당연히 쓸 때는 못 보게 해야지. 어디엔가 숨어서 들어야 돼." 그렇게 생각해 본 적은 없었는데, 분명 그런다면 무한한 가능성이 보장될 것이다.

"어쨌든 생각해 줘서 고마워, 카르멜라. 이 자개 꽃

문양도 정말 아주 예뻐, 재커비언 양식*처럼 보이네."

"그리고 내가 가장 최근에 쓴 편지도 들려줄게, 너한
테 읽어 주려고 아직 안 보냈거든. 영사관에서 파리 전화
번호부를 훔친 다음부터 생산량이 더 늘었어. 파리에 얼
마나 아름다운 이름이 많은지 상상도 못 할 거야. 이 편
지는 파리 2구의 레히트 포탱 가에 사는 므시외 벨베데르
우아즈 누아시스에게 보내는 거야. 이렇게 낭랑한 이름은
일부러 만들어 내려고 해도 못 만들어. 내 생각에 이 남자
는 좀 쇠약하고 늙었지만 여전히 우아한 신사고, 열대의
버섯에 취미가 있어서 앙피르 양식** 옷장에다 버섯을 기
를 거야. 자수를 놓은 조끼를 입고 보라색 여행 가방을 들
고 여행하겠지."

"있지, 카르멜라, 가끔 생각했던 건데, 한 번도 못 본
사람한테 네 상상을 강요하지 않으면 답장을 받을 수 있
을지도 몰라. 므시외 벨베데르 우아즈 누아시스는 의심할
여지 없이 정말 좋은 이름이지만, 고리버들 바구니를 수
집하는 뚱뚱한 사람일 수도 있잖아? 아니면 여행을 싫어
해서 여행 가방이 없을 수도 있고, 항해를 갈망하는 젊은
남자일 수도 있고? 더 현실적일 필요가 있을 것 같아, 내
생각엔."

"넌 가끔 지나치게 부정적이야, 메리언. 물론 네가
마음이 선하다는 건 알지만, 우리 불쌍한 므시외 벨베데

---

* 17세기 초, 잉글랜드와 스코틀랜드의 제임스 1세 시기에 유행한 양식.
** 19세기 초에 유행했던 신고전주의의 한 양식.

르 우아즈 누아시스가 고리버들 바구니를 수집하는 것처럼 하찮은 일을 할 이유는 없어. 쇠약하긴 하지만 호쾌한 분이라고. 므시외가 히말라야에 주문한 종을 더 풍성하게 번식시킬 수 있게 버섯 포자를 좀 보내 주려고 해." 내가 더 이상 할 말을 찾지 못하자 카르멜라가 편지를 소리 내 읽기 시작했다. 그녀는 절벽 끝에 갇힌 새끼 회색 곰의 생명을 구해 주려다가 팔 하나를 잃은 유명 페루 등산가인 척했다. 어미 곰이 무정하게도 팔을 물어뜯은 것이다. 나아가 높은 고도에서 자라는 균류에 대한 각종 정보를 나열한 뒤, 표본을 보내 주겠다고 제안했다. 내가 보기에 카르멜라는 너무 많은 것을 당연하게 여기는 것 같았다.

카르멜라의 집을 나왔을 때는 점심시간 무렵이었다. 나는 내 비밀스러운 상자를 숄 아래에 숨긴 채 힘을 아끼려고 아주 천천히 걸었다. 이때쯤에는 다소 흥분한 상태여서 점심 메뉴가 토마토 수프라는 사실도 거의 잊고 있었다. 자주 먹지는 못해도, 난 캔에 담긴 토마토 수프를 항상 아주 좋아했다.

은근히 들뜬 마음에 평소처럼 뒤쪽으로 돌아가는 대신 앞문으로 들어가겠다는 생각이 들었다. 뮤리얼이 책장 뒤에 숨겨 놓은 초콜릿을 한두 개 훔쳐야겠다는 생각을 살며시 하고 있었다. 뮤리얼은 단것에 아주 욕심을 부렸는데, 조금만 더 나눌 줄 알았다면 그렇게 뚱뚱하진 않을 것이다. 그녀는 의자의 기름 얼룩을 감출 만한 장식 덮개를 사러 시내에 간 터였다. 나는 개인적으로는 장식 덮개를 좋아하지 않고, 씻기 쉬운 고리버들 의자를 선호한다. 더러워졌을 때 천처럼 우울하지 않으니까. 운 없게도 로버트가 거실에서 친구 둘에게 칵테일을 대접하고 있었다. 모두가 날 쳐다봤고, 내가 월요일 산책을 다녀오는 길이라고 설명하자 다들 재빨리 시선을 돌렸다. 이빨이 없어서 내 발음은 전처럼 좋지 못하다. 내가 독백을 시작한 지 얼마 지나지 않아 로버트가 내 팔을 거칠게 붙잡고 부엌으로 통하는 복도로 나를 쫓아냈다. 그는 명백히 화가 나 있었다. 카르멜라가 말한 것처럼, 일흔 살과 일곱 살 사이의 인간은 믿어서는 안 된다.

언제나처럼 나는 부엌에서 점심을 먹은 뒤 고양이 마르민과 차차의 털을 빗겨 주러 방으로 돌아갔다. 나는 매일 고양이 털을 빗기는데, 털을 깔끔하고 반짝반짝하게 유지해 주고 또 빗에 걸린 털을 모아서 카르멜라에게 주기 위해서다. 충분히 모이면 카르멜라가 그걸로 스웨터를 짜 주겠다고 약속했다. 벌써 작은 잼 병 두 개에 보드라운 털을 가득 모았다. 겨울에 입을 따뜻한 옷을 즐겁고 경제적으로 마련할 수 있는 방법 같다. 카르멜라는 팔 없는 카디건이야말로 추운 날씨에 쓸모가 가장 많은 옷이라고 여긴다. 4년 동안 병 두 개를 채웠으니 옷 한 벌을 완성할 만큼의 털을 모으려면 시간이 더 걸릴 것이다. 라마 털을 조금 섞어서 짤 수도 있을 것 같지만, 카르멜라는 그러면 반칙이라고 말한다. 전에 로지나의 사촌이 간편한 원주민 물레를 선물로 준 적이 있다. 연습 삼아 자투리 면을 써서 튼튼하고 실용적인 밧줄을 잣는 중이다. 고양이 털이 충분히 모일 때쯤이면 얇은 털실을 뽑을 줄도 알게 될 것이다. 이 업무는 꽤 성취감이 높아서, 내가 북쪽을 향한 그리움을 이렇게까지 깊이 느끼지만 않았다면 솔직히 상당히 행복했을 것 같다. 세상 사람들에 따르면 여기서 북극성을 볼 수 있고, 북극성은 절대 움직이지 않는다고 한다. 카르멜라가 별자리조견반을 하나 갖고 있긴 하지만 사용법을 알 수가 없고 그에 관해 물어볼 사람도 세상엔 많지 않다.

나는 귀나팔을 숨겨 둔 후 오후 일과에 돌입했다.

빨간 암탉이 내 침대에 달걀을 하나 더 낳은 것으로 보였고 마르민은 꼬리털 빗기에 저항하고 있었다. 모두 평소와 마찬가지였다. 갑자기 갤러해드가 방에 출현하자 나는 까무러칠 정도로 놀랐다. 아들이 날 찾아온 적은 물탱크가 터져서 배관공이랑 같이 들어왔던 게 마지막이었다. 갤러해드는 문간에 서서 입을 움직였다. 뭐라고 말하고 있는 것 같다.

그런 다음 그는 내 서랍장에 포트와인 한 병을 올려놓고, 입을 더 움직인 다음 나갔다. 갤러해드의 이런 희한한 행동 때문에 나는 저녁까지 생각에 잠겼다. 그 애의 방문을 설명할 만한 이유를 찾을 수 없었다. 내 생일도 아니고, 갤러해드가 생일 선물을 준 적도 없다. 날씨로 보건대 크리스마스도 아니다. 어디서 이렇게 갑자기 사치스러운 습관이 생겨난 것일까?

그때만 해도 그 사건을 불길하게 해석하지는 않았던 것 같고 그저 궁금하고 놀란 상태였다. 내가 카르멜라처럼 심리를 파악하는 통찰력이 있었다 해도 완전히 파악하지는 못하고 어느 정도의 고민에 사로잡혔을 것 같다. 여하튼, 이후에 어떤 일이 발생할지 미리 알았더라도 기다리는 것 외에는 별다른 도리가 없었을 것이다.

내 삶의 많은 부분은 기다리는 일에 쓰였고, 대부분의 기다림에는 결실이 없다. 최근에는 조리 있는 생각을 거의 하지 않지만 그래도 이때만은 행동 계획을 실제로 세웠다. 갤러해드의 평소와 다른 상냥함에 동기를 부여한 것이 무엇인지 알아내고 싶었다. 갤러해드가 보통의 인간적 감정을 느끼지 못한다고 말하려는 건 아니지만, 그 애는 살아 움직이지 않는 생명체에게 상냥하게 대하는 것을 시간 낭비라고 여긴다. 어쩌면 그 생각이 옳을 수도 있다. 하지만 다른 관점에서 보면, 내게는 용설란 선인장도 살아 있는 것이니까 나 역시 존재한다고 주장할 수 있다는 생각도 든다.

해가 저물고 저녁밥 시간이 지났을 때 나는 로지나가 방에 들어가길 기다린 다음 조심조심 귀나팔의 포장을 끌렀고, 방을 나서서 거실과 부엌 사이의 어두운 복도에 가 숨었다. 이 문은 언제나 열려 있었기에 지장 없이 가정생활의 한 장면을 목격할 수 있었다. 갤러해드는 뮤리얼과 마주한 채 전기 장작이 들어 있는 벽난로 곁에 앉아 있었다. 날씨가 많이 춥지 않아 벽난로의 불은 꺼져 있었다.

로버트는 좁다란 소파에 앉아서 아침 신문을 기다란 조각들로 찢고 있었다. 새로 장만한 장식 덮개가 의자와 소파 위에서 제 역할을 다하고 있었다. 술이 달린 진한 베이지색이라 실용적이고 빨기 쉬워 보였다. 우리 가족 세 명은 토론 같은 것을 하고 있었다.

"이런 일이 또다시 생기지 않는다 쳐도, 이미 벌어진 일은 어떻게 감당하냐고." 로버트가 말했고, 그 목소리가 너무 커서 나팔이 진동했다. "겁나서 이제는 집에 친구들을 못 데려오겠어."

"이미 다 결정 내린 거 아니니." 갤러해드가 말했다. "양로원에 가 계시는 편이 더 나을 거라고 모두 동의했는데, 그렇게 계속해서 흥분할 필요는 없지 않니."

"당신은 항상 결정이 20년씩 늦어." 뮤리얼이 말했다. "당신 어머니 때문에 지난 20년 동안 우리 다 계속 불안에 시달렸는데, 당신이 고집스럽고 추진력이 모자라서 여태까지 어머니를 우리 손에 맡겨만 두고 자기 감상만 채웠잖아."

"너무해 여보." 갤러해드가 소심하게 말했다. "당신도 잘 알잖아, 찰스 삼촌 돌아가시기 전까지만 해도 어머니를 시설에 모실 형편이 안 됐다고."

"정부에서 지원하는 노약자 시설도 있어." 뮤리얼이 쏘아붙였다. "어머니는 한참 전에 들어가셨어야 했어."

"여긴 영국이 아니야." 갤러해드가 말했다. "여기 시설은 사람이 있을 만한 데가 아니라고."

"할머니는," 로버트가 말했다. "사람 축에 속한다고 할 수 없어. 침이나 질질 흘리는 썩은 살덩이라고."

"로버트." 갤러해드가 미적지근하게 말했다. "로버트, 좀."

"아무튼 이제 할 만큼 했어." 로버트가 말했다. "보통 사람처럼 수다 떨고 술 한잔하려고 친구들 초대했더니, 웬 글람즈의 괴물*이 걸어 들어오더니 대낮부터 횡설수설하니 내쫓는 거 외에 무슨 수가 있겠어. 물론 살살 다루긴 했지만."

"당신 잘 들어." 뮤리얼이 덧붙였다. "이런 노인들은 당신이나 나처럼 느끼지 못해. 전문적으로 돌봐 주는 시설 같은 데서 훨씬 행복하실 거야. 요즘 그런 데는 정말 갖춰져 있대. 전에 내가 말한 산타브리지다에 있는 시설은 빛의 우물 형제단에서 운영하고 유명한 미국 시리얼 회사(통통 튀는 아침 시리얼 회사)에서 재정 지원을 한대. 시스템도 아주 체계적이고, 가격도 합리적이고 저렴해."

"그래, 전에 말했지." 갤러해드가 토론에 관심을 잃은 투로 말했다. "내 생각에도 어머니를 모실 만한 데인 것 같아. 거기서 어머니를 잘 돌봐 주겠지."

"그럼 언제 짐 싸서 보낼 거야?" 로버트가 말했다. "그럼 그 방을 오토바이 작업장으로 쓰면 될 거 같은데."

"급하게 서두를 필요는 없어." 갤러해드가 말했다.

---

* 글람즈의 괴물(Monster of Glamis)은 빅토리아시대에 퍼진 스코틀랜드 앵거스 지방의 괴담으로, 글람즈 성의 비밀 방에 산다는 기형의 인물 또는 반인반수를 말한다.

"일단 어머니한테 말씀드려야 해."

"말씀드린다고?" 뮤리얼이 놀라서 말했다. "어머니는 지금 자기가 어디 있는지도 모르셔. 내 생각엔 뭐가 바뀌었는지 알아차리지도 못하실 거야."

"아실 수도 있어." 갤러해드가 말했다. "어머니가 뭘 얼마만큼 이해하시는지는 우리가 봐서는 알 수 없어."

"당신 어머니는," 뮤리얼이 답했다. "노망 드셨어. 사실은 얼른 받아들여야지, 미룬다고 좋을 게 없어."

나는 잠시 나팔을 귀에서 뗐다. 팔이 아픈 이유도 있었다. 노망이라고? 그래 아마 맞는 말일 것 같긴 하지만, 노망이 무슨 뜻이지?

나는 다른 쪽 귀에 다시 나팔을 가져갔다. "할머니는 죽어야 돼." 로버트가 말했다. "그 나이가 되면 차라리 죽는 게 나아."

모직으로 된 잠옷을 입고 침대에 다시 누웠을 때, 나는 내 것이 아닌 듯한 오한으로 덜덜 떨고 있었다. 처음에는 끔찍한 생각이 반복되었다. "고양이, 고양이들은 어떻게 되는 거지? 그리고 카르멜라, 월요일 아침에 카르멜라는 어쩌고, 그리고 빨간 암탉은? 차라리 죽는 게 낫다는 걸 자기들이 어떻게 아는 걸까? 그걸 안다는 게 가능할까? 아 금성 님 (나는 항상 금성을 향해 기도한다. 금성은 너무도 밝고 눈에 띄는 별이다.) 대체 '빛의 우물 형제단'이 뭘까요? 죽음보다도 더 무시무시한 것처럼 들려요. 형제단은 다른 사람에게 나은 게 무엇인지 판단할 수 있는 음산한 지식을 갖고 있고, 당사자가 좋아하든 싫어하든 낮게 만들겠다는 강철 같은 신념을 지녔나 봐요. 아 금성 님, 제가 무슨 잘못을 저질렀다고 이런 일이 생기는 걸까요? 그리고 고양이들은 어떡하지, 마르민과 차차는 어떻게 될까? 고양이 털을 카디건으로 짜서 뼈를 따스하게 할 수도 없을 거야, 고양이 털은 영원히 입을 수 없겠지, 아마 유니폼을 입어야 할 거야, 침대에 매일 달걀을 낳을 빨간 암탉도 없을 거야."

이 모든 흉악한 상상과 생각으로 고통받으면서, 나는 잠보다는 강경증에 가까운 상태에 빠졌다.

다음 날 나는 카르멜라를 찾아가서 끔찍한 소식을 전할 수밖에 없었다. 조언이 필요했기에 귀나팔을 가지고 갔다.

"가끔 나는," 카르멜라가 말했다. "미래를 보는 것 같아. 벼룩시장에서 그 나팔을 봤을 때 이렇게 생각했어. '이건 딱 메리언을 위한 거야.' 그리고 곧장 샀지, 어떤 예감이 들었거든. 정말 처참한 소식이야, 뭔가 계획을 짜 봐야겠어."

"빛의 우물 형제단에 대해선 어떻게 생각해?" 내가 물었다. "난 겁나."

"빛의 우물 형제단은," 카르멜라가 말했다. "분명히 아주 사악한 걸 거야. 나이 든 여자들을 갈아서 아침용 시리얼로 만든다는 뜻이 아니라, 정신적으로 사악한 느낌이야. 하나같이 처참하게 들리네. 빛의 우물의 손아귀에서

28

널 구할 방법을 생각해 봐야겠어." 그럴 만한 이유가 없는데도 카르멜라는 왠지 신이 난 것 같았고, 상당히 속상해하는 게 분명했지만 싱긋 웃기까지 했다.

"고양이들을 데려가게 해 줄까? 네 생각은 어때?"

"고양이는 금지야." 카르멜라가 말했다. "시설에서는 원래 아무것도 좋아하면 안 돼. 그럴 시간이 없거든."

"이제 어쩌면 좋지?" 내가 말했다. "지금 자살을 하는 것도 너무 애석할 것 같아. 92년 동안 살면서 제대로 이해한 게 아무것도 없는걸."

"라플란드로 탈출할 수 있지." 카르멜라가 말했다. "텐트를 여기서 미리 짜 가면 거기 도착했을 때 새로 사지 않아도 될 거야."

"돈이 없어, 돈이 없으면 라플란드에 갈 수 없어."

"돈은 정말 성가신 존재야." 카르멜라가 말했다. "내가 돈이 있었으면 네게도 좀 주고, 라플란드로 가는 길에 같이 리비에라에서 휴양할 수 있을 텐데. 심지어 도박을 할 수도 있고 말이야."

카르멜라마저 쓸모 있는 조언을 해 줄 수 없었다.

집은 정말 몸이다. 우리가 간, 뼈, 살, 혈액순환을 내려놓지 못하듯 우리는 벽과 지붕과 집기와 스스로를 연결한다. 나는 미인이 아니다. 이건 거울을 보지 않아도 단언할 수 있는 절대적인 사실이다. 그럼에도 불구하고 나는 이 수척한 골격이 마치 비너스의 맑은 몸인 양 죽자고 붙들고 있는 것이다. 내가 당시 자리했던 뒷마당과 작

29

은 방, 내 몸, 고양이, 빨간 암탉, 내 몸 전체, 느릿한 내 혈액순환, 전부 마찬가지다. 이 친숙하고 사랑한, 그래, 사랑한 것들과 분리된다는 것은 「이중으로 행하는 사람」이라는 오래된 시의 한 구절처럼 "죽음, 진정으로 죽음"과 같았다.* 내 심장에 박힌 바늘과 거기서 긴 실처럼 흘러나오는 오래된 피를 치료할 약은 없었다. 그러면 라플란드와 북슬북슬한 개들은 어떡하지? 그것도 오래 간직한 습관을 완전히 거스르는 일이긴 하지만, 물론 그렇지만, 늙고 쇠약한 여자들을 위한 시설과는 하늘과 땅 차이다.

"혹시라도 10층 높이에 있는 방에 널 가둘지도 모르니까," 카르멜라가 시가에 불을 붙이며 말했다. "네가 짠 밧줄 있지, 그걸 넉넉히 가져가서 탈출해. 내가 밑에서 기관총이랑 자동차를 갖고 기다리고 있을게. 전세 자동차 같은 거 알지, 한두 시간 빌리는 건 그렇게까지 비싸진 않을 거야."

"기관총은 어디에서 구할 거야?" 내가 물었다. 카르멜라가 그런 흉기로 무장한 모습을 생각하니 호기심이 일었다. "그리고 기관총은 어떻게 작동해? 우리는 전에 별자리조견반을 쓰는 데에도 실패했는걸. 분명 기관총을 쓰는 방법은 더 복잡할 거야."

"기관총은," 카르멜라가 말했다. "단순함 그 자체야. 총알을 잔뜩 장전한 다음에 방아쇠를 누르면 돼. 지적으

---

* 「이중으로 행하는 사람(The Man of Double Deed)」은 작가 미상의 영국 동요다.

로 조작해야 하는 건 하나도 없고 실제로 뭔가를 맞출 필요도 없어. 소리가 사람들을 사로잡는 거라서, 기관총을 들고 있기만 해도 위험하다고 생각하거든."

"실제로도 위험한 거야." 내가 기겁해서 답했다. "네가 실수로 나를 맞추면 어떡해?"

"난 절대적으로 필요하다고 판단될 때에만 방아쇠를 당길 거야. 경찰견을 떼로 풀어서 우리를 쫓아올 수도 있는데, 그럴 때는 쏠 수밖에 없겠지. 개 떼는 표적치고 꽤 큰 편이니까 3야드 밖에서 개 40마리를 맞추는 건 그렇게 어렵진 않을 거야. 너랑 성난 경찰견 정도는 언제든 분간할 수 있고 말이야."

나는 카르멜라의 주장이 그다지 탐탁지 않았다. "경찰견 한 마리가 내 주변을 빙빙 돌면서 쫓아오고 있으면 어떡해? 그러면 개 대신 나를 쏘기 십상일 텐데."

"너는," 시가를 허공에 찌르며 카르멜라가 말했다. "그때 밧줄을 타고 10층 건물을 내려오고 있을 거잖아. 개들은 네가 아니라 날 공격하고 있을 거야."

"글쎄." 나는 여전히 믿기 어려워하며 말했다. "죽은 개로 어지럽혀진 운동장을 빠져나왔다고 쳐(아마 운동장이겠지, 높은 담장으로 둘러싸여 있을 거고), 그다음에는 뭘 하고 어디로 가지?"

"비싼 해변 리조트에 있는 범죄 조직에 가입한 다음, 전화를 도청해서 마권업자들이 환급해 주기 전에 누가 경마에서 이겼는지 알아내는 거야."

31

카르멜라는 샛길로 빠지고 있었다. 나는 카르멜라가 다시 논의 주제로 돌아오게 하려 애썼다.

"아까는 시설에는 동물 금지라고 했던 것 같은데. 경찰견 40마리도 당연히 동물 아니야?"

"엄밀히 말하면 경찰견은 동물이 아니지. 경찰견은 동물처럼 사고하지 못하는 변태적 동물이야. 경찰관도 인간이 아닌데 경찰견이라고 동물이겠니?"

대답할 수 없는 질문이었다. 복잡한 논쟁에 유달리 능한 걸 보면 카르멜라는 변호사가 됐어야 했다.

"그런 식으로 보자면 양치기 개도 변태적 양이겠네." 내가 마침내 말했다. "시설에서 그렇게 많은 개를 키운다면 고양이 한두 마리가 무슨 해가 될지 모르겠어."

"포악한 경찰견 40마리 사이에서 계속 괴로워하며 살 그 고양이들을 생각해 봐."

카르멜라는 고뇌에 빠진 표정으로 앞의 허공을 바라보았다. "그런 상황에서는 신경계가 남아나질 못할 거야." 언제나 그렇듯이, 카르멜라가 물론 옳았다.

여전히 절망에 짓눌린 채로 나는 집으로 비척거리며 돌아왔다. 카르멜라와 그녀가 주는 고무적인 조언, 검정 시가, 제비꽃 로젠지, 모두 그리울 것이다. 시설에서는 아마 비타민을 빨아 먹게 할 거다. 비타민, 경찰견, 회색 벽, 기관총. 나는 더 이상 조리 있게 생각할 수 없었다. 사태에 대한 공포가 머릿속에서 뭉텅이로 뒤엉켜 떠다니면서, 머리가 가시 돋친 미역으로 가득 찬 것 같은 두통이 왔다.

32

능력이 아닌 습관의 힘에 의존해서 몸을 집으로 데려와 뒷마당에 앉혔다. 이상하게도 나는 영국에 있었고, 일요일 오후였다. 나는 책 한 권을 들고 라일락 나무 아래의 돌의자에 앉아 있었다. 옆에 있는 로즈메리 수풀이 내뿜는 향기가 공기에 가득했다. 누군가 근처에서 테니스를 치고 있었다. 라켓과 공이 탕탕거리는 소리가 제법 선명하게 들렸다. 주변보다 바닥이 가라앉아 있는 네덜란드식 정원이었는데, 그런데 무엇 때문에 네덜란드식이지? 장미 때문일까? 화단이 기하학적이라서? 아니면 가라앉아 있어서? 교회 종이 울린다. 개신교 교회다. 우리가 차를 마셨던가? (오이 샌드위치, 시드 케이크랑 록 케이크)* 맞다, 차 마실 시간은 지났지.

내 길고 짙은 머리칼은 고양이의 털처럼 부드럽고, 나는 아름답다. 내가 아름답다는 사실을 깨닫자 나는 상당한 충격을 받았고, 분명 어떤 조치를 취해야 하는데, 그런데 무슨 조치여야 하지? 아름다움은 세상 모든 것과 마찬가지로 하나의 책무라서, 아름다운 여자는 총리처럼 특별한 삶을 살지만 내가 원하는 것은 그게 아니다. 분명 다른 것이 있을 것이다…. 그 책. 이제 보인다, 한스 크리스티안 안데르센 동화책, 눈의 여왕.

눈의 여왕, 라플란드. 얼음 궁전에서 곱셈 문제를 푸는 어린 카이.

---

* 시드 케이크(seed cake)는 캐러웨이 씨앗 등이 든 영국 케이크. 록 케이크(rock cake)는 스콘과 흡사한 디저트로, 딱딱하고 작은 것이 돌멩이 같다고 해 붙여진 이름.

이제는 알겠다. 내게도 마찬가지로 하나의 수학 문제가 주어졌고, 비록 기나긴 세월 동안 그 문제를 풀려고 애쓴 것 같지만 풀 수 없었다. 나는 실제로는 영국의 이 향기로운 정원에 있지 않고, 대개 항상 그렇듯 사라져야 하는데 사라지지 않는다. 이 모든 것은 내가 만들어 낸 것이니까 곧 사라질 참이다, 하지만 사라지지 않는다.

이토록 강하고 기쁘다고 느끼는 건 아주 위험하다. 끔찍한 일이 곧 일어날 것이고 나는 빨리 해법을 찾아야 한다.

내가 사랑하는 모든 것이 산산조각 나려 하고, 눈의 여왕이 던진 문제를 풀지 않고는 할 수 있는 게 아무것도 없다. 반짝이는 흰 털에, 발마다 달린 열 개의 발톱에 다이아몬드가 박힌 그녀는 북쪽의 스핑크스다. 미소는 얼어 있고 눈물은 발아래 그린 기이한 도표 위로 우박처럼 투두둑 떨어진다. 어디선가, 언젠가 나는 눈의 여왕을 배신했음이 분명한데, 지금쯤이면 그게 무엇이었는지 깨달아야 하는 게 아닐까?

하얀 플란넬 바지를 입은 젊은 남자가 뭔가를 물어보러 내게 다가왔다, 내가 테니스를 칠 생각이 있는지? 글쎄요, 제가 정말 잘 못하거든요, 그래서 책 읽는 걸 더 좋아해요. 아니요, 지적인 책 말고 동화책이요. 당신 나이에 동화책이라고요?

안 될 게 있나요? 게다가 나이란 도대체 뭐죠? 당신이 이해하지 못하는 거죠, 내 사랑.

이제 숲이 야생 아네모네로 가득하네요, 어디로 갈까요? 아뇨, 자기, 야생 에네마라고 한 게 아니라 야생 아네모네라고 했어요,* 꽃 말이에요, 들꽃 수만 송이가 나무 아래 땅 위에, 저 위 정자 있는 데까지 가득해요. 향은 없지만 향수처럼 존재감이 있고 사로잡는 힘이 있어요, 이건 평생 동안 기억할 거예요.

어디 가는 거예요, 자기?

응, 숲으로 가고 있잖아요.

그런데 왜 평생 동안 기억하겠다고 말하는 거예요?

왜냐하면 당신은 꽃의 기억의 일부이고 당신은 사라질 거니까요, 아네모네는 영원히 꽃을 피우겠지만 우리는 아니니까요.

자기, 그렇게 철학적으로 굴지 말아요, 안 어울린다고요, 그러면 코가 빨개지잖아요.

내가 정말로 아름답다는 사실을 깨닫고 나서부턴 코가 빨간 건 신경 안 써요, 모양이 워낙 아름다운걸요.

당신은 미울 정도로 허영이 많아요.

아니에요, 자기, 그렇진 않아요, 왜냐하면 이 허영을 갖고 뭘 해야 할지 깨닫기도 전에 사라져 버릴 거라는 불길한 예감이 들거든요. 너무 끔찍할 정도로 무서워서 허영을 즐길 시간이 없어요.

당신은 우울하고 제정신이 아니야, 당신이 이렇게

---

* 꽃 이름 아네모네(anemone)와 발음이 비슷한 에네마(enema)는 관장(灌腸)을 뜻한다.

예쁘지만 않았으면 난 죽도록 지루했을 거예요.

누구도 나 때문에 지루해질 순 없어요, 난 영혼이 넘치거든요.

넘치고도 남죠, 하지만 몸도 그만큼 있으니 하늘에 감사할 일이죠. 숲속의 초록빛과 금빛, 저 거대한 고사리 좀 봐요. 마녀는 고사리 씨앗으로 마법을 부린다고 하더라고요, 자웅동체라서요.

마녀가요?

아니 고사리가요. 어떤 사람이 캐나다에서 저 거대하고 푸르스름한 전나무를 가져왔는데, 비용이 수백만이나 들었대요, 아메리카에서 나무를 가져오다니 정말 바보 같아요. 아메리카 싫지 않아요?

아뇨, 왜 아메리카를 싫어해야 하죠, 한 번도 가 본 적 없지만 몹시 문명화된 곳인 걸요.

그게, 내가 아메리카가 싫은 건 한번 들어가면 다시는 나올 수 없고, 그러면 당신은 아네모네를 다시는 못 본다는 생각에 평생토록 울 거거든요.

어쩌면 아메리카는 머리끝부터 발끝까지 들꽃으로, 물론 그중 특히 아네모네로 덮여 있을 수도 있잖아요.

내가 아는데, 그렇지 않아요.

그걸 당신이 어떻게 알아요?

최소한 내가 생각하는 아메리카 쪽은 그렇지 않아요. 거기에는 다른 종류의 식물들이 자라고, 흙먼지가 있어요. 흙먼지, 흙먼지 천지예요. 야자나무나 좀 있고 카우

보이가 소를 타고 여기저기 뛰어다니겠죠.

　카우보이는 말을 탄다고요.

　알았어요, 말을 타고. 그게 상관있나요, 어차피 당신은 집으로 돌아가고 싶어서 향수병을 앓느라 타고 있는 게 바퀴벌레라도 못 알아차릴 걸요?

　뭐, 당신은 아메리카에 갈 필요 없으니, 기분 풀어요.

　정말 그럴까요? 누가 알아요, 왠지 모르겠지만, 나는 아메리카 곳곳을 보게 될 거고 기적이 벌어지지 않는 한 거기서 정말 슬프게 지낼 거라는 느낌이 들어요.

　기적에, 마녀에, 동화에, 자기, 철 좀 들어요!

　당신은 마법을 믿지 않을 수도 있지만 지금 정말 이상한 일이 벌어지고 있어요. 당신 머리가 공기 중에 흩어졌고 당신 배 너머로 진달래나무가 보여요. 당신이 죽었다거나 하는 대단한 일이 벌어진 건 아니고, 그저 당신이 점점 바래고 있고 난 당신의 이름마저 기억나지 않아요. 당신이 입은 하얀 플란넬 바지가 당신보다 더 선명하게 기억나는 걸요. 그 하얀 플란넬 바지에 대한 내 느낌은 모두 기억나지만, 그 플란넬 바지를 걸게 한 누군가는 완전히 사라졌어요.

　그렇다면 당신은 나를 분홍 리넨의 민소매 드레스로 기억하고 내 얼굴은 수많은 다른 얼굴들과 뒤섞여 있겠죠, 나는 이름도 없고요. 그러니 개성에 대해 이렇게 유난떨 필요가 있을까요?

　눈의 여왕이 웃는 소리가 들린다고 생각했다. 거의

웃지 않는 여자인데.

그렇게 내가 내 늙고 흉한 시체에 갇혀 꾸벅꾸벅 졸고 있을 때, 갤러해드가 내게 무언가를 말하려 하고 있었다. 그는 소리 높여 외치고 있었다. "아뇨, 테니스를 같이 치자고 하는 게 아니고요, 정말 괜찮고 중요한 이야기를 하려는 거예요."

괜찮은? 중요한?

"편안한 휴가를 떠나시는 거예요, 어머니. 정말 좋아하실 거예요."

"갤러해드, 애야, 그렇게 바보 같은 농담 좀 하지 말아라. 노망난 여자들이 가는 양로원에 보내려는 거잖니. 너희는 날 역겨운 노친네로 생각하니까, 물론 너희들 관점에서나 그런 거겠지만."

갤러해드는 마치 내가 모자 속에서 살아 있는 염소라도 꺼낸 양 우두커니 서서 입을 벙긋거렸다.

"어머니가 이 일을 합리적으로 받아들일 수 있으면 좋겠어요." 마침내 그가 소리쳤다. "정말 편하게 지내실 거고 친구도 많이 생길 거예요."

"갤러해드, 애야, 비합리적으로 군다는 게 네 생각에는 어떤 거니? 그러니까 내가 집 벽돌을 하나하나 뜯어낸 다음 밟아 부수기라도 하겠다는 거니? 지붕에서 텔레비전을 던져 버리겠니? 벌거벗은 채로 로버트의 그 혐오스러운 오토바이를 타고 가 버리겠니? 아니야, 갤러해드. 난 그런 식으로 반응할 힘이 없어. 네가 합리적이라고 생각하는 대로 행동하는 것 외에 내가 할 수 있는 건 없으니까, 걱정하지 말아라."

"정말 행복하시리라는 걸 아시게 될 거예요, 어머니, 재밌는 소일거리도 많이 있을 거고 외로우시지 않게 숙련된 직원들이 돌봐 줄 거예요."

"난 하나도 외롭지 않아, 갤러해드. 더 정확히 말하면, 외로움으로 고통받았던 적이 없어. 무자비할 정도로 선의로 가득한 사람들이 내게서 외로움을 빼앗아 갈까봐, 그 생각 때문에 아주 고통받기는 하지. 물론 네가 날 이해할 거라고 기대하지는 않고, 그저 너한테 하나 바라는 건 내 의지에 반하는 걸 강요하는 형편에 나를 설득하고 있다고 상상하지만은 않았으면 좋겠다."

"정말이에요, 어머니, 어머니를 위한 거예요. 시간이 지나면 좋은 선택이었다고 생각하실 거예요."

"그럴 리는 없을 것 같다. 하지만 내가 뭐라고 말하든 네 생각이 바뀌진 않을 거니까, 그래 언제 가야 하는 거니?"

"그게, 화요일쯤 차로 모시고 가는 걸 생각했어요, 가서 미리 좀 보실 수 있게요. 보고 마음에 안 드시면 바로 집으로 돌아오시면 돼요."

"오늘은 일요일이잖니."

"네 오늘 일요일이죠. 다시 기운 차리시는 것 같아서 좋네요, 어머니. 두고 보세요, 산타브리지다에서 친구도 새로 많이 사귀시고 건강에 좋은 운동도 하시면서 즐거운 시간 보내실 거예요. 거의 전원 같은 데라니까요."

"'건강에 좋은 운동'이라니, 무슨 뜻이니?" 필드하키 팀이 있을지도 모른다는 소름 끼치는 예감에 사로잡힌 채 내가 물었다. 현대 치료법은 아무도 모르는 것이다. "난 여기서도 충분히 운동하고 있어."

"무슨 단체 스포츠 같은 거래요." 갤러해드가 답했고, 내 우려가 현실이 되었다. "한두 달만 지나면 다시 두 살배기가 된 것 같은 기분일 거예요."

나는 숨을 제대로 쉬지 못한다는 느낌이 들었고, 힘을 아끼기 위해서 말을 줄였다. 산 채로 무덤에 들어가기 전에 해결해야 할 일이 너무도 많았다. 게다가 갤러해드와의 말씨름이 생산적이지 않음은 분명했다. 갤러해드는 이후에도 얼마간 말을 이어 갔지만 소리치기를 관뒀기 때문에 그가 하는 말을 들을 수 없었다.

50년인가 60년 전에 나는 뉴욕의 유대인 동네에서 쓸모가 좋은 양철 여행 가방을 하나 샀다. 이 여행 가방은 다양한 일에 종사하며 세월을 버텨 주었다. 최근에는 카르멜라가 찾아왔을 때 티 테이블로 활용했다. 라플란드로 떠날 때에나 여기에 다시 짐을 싸리라고 예상했었다. 이처럼 미래는 언제나 불확실한 것이다. 내가 마지막으로 여행 가방을 열어 본 건 7년 전 아마 카르멜라가 수면제를 한 병 주었을 때인데, 그녀가 직접 만든 것이라 차마 맛보지 못했다. 여전히 여행 가방 바닥에 놓여 있는 병은 약간 갈색 기가 돌고 위에 회색 곰팡이 같은 것이 자라고 있는 수정 같은 침전물로 변해서 독성이 엄청나게 강해 보였다. 나는 병을 그대로 두기로 했다. 나중에 어떤 게 쓸모 있어질지는 아무도 모를 일이니까 난 아무것도 버리지 않는다. 나무 판으로 짠 가방 안쪽에는 고상한 무늬의 종이가 발려 있고 곳곳에 살짝 얼룩이 져 있었다.

수면제 옆에 처음으로 챙겨 넣은 건 당연히 그 치명적인 귀나팔이었다. 천사 가브리엘이 생각나긴 했지만 내가 알기로 가브리엘은 자기 나팔을 불지 그를 통해 소리를 듣지는 않고, 성경에 따르자면 인류가 최후의 재앙에 도달하는 마지막 날에 주로 그런다고 한다. 성경이 항상 고통과 재앙으로 귀결되는 것은 참 이상하다. 분노에 찬 포악한 하느님이 어쩌다 이렇게 인기가 많아진 건지 의아하다고 종종 생각해 왔다. 인류는 정말 이상하고, 세상을 다 이해하는 척을 하려는 건 아니지만 하느님은 전염병과 학살만 줄 뿐인데 대체 왜 숭배하는 것일까? 그리고 왜 모든 것을 이브 탓으로 돌리는 걸까?

그다음에 나는 서랍장을 비롯해, 마멀레이드, 유리병, 콩 통조림, 토마토 케첩 등등의 라벨이 붙은 종이 상자들을 열어서 정리해야 했다. 물론 라벨에 적힌 것이 담겨 있진 않았고, 시간이 흐르면서 모여든 각종 잡동사니가 들어 있었다. 나는 라플란드로 가는 것처럼 짐을 싸기로 마음먹었다. 드라이버, 망치, 못, 새 모이, 내가 손수 짠 밧줄 잔뜩, 가죽끈 몇 개, 자명종 부품, 바늘과 실, 설탕 한 봉지, 성냥, 오색 구슬, 조개껍데기 같은 것들이었다. 제일 마지막에는 옷가지를 몇 개 넣어 가방에서 물건들이 굴러 다니지 않도록 했다.

뮤리얼이 주제넘는 참견쟁이라는 것을 익히 알기 때문에, 내 물건을 행여나 검사하지 않도록 뒷마당에서 주워 온 돌로 빈 종이 상자를 채운 다음 다시 끈으로 묶어두어서 내가 잡다한 수집품을 다 두고 갔다고 뮤리얼이 생각하게끔 꾸몄다. 뮤리얼은 모조리 "쓰레기"라고 부르고 내다 버릴 것이다.

내가 에스키모에게 뇌물을 줄 일은 물론 없겠지만 마치 그럴 것인 양 모든 것을 집어넣었다. 시설은 북쪽 끝과 마찬가지로 문명과 동떨어져 있기 때문에 거기 사람들이 뭘 원할지 모른다. 내가 괜히 수녀원 학교에서 공부한 게 아니다.

우리 모두 아는 것처럼, 시간은 지난다. 지나간 대로 똑같이 돌아오는지는 모르겠다. 이제는 곁에 없기 때문에 지금까지는 언급하지 않은 내 친구 하나가 말해 준 바에 따르면, 입자로 된 분홍색 우주와 파란색 우주가 있어서 마치 두 무리의 벌 떼처럼 서로와 교차하고, 색깔이 다른 벌 두 마리가 서로와 부딪힐 때 기적이 일어난다고 한다. 이 모든 것은 시간과 무언가 관계가 있는데, 그 내용을 내가 조리 있게 설명하지는 못할 것 같다.

이 친구, 말보로 씨는 여동생과 베네치아에서 살고 있어서 오랫동안 만나지 못했다. 말보로 씨는 훌륭한 시인이고 최근 몇 년간 이름을 얻었다. 한때는 나도 시를 써

볼까 생각했지만 단어끼리 운율을 맞추기가 어려웠다. 마
치 북적이는 대로변을 따라 칠면조와 캥거루 떼를 몰아
가지런히 모아 두어야 하면서 동시에 상점 진열창 쪽으로
눈길을 줘서도 안 되는 것같이 느껴졌다. 세상에는 단어
가 너무나 많고, 각자가 무언가를 의미한다. 말보로는 자
기 여동생이 태어날 때부터 불구였다고 말해 줬는데, 너
무 비밀스러운 투로 말해서 때때로 나는 동생의 진짜 상
태가 어떤 건지 간혹 궁금증이 든다.

내가 제대로 기억하고 있다면 작가들은 보통 자기
책에 대한 변명을 하나씩 마련해 두곤 하지만, 그렇게 조
용하고 평화로운 직업을 가진 것에 대해 왜 변명을 해야
하는 건지 정말 모르겠다. 군인은 서로를 죽이는 것에 대
해 절대 사과하지 않는데 소설가는 누가 읽을지마저 불분
명한, 예쁘고 얌전한 종이 책을 쓴 것에 대해 수치심을 느
끼는 것이다. 가치란 정말 이상한 것이다. 너무 빨리 바뀌
어서 도저히 쫓아갈 수가 없다.

내가 이런 이야기를 하는 이유는 무작정 시를 써 봐
야겠다는 생각이 들어서다. 나랑 잘 맞는 건 도리어 연이
짧고 간단한 발라드인 것 같다. 예를 들자면 이렇다.

바닥에 아무것도 없네
저 문에서 이 문까지 살펴봤는데
일가친척에게 버림받았으니
안전핀 하나 남겨 주지 않으리

거창한 단어 쓰면서 잘난 척할 필요 없으니까. 이건 예시일 뿐이고, 사실 난 더 낭만적인 것을 선호한다.

모래가 체 사이로 지나듯 머릿속에 각종 생각이 스쳐 지나가는 동안 난 계속 짐을 쌌다. 상당히 오랜 시간이 걸리는 일이었지만 너무 정신이 팔려서 졸리지 않았다.

잠에 드는 것과 잠에서 깨는 것이 예전만큼 잘 구분되지 않고 종종 둘을 헷갈리곤 한다. 갖가지 것들이 내 기억을 가득 채우고 있고, 시간 순서야 어쩌면 흐트러졌겠지만 어쨌든 정말 많은 것들이 있다. 그래서 난 여러 가지를 기억해 낼 수 있는 탁월한 능력이 있다고 자부한다.

고양이가 부르던 달을 향한 찬가
은수저 하나만 놓인 바닷가

각운을 맞춘 이 인상을 여전히 마무리하지 못했다. 결국은 잠에 들었나 보다.

산타브리지다는 이 도시의 남쪽 끝에 있는 변두리 지역이다. 실은 원주민과 스페인 사람이 아주 오래전부터 살던 동네로, 주유소와 공장이 대도시까지 이어진다. 어떤 집은 흙벽돌로 지었고 어떤 집은 큼지막한 석조로 되어 있으며, 대강 포장한 좁은 도로를 따라서는 나무, 식민지 때 저택을 가리는 높은 담벼락, 공원 등이 줄지어 있다. 나름의 매력이 있는 곳일 수도 있는데 날이 축축할 때마다 고메즈 회사의 종이 공장 냄새가 아주 심하게 난다. 비 한 방울만 내려도 지독한 악취가 온 동네에 난입한다.

알바아카 가의 마지막 집이 바로 그 시설이었다. 카르멜라나 내가 상상한 것과는 전혀 다른 모습이었다. 당연히 담장은 있었지만 그것 빼고는 모든 것이 달랐다. 밖에서 보면 커다랗고 오래된 담장밖에 안 보였고 담 위로는 플룸바고와 담쟁이가 늘어져 있었다. 거대한 나무등치로 만든 정문에는 마치 한때 머리통이었을 것만 같은 철덩어리들이 박혀 있었다. 이제는 하도 문질러서 매끈했다. 담보다 한 층 높이만큼 더 솟은 탑이 얼핏 눈에 들어왔다. 나는 병원이나 감옥을 예상했는데 그보다는 중세 성처럼 보였다.

우리를 들여보내 준 여성은 내가 예상한 깐깐한 관리자의 모습과는 정말 깜짝 놀랄 정도로 달라서 도무지 그녀에게서 눈길을 거둘 수가 없었다. 나보다 한 열 살쯤 어린 것 같았다. 플란넬 잠옷 바지, 신사용 정장 재킷 그리고 목이 긴 회색 스웨터를 입고 있었다. 머리숱이 꽤 많아서 'H. M. S. 엄지공주'라고 쓰인 선장 모자와 왕관 아래로 머리카락이 삐져나왔다. 이 여성은 꽤 신난 것 같았고 끊이지 않고 말했다. 갤러해드와 뮤리얼이 한두 번 응수하려 했지만 그녀는 한마디도 끼어들 틈을 주지 않았다.

첫인상이란 언제나 선명하지 못하다. 안뜰, 회랑, 물이 고인 분수대, 나무, 수풀, 잔디밭이 여럿 있었다는 것 외에는 할 말이 없다. 본관은 실제로 성이었고, 서로와 전혀 어울리지 않는 모양의 별채 여럿이 그 주위를 둘러싸고 있었다. 무슨 요정이 사는 집처럼 독버섯 모양, 스위스 산장 모양, 철도 객차 모양이 있었고, 일반적인 형태의 방갈로 한두 채, 장화처럼 생긴 것 한 채, 그리고 특대형 이집트 미라처럼 보이는 것이 한 채 있었다. 정말이지 너무 기묘해서 나는 처음으로 내가 정확하게 관찰한 건지 의심스러웠다. 우리 안내인은 신나서 말을 계속 이어 갔고 내게 뭔가를 설명하는 것으로 보였다. 뮤리얼과 갤러해드는 무시하고 말이다. 그 둘은 경악이 만면했지만, 내 여행 가방을 애써 여기까지 들고 온 터라 차마 생각을 바꾸지 못하고 있었다.

꽤 오래 걷고 나서야 채소밭 한가운데 홀로 서 있는 탑에 도착했다. 본관에 있던 탑은 아니었다. 새로 지은 탑으로, 높아야 3층 정도로 보였고 흰색 회반죽으로 칠해져 있었다. 등대와 일면 닮은 듯했지만 밭에서 등대를 기대할 수는 없는 일이다. 우리 안내인은 문을 연 채로 15분 동안이나 말을 한 다음에야 우리를 안으로 들여보냈다. 보아하니 이 독특한 곳이 앞으로 내가 살 집이었다. 진짜 가구는 고리버들 의자 하나랑 작은 탁자 하나뿐이었다. 나머지는 칠한 것이었다. 무슨 말이냐 하면, 실제로는 없는 가구가 벽에 칠해져 있었다는 뜻이다. 나는 칠한 옷

46

장을 열어 보려 했다. 제목까지 있는 책이 꽂힌 책장. 열린 창문에는 산들바람에 흩날리는, 아니 진짜였다면 흩날렸을 커튼. 칠한 문, 각종 장식이 달린 선반. 이 일차원적인 가구는 묘하게도 우울한 느낌을 주었다. 마치 유리문에 코를 부딪힐 때처럼.

　　얼마 지나지 않아 갤러해드와 뮤리얼이 떠났지만, 우리 동행은 미친 듯이 말하며 자리를 지켰다. 내가 자기 말을 한마디도 못 듣는다는 사실을 그녀가 아는지 궁금했다. 하지만 폭포수 같은 말 틈으로 뭔가를 소통하는 건 불가능해 보였고 내가 말을 아무리 크고 명확하게 한들 달라질 건 없었다. 결국 나는 그녀가 홀로 말하도록 두고 계단을 올라 탑의 다른 부분을 탐색했다. 진짜 창문과 침대와 옷장이 있는 방이 있었다. 벽에는 장식이 없었다. 한구석에는 천장의 작은 문으로 이어지는 사다리가 있었지만, 그렇게까지 고투하기에는 기력이 없는 느낌이라 다음 기회를 위해 남겨 두기로 했다.

　　계단을 스물다섯 번 오르내린 후에야 여행 가방의 짐을 다 풀 수 있었는데, 여자는 그때까지 여전히 말하고 있었다. 귀나팔을 쓰는 걸 감수해 보기로 했다. 1층에 있는 화장실이 음향을 시험하기 좋은 장소로 보였다.

　　"그렇다고 상황이 크게 달라질 건 아니었던 게, 어차피 그 사람은 오리들 때문에 여기 출입할 수 없었거든요. 대신 아주 길고 멋진 편지를 보내 줬는데, 자칼을 잡으러 10킬로미터나 쫓아간 얘기는 정말 한번 읽어 보셔야 해요.

이제 티타임이 다 되었네, 갬비트 박사님께선 종이 울리기 전에 우리가 다 모이길 바라셔요. 갬비트 박사님께서는 시간 문제에 있어서는 무지 유난스러우신 편이라 서둘러야겠어요. 내 개인적인 생각이지만 시간은 중요하지 않은 것 같아요, 가을 낙엽이랑 눈, 봄이랑 여름, 새랑 벌을 생각할 때면 시간이 중요하지 않다는 걸 깨닫게 되는데 왠지 모르게 사람들은 시계를 그렇게 중요하게 여기더라고요. 요즘 전 영감을 믿어요, 어떤 신비한 공감대를 공유하는 사람 둘이서 나누는 영감 넘치는 대화야말로 삶에 기쁨을 가져다준다고 봐요, 제일 비싼 시계보다 더요. 안타깝게도 영감 넘치는 사람은 세상에 별로 없어서 내가 비축해 둔 삶의 불꽃에 의존할 수밖에 없는데, 하지만 아시다시피 그게 오죽 지치는 일인가요, 뼛속까지 쑤셔도 밤낮으로 일해야 하고 머리는 어질어질하고 피로 때문에 기절할 것 같은데 발붙이고 서서 영감 넘치는 삶의 기쁨을 잃지 않으려고 죽도록 싸워도 아무도 이해해 주지 않고, 심장이 두근거리는데도 짐 나르는 짐승처럼 취급하고요, 정말 지독한 오해를 받는 잔 다르크 같다는 기분이 종종 들어요, 머리는 고뇌에 시달리는데 고약한 추기경과 주교 들은 쓸데없는 질문만 잔뜩 쏘아 대고 말이죠. 어쩔 수 없이 잔 다르크와 어떤 깊은 공감대를 느끼게 되고 때때로 화형대에서 불태워지는 느낌이 들어요, 그저 남들과 다르다는 이유 때문에 또 내 안에 숨겨진 이 놀랍고 기묘한 힘을 포기하길 거부했다는 이유 때문에요, 이 힘은 나처럼 영감 넘치는 존재와 소통하고 조응할 때에 발현된다고요."

나는 그 삶의 철학에 온 마음으로 동의한다고 말해 주려고 몇 번을 시도했으나 모두 부질없었다. 차 마시는 자리에 귀나팔을 가져가도 화제에 오르지 않을 수 있을지 물어보고 싶었지만 불가능했다. 그녀는 줄곧 말을 이어 갔고 그 앞에 서서 나는 혹시나 하는 희망에 입을 열었다 닫았다 할 뿐이었다. 게다가 사람들이 티타임에 늦는 걸 싫어한다는 갬비트 박사 생각에 걱정되기 시작했지만 내 동행은 움직이려는 기색이 없었고 하나뿐인 출구를 막은 채 서 있었다. 당장 가지 않으면 차를 아예 못 마실 수도 있다. 그건 정말 언짢을 거다. 게다가 저녁 식사를 겸하는 티타임이라면 내일 아침까지 배를 곯아야 할 판이었다.

"서로를 이해하는 게 얼마나 중요한지 세상 사람들이 깨달아야 할 텐데요. 나만 봐도 그래요, 여기 있는 모두가 날 이해하지 못해요, 이 끔찍한 일 더미가 날 잔 다르크처럼 짓누르고 있는데 조금이나마 덜어 주려는 노력조차 하지 않아요. 그렇지만 내 안에는 투쟁의 힘이 있고 그 덕에 내 영감의 원천은 아직 훼손되지 않았어요. 순수하고 창조적인 생각들이 거품처럼 내 안에서 쏟아져 나오고, 난 주고, 주고, 또 주지요, 하지만 다른 사람들은 나처럼 이해하는 능력이 없어요. 일이 줄줄이 나한테만 쏟아지고요, 아침에 일어날 때마다 과로한 상태라 끔찍한 구역질을 이겨 내야 해요, 과로만으로도 진이 완전히 빠질 수 있다니까요. 난 정말 한심할 정도로 베풀어서 항상 다른 사람 좋은 일만 하고 일거리는 밤이고 낮이고 끊이지 않고 계속해서 내 위로 쌓이고 말아요."

참으로 겁나는 이야기였다. 대체 어떤 끔찍한 고역을 시켰길래 이 불쌍한 여자가 이렇게 실성한 걸까? 나도 말을 멈출 수 없을 때까지 밤낮으로 일하게 되는 걸까? 거대한 용광로에 삽으로 석탄을 퍼 나르는 일을 시킬지도 모르고, 전용 화장터가 있을지도 모른다. 노인은 죽어 나가기 마련이니까. 어쩌면 쇠사슬에 줄줄이 묶인 채로 돌을 쪼개면서 뱃노래를 불러야 할지도 모른다(그렇다면 그녀가 선장 모자를 쓰는 것도 이해된다). 바깥에 있는 기괴한 오두막들이 불길하게 여겨지기 시작했다. 동요에서 나온 듯한 방갈로는 우리가 동심과 평화로 가득한 생활을 한다고 노인네들 가족을 기만하는 눈속임이고, 그 뒤에는 거대한 화장터와 쇠사슬이 있는 것이다.

나는 몸이 안 좋아지기 시작했고 차를 못 마셔도 상관없겠다는 생각이 들었다. 귀나팔을 들고 있느라 손이 마비되었지만 불행한 매혹 같은 것에 사로잡혀서 나팔을 다른 데로 치울 수도, 지금 돌이켜 보면 행복했던 침묵 속으로 다시 가라앉을 수도 없었다. 멀리 어디선가 종이 울리자 내 동행은 여전히 말하면서 내 팔을 잡아끌었고 우리는 함께 본관 쪽으로 향했다. 나는 최면에 걸린 듯 나팔을 귀에 대고 있었다. 그녀의 말은 운명의 수레바퀴처럼, 모종의 변주가 있더라도 항상 원점으로 돌아왔다. 그 열

51

의는 시들 줄 몰랐고 주름지고 상냥한 얼굴이 지은 강렬한 진정성으로 가득한 표정도 변할 줄 몰랐다.

나는 이후에 내 동행의 이름이 애나 워츠라는 것을 알게 되었다. 그녀가 직접 알려 준 건 아니었다. 애나에게 이렇게 실용적이고 시시한 일까지 이야기할 시간이 있을 리 없었다.

식당은 나무 판으로 벽을 댄 기다란 방으로, 정원으로 향하는 유리문이 여럿 나 있었다. 다소 해진 녹색 벨벳 커튼으로 공간을 구획했고 그 뒤로는 모든 게 잔꽃무늬 천으로 뒤덮여 있는 넓은 거실이 있었다. 우리는 모두가 자리에 앉으려던 참에 도착해 제자리를 찾아갔다. 내 자리는 애나 워츠와 다른 여자 사이였다. 우리는 유리문을 등진 채 일렬로 앉았는데, 그 때문에 폐소공포 같은 것을 느꼈다.

처음 하루 이틀 동안은 아홉 명의 새 동료가 좀 헷갈렸다. 물론 서로 많이 달랐지만, 사람을 구별하는 데에는 시간이 걸리기 마련이다. 처음 갬비트 박사를 슬쩍 살펴본 다음부터는 무례하게 비춰질까 봐 염려되어서 차마 더 자세히 쳐다보지 못했다. 박사는 식탁의 상석에 앉았는데, 혼자만 남자였으니 자연스러운 일이겠지 싶다.

박사의 첫인상은 대머리, 거의 완전히 대머리였다는 것, 그리고 아주 통통하고 불안하다는 것이었다. 아주 두꺼운 안경을 썼기 때문에 눈이 잘 보이지 않았다. 어떻게 겨우 그 두꺼운 안경알 너머를 훔쳐보니 나머지 얼굴

52

과는 좀 안 어울리는 옅은 녹색 눈과 짙은 속눈썹이 보였다. 마치 어린아이의 눈 같았다. 아무것도 바라보지 않는 눈이었다. 시력이 워낙 안 좋아서 사실상 볼 수 있는 것도 많지 않겠다 싶었다. 가여워라.

각자 앉은 자리 앞에 할당된 딸기 잼과 빵 두 조각이 놓이자마자 애나 워츠가 곧바로 말하기에 돌입해서 연설이 시작될 뻔했다.

"조용히 하세요, 애나 워츠, 침묵을 지키세요." 갬비트 박사가 갑자기 말한 데다가 그 목소리가 너무 날카로운 비음이라 나는 숟가락을 떨어뜨렸다. 나팔이 없어도 박사의 목소리가 완벽하게 들렸다.

"오늘은 우리 작은 협회의 새 회원을 위해 빛충만 회관의 기본 수칙을 개괄해 드리겠습니다. 다른 회원 분들은 여기 오신 지 좀 되어서 우리의 목적을 잘 숙지하고 계실 것입니다. 우리는 기독교의 내적 의미를 따르고 스승님의 본래 가르침을 습득하고자 합니다. 제가 이 말을 거듭하는 걸 아주 여러 번 들으셨겠지만, 일의 의미를 정말 우리가 파악하고 있는 것일까요? 일은 곧 일이며, 일이라는 점에는 변함이 없을 것입니다. 우리는 진리의 어렴풋한 기미를 터득하기 시작하는 데에만 수년간의 노력을 바쳐야 할 것이고, 희망을 번번이 잃어야 할 것이며, 그 이후에야 첫 번째 보상이 주어질 것입니다."

나는 박사의 발음에 외국인 억양이 살짝 있음을 알아차렸는데, 어디 것인지는 알기 어려웠다. 어쨌거나 그의 비음 섞인 목소리는 사이렌 소리처럼 잘 들렸다. 모두가 음식을 씹으며 심각한 얼굴로 접시를 주시하는 걸 보니 박사의 연설이 깊은 존경심을 자아내는 것 같았다.

박사가 이야기하는 동안 나는 맞은편 벽에 걸린 커다란 유화를 살펴볼 수 있었다. 아주 이상하고 악의적인 표정을 짓고 있는 수녀를 그린 그림이었다.

"겉보기에는 간단하지만 무한하게 어려운 이 수칙이 바로 우리 가르침의 핵심입니다." 갬비트 박사가 말을 이어 갔다. "내적 기독교의 이해로 향하는 열쇠를 언제나 제공하는 두 개의 작은 낱말이 있습니다. 자신을 기억하기, 친구 여러분, 우리는 이 두 낱말이 매일의 모든 활동 속에 존재하도록 노력해야 합니다."

유화 속 수녀의 얼굴 위로 빛이 매우 기묘하게 떨어져서 마치 수녀가 윙크를 하는 것처럼 보였다. 물론 가능할 리 없는 일이었다. 수녀가 한쪽 눈이 멀었고, 화가가 그 장애를 사실적으로 묘사했음이 분명하다. 그렇지만 그녀가 윙크하고 있다는 생각을 떨칠 수 없었다. 조롱과 적의가 당혹스러울 정도로 뒤섞인 윙크를 내게 던지고 있던 것이다.

"그러나 자신을 기억하기로 인해," 박사가 계속했다. "침울한 광신도가 되어서는 안 될 것입니다. 우리는 우리 자신을 기억하면서 동시에 빼어나고 명랑한 동료 역할도 할 수 있습니다." 나는 갬비트 박사의 명랑한 모습을 상상하니 다소 겁이 나서 그 인상을 지워 버리기 위해 애나 워츠 쪽을 몰래 쳐다봤다. 그녀는 자기 접시를 쳐다보고 있었고 굉장히 분노한 것같이 보였다.

몇몇 여성이 갬비트 박사에게 질문했고, 나는 귀나 팔을 소심하게 꺼내 들어서 내가 지적인 관심을 기울이고 있다는 티를 내려 했다. 처음 말을 꺼낸 여성은 상당히 말쑥한 줄무늬 블라우스와 조끼 차림에 머리는 남자처럼 짧았다. 후에 알게 된 것이지만, 그녀는 클로드 라 셰슈렐이란 이름의 프랑스 후작 부인이었다. 나는 살면서 귀족을 몇 명 못 만나 봤기 때문에 깊은 감명을 받았다.

"뱀과 사다리 게임을 할 때도 자신을 기억하려 해야 하나요?" 그녀가 물었다.

"그 어떤 시간에도, 그 어떤 일이나 놀이를 할 때에도 우리는 자신을 기억합니다." 박사가 답했다. 나는 그의 안경이 내 나팔에 유심하게 눈길을 주는 것을 알아차렸다.

걱정스러운 표정에 듬성듬성한 솜털 머리를 한 자그마한 여자가 그다음으로 말을 했다. 그녀가 쑥스러움을 무릅쓰는 게 눈에 보였다. "저기, 박사님, 저는 진짜로 애쓰고 있는데도 자신을 기억하는 걸 계속해서 까먹어요, 정말 부끄러운 일이지만요."

"본인 성정에 그런 흠결이 있음을 파악한 것만으로도 이미 진일보한 것입니다." 갬비트 박사가 말했다. "우리는 인격에 대한 객관적 관찰에 도달하기 위해서 자신을 기억하는 것입니다."

"네, 진일보하기 위해 정말 진심으로 계속해서 노

력할 테지만 제 본성이 몹시 취약하다는 걸 제가 알거든요." 그럼에도 불구하고 그녀는 매우 만족스러워 보였다. 목에 파란색 리본이 달린 분홍색 블라우스를 입고 있었는데, 직접 지은 옷인지 궁금해졌다. 항상 느끼는 거지만 바느질할 줄 아는 사람은 참 대단한 것 같다. 카르멜라는 바느질을 대단히 잘했다. 하지만 벌써부터 카르멜라 생각을 하는 건 좋지 않다.

사람들이 식탁에서 일어서기 시작했고 내가 마지막 남은 빵 부스러기를 입에 쑤셔 넣자마자 프랑스 후작 부인이 나를 불렀다. "클로드 라 셰슈렐이에요." 그녀가 격식 없이 친절하게 손을 내밀며 말했다. 그녀가 후작 부인임을 알았더라면 입안에 가득 문 음식이 부끄러웠을 테지만 어쨌든 그때는 알지 못했고, 나는 사레들리지 않게 빵을 잘 삼킨 후 예의 바르게 "안녕하세요."라고 답했다.

"내 얘기 들어 봐요." 그녀가 내 팔을 꼭 잡으며 말했다. "우리가 41년에 아프리카에서 독일군을 어떻게 물리쳤는지 얘기해 줄게요. 이미 수년 전 일이지만 기억은 아직 생생해요…."

회관에서의 전형적인 티타임은 이런 모습이었다. 그렇지만 그 시간이 길건 짧건 간에, 특정 시간에 걸맞은 전형적인 인간 활동이란 사실 많지 않은 법이다.

사흘이 지나서야 나는 갬비트 박사와 첫 번째 개인 면담을 가졌다. 그사이에 나는 내 동료들의 정체를 구분하기 시작했고 나아가 조금씩 알아 가기도 했다. 나까지

합해서 모두 열 명이었고 나이는 일흔 살과 일백 살 사이였다. 가장 나이가 많은 주민은 아흔여덟 살이었다. 이름은 베로니카 애덤스였다. 소싯적에 예술가였고 눈이 완전히 먼 지금도 여전히 수채화를 그렸다. 자기가 뭘 하고 있는지 보지 못함에도 불구하고, 베로니카는 우리한테 제공되는 거친 두루마리 휴지에 대대적인 작품 제작을 이어 갔다. 그녀는 하루에 1야드씩 길이를 재는 식으로 작업해서 전날 그린 부분에 맨날 덧칠하는 것을 피할 수 있었다.

베로니카 다음으로는 나이 순으로 크리스타벨 번스, 조지나 사이크스, 나타샤 곤살레스, 클로드 라 셰슈렐(앞에서 말한 후작 부인이다.), 모드 윌킨스, 베라 반 토흐트 그리고 애나 워츠가 있었다.

갬비트 부인의 일은 우리의 일과를 감독하는 것이었지만, 부인은 거의 항상 고약한 두통으로 누워 있었기에 보통은 우리끼리 어울려 지냈다. 그러다가 부인이 나타날 때면 분위기가 눈에 띄게 긴장되었다. 그녀는 항상 웃고 있었지만 우리 모두 그녀를 무서워했다.

본관에는 갬비트 박사 부부와 정체 모를 종업원 세 명이 사는 것으로 보였다. 우리는 각자의 오두막에, 혹은 여기서 부르는 대로 하자면 방갈로에 거주했다. 성의 탑에 사는 사람이 누구인지 알게 된 것은 이로부터 몇 주 후였기 때문에, 이 당시쯤에는 모든 사람과 각각이 차지하는 오두막을 파악하고 있다고 여겼다. 물론 탑에 사는 그 사람을 뺀 모든 사람이었지만.

베로니카 애덤스는 내가 처음 왔을 때 보고 놀랐던 그 장화 모양 오두막에 살았다. 애나 워츠는 스위스 산장에서 지냈는데, 자세히 보니 그게 아니라 뻐꾸기시계였다. 물론 실제로 작동하는 뻐꾸기시계는 아니었지만 지붕 아래 창문에 납으로 만든 새가 밖을 내다보고 있었다. 그 창문도 실은 진짜 창문이 아니라 오두막 벽에 그 형체를 덧붙인 것으로, 안을 들여다보거나 밖을 내다볼 수 없었다. 후작 부인은 노란 점이 난 빨간 독버섯에서 살았다. 들어가려면 작은 사다리를 올라야 했기 때문에 정말 불편할 것 같았다.

첫 티타임 때 언급한 모드 — 실제로 모드는 자기 옷을 직접 지어 입었는데, 정말 기발하게도 옷본을 만드는 데 갈색 포장지를 썼다 — 는 한때 생일 케이크였을 것으로 보이는 이중 방갈로에서 베라 반 토호트와 함께 살았다. 집은 원래 분홍색과 흰색으로 칠해져 있었지만 페인트 색이 여름비를 버텨 내지 못했다. 지붕 위에 달린 시멘트 초는 시멘트 불꽃의 노란색 페인트가 진한 녹색으로 변해서 처음에는 무엇인지 알아보기 어려웠다. 나는 이 생일 케이크가 시간이 흐르면서 더 나아졌다고 때때로 생각했고 절대 원래 색으로 다시 칠해지지 않기를 바랐다.

조지나 사이크스는 서커스 텐트, 보다 엄밀히 말하면 빨갛고 하얀 줄무늬가 있는 텐트를 시멘트로 재현한 곳에서 살았다. 문 위로 "서 어 세요 거운 람 세요"라는 글씨가 칠해져 있었는데, 나는 오랫동안 이것이 정체 모를 무슨 외국어일 거라고 생각했다. 사실은 "어서 들어오세요 즐거운 관람 되세요"라고 쓰여 있고, 그저 시간과 담쟁이가 단어 위로 무성해진 것뿐이었다.

나타샤 곤살레스의 집은 에스키모의 이글루였다.

정원에는 날씨가 좋을 동안 앉아 있을 만한 콘크리트 벤치가 여럿 있었다. 물론 우리가 허구한 날 앉아 노닥거리며 시간을 보냈다는 건 아니다. 밭일과 요리, 또 집안일의 성격을 띤 각종 할 일이 끊이지 않고 있었다.

내가 좋아하는 장소는 우리가 꿀벌 연못이라고 부르는 곳이었다. 실제로는 고인 물에 수련이 무성하게 자란 분수대였고, 하얀 제라늄과 덩굴장미와 재스민이 예쁘게 뒤덮은 담으로 둘러싸여 있었다. 따뜻한 날이면 이 외딴 곳에 꿀벌 수천 마리가 내내 부지런히 붕붕대며 머물렀다. 왜 벌을 보면 기뻐지는지 알 수 없었지만, 나는 몇 시간이고 계속 벌 떼 한가운데 앉아 행복해할 수 있었다.

일이 유독 많은 오전 시간에도 애나 워츠가 뻐꾸기시계 밖에 놓인 해변 의자에 앉아 햇볕을 쬐는 모습이 종종 눈에 띄었다. 그녀는 회관에 단 하나뿐인 이 해변 의자에 앉아 있거나, 그게 아니면 누군가의 오두막 문간에 서서 말하고 있었다. 몇몇 사람은 이를 짜증스러워하는 듯했지만 나 개인적으로는 금방 익숙해졌다.

둘째 날 오후에는 ─ 그후부터는 시간 가는 걸 잊어버렸다 ─ 조지나 사이크스가 날 찾아왔다. 그때만 해도 나는 그녀의 이름을 알지 못해서 키로 그녀를 알아봤다. 조지나 사이크스는 다른 사람보다 키가 훨씬 컸고, 매우 멋진 옷을 은근히 쾌활하면서도 편안하게 소화해서 감탄이 저절로 나왔다. 아직도 기억나는데, 그날 그녀는 긴 검정색 기모노에 중국풍의 빨간 정장 바지를 입고 있었다. 나는 그 옷차림이 아주 우아하다고 느꼈다. 머리는 살짝 긴 단발로, 숱이 풍성하진 않았지만 머리가 빠진 부분을 야무지게 덮어서 자연스러운 페이지보이 스타일* 느낌을 주었다. 한때는 분명 크고 아름다웠을 눈 밑으로는 자주색 살이 축 늘어져 있었다. 하지만 여전히 눈빛이 대담했고, 눈꺼풀 주위로 다소 엉성하게 칠한 마스카라가 그를 더욱 강조했다.

"때때로 여기 생활에 아주 염증이 날 때가 있어요." 내가 귀나팔을 착용하자 조지나가 이렇게 말하는 것이 들렸다. "그 고약한 갬비트 여편네가 나더러 감자를 깎으라고 하는데 손톱을 방금 칠한 마당에 부엌에서 빌어먹을 수는 없다고요." 놀랍게도 그녀는 빨간 매니큐어를 바르고 있었는데, 길쭉하고 뼈만 앙상한 손가락 끝이 거의 다 덮일 지경이었다.

"난 갬비트 부인이 아주 친절한 분이라고 생각했는데요." 내가 말했다. "항상 웃고 계시니까요."

"우리끼리는 억지웃음 레이철이라고 불러요." 조지나가 내 식탁에 담배를 비벼 끄면서 말했다. "이름이 레이

---

* 20세기 중반에 유행한, 앞머리가 있는 짧은 헤어스타일.

철이고, 미소가 억지웃음이니까요. 아주 위험하고 흉악한 인물이에요."

"어떤 면에서 위험하다는 거예요?" 보이지 않는 화장터가 또 떠올랐다. 나는 다시 불안해졌다. 설마 갬비트 부인이 빛충만 회관의 수감자를 손수 체벌하는 걸까 염려됐다.

"부인이 절 극도로 증오하는 건 박사 때문이에요. 박사가 호색한이라 식사 때마다 나를 뚫어져라 쳐다보니까 억지웃음 레이철이 분노해서 어쩔 줄을 몰라요. 하지만 짐승 같은 자기 남편이 밥 먹을 때마다 날 집어삼킬 듯이 구는 걸 내가 어떻게 말리겠어요?" 조지나는 큰 소리로 까르르 웃으면서 새 담배에 불을 붙였다. "게다가 박사는 날 안방에 들여서 은밀한 대화를 하려고 항상 핑곗거리를 지어낸다니까요."

모두 아주 이상한 이야기로 들렸다. 갬비트 박사는 중년의 남자로 조지나보다 최소한 마흔 살은 어렸다. 하지만 사람의 본성은 알 수 없는 것이고, 나도 소싯적에 뜻밖의 일들을 너무 많이 겪어서 모든 게 삶의 일반적인 질서를 따를 거라 기대하지 않는다.

"그런데 박사님은 전공이 어떤 분야인가요?" 너무 놀라는 것도 예의 바르지 않기에 감정을 들키지 않도록 다른 질문을 했다.

"갬비트는 말하자면 축성(祝聖)된 심리학자예요." 조지나가 말했다. "그 결과가 성스러운 이성인데, 프로이트

61

식 강령술 같은 거죠. 상당히 소름 끼치는 데다가 지옥만큼이나 어이없는 사기예요. 이 똥통에서 나가기만 한다면 하등 중요할 것 없는 사람인데 여기선 유일한 남자니까, 아시죠. 이렇게 여자들만 가득하다니 정말이지 절망스러울 만큼 끔찍해요. 여긴 사방에 난소만 바글거려서 소리를 꽥 지르고 싶을 정도예요. 이럴 바에는 벌집에서 사는 게 낫겠어요."

그때 갬비트 부인이 감자를 양동이 가득 들고 문간에 나타나서 이야기가 중단되었다. 나는 그녀가 우리 대화를 들은 게 아니길 진심으로 바랐다.

"공동체분들 중에 못해도 두 분이 아침 업무를 빠지셨어요." 부인은 고뇌에 찬 듯한 눈썹에 손을 대며 말했다. "여러분이 앉아서 수다 떠시는 동안 제가 일을 모조리 혼자 하는 것도 가능하겠죠. 모든 것이 가능하니까요. 하지만 제가 궁극적으로 여러분을 위한다면, 그 게으름의 습관 때문에 여러분의 영혼이 구원될 실낱 같은 기회가 소멸하는 걸 방치할 수는 없어요. 물론 그전에 인내와 일을 행해서 영혼부터 갖춰야 해요. 불멸의 자신 대신 사용하는 변덕스러운 감정이 곧 영혼이라고 여기는 분들이 많은데, 그런 고귀한 명칭을 남용해선 안 돼요."

부인은 고통스러운 미소와 함께 부엌 쪽으로 돌아섰다. 멀어지는 등을 향해 조지나는 혀를 내밀었다. 그래도 우리는 일어나서 그녀를 쫓아갔고 조용히 날씨에 대한 이야기를 나눴다.

"오늘 오후 다섯 시엔 연수장에서 활동이 있을 거예요." 갬비트 부인이 앞을 향한 채 이야기했다. "늦는 분들은 언제나 그랬듯이 저녁 식사 자격을 박탈당할 거예요."

"활동이 뭔가요?" 내가 조지나에게 물었지만 조지나는 그저 흥하게 찌푸리기만 했다. 갬비트 부인이 내 질문을 듣고는 멈춰 서서 감자가 든 양동이를 내려놓았다.

"지금 당장 활동에 대한 설명을 들으셔야겠네요." 그녀가 내게 말했다. "활동의 의의를 이해하지 못하는 사람은 내적 기독교의 진정한 뜻에 도달할 수 없어요.

활동은 과거에 전통 속의 누군가가 우리에게 전수해 준 거예요. 거기엔 많은 의미가 있지만 지금 막 도착하신 분께 벌써 제가 전부 공개할 수는 없고 외적 의미 중 하나만 알려 드린다면, 제가 풍금으로 연주하는 여러 특별한 리듬에 맞춰서 온전한 유기체가 조화롭게 진화하는 걸 말해요. 처음 시작할 때부터 활동의 뜻을 파악할 거라 기대하시면 안 돼요, 다른 보통 업무를 하실 때처럼 일단 해 보셔야 해요."

나는 이 활동이 체조 같은 것인지 차마 물어볼 수 없었다. 나는 매우 걱정이 되어서 고개를 여러 번 끄덕이기만 했다. 원래는 한 번만 끄덕이면서 아무쪼록 지적으로 보이는 표정을 하고 부인을 바라보려고 했다. 하지만 어쩐 일인지 내 머리는 불안한 듯 계속해서 끄덕였고 멈추느라 한바탕 애를 먹었다.

조지나가 나를 쿡 찌르며 뭐라고 말했지만 나팔을

등대에 두고 오는 바람에 듣지 못했다. 나는 조지나가 좋아지기 시작했다. 정말 유쾌한 사람 같았다. 노망이 들어 집에서 모실 수 없다고 가족들이 판단하기 전까지만 해도, 멋쟁이들과 어울렸을 것이다. 분명 아주 신나고 세련된 삶을 살았을 것이다. 언젠가는 그때 이야기를 해 줬으면 좋겠다고 생각했는데, 이후 몇 번씩이나 듣게 되었다.

부엌에서 우리는 커다랗고 닳은 나무 식탁에 둘러앉아 야채를 손질했다. 오지 않은 사람들은 밖에서 다른 일을 하고 있는 듯했다. 부엌에는 갬비트 부인까지 포함해 다섯이 있었다. 조지나, 베라 반 토흐트, 나타샤 곤살레스 그리고 나까지. 반 토흐트 여사는—난 이 여자를 절대 이름으로 부를 수 없었다—아주 인상적이었다. 너무 뚱뚱해서 얼굴과 어깨의 너비가 거의 같아질 정도였다. 교활한 눈과 꽉 오므린 입은 광활한 얼굴 한가운데 주름처럼 패여 있었다.

나타샤 곤살레스도 몸집이 좀 있는 편이었지만 반 토흐트 여사에 비하면 아담해 보였다. 나타샤는 언제나 머리를 틀어 올렸다. 원주민 피가 섞인 덕에 우리 중에 가장 머리숱이 많아서 모두가 부러워했다. 안색은 창백한 레몬색이었는데, 간이 나쁘다는 의미다. 눈이 말린 자두처럼 컸고 눈꺼풀은 처져 있었다.

모두가 말하면서 일했지만 나는 소리를 들을 수 없었기 때문에 줄기 콩 다듬는 데 매진했다. 이 나라에서 자라는 줄기 콩은 조금 거칠고 양쪽 끝에 거의 밧줄 같은 실이 나 있다. 일을 시작한 지 한 시간쯤 되었을 무렵 이상한 일이 벌어졌다. 나타샤 곤살레스가 자기 야채와 더러운 물을 전부 내 무릎에 쏟더니 일어나서 두 팔을 쳐들고 눈을 부라렸다. 그녀는 최소 2분 동안 뻣뻣하게 서 있더니 이내 자기 의자에 풀썩 주저앉았다. 그제야 눈을 감고 고개를 가슴에 파묻었다.

"목소리가 들린대요." 조지나가 내 귀에 소리쳤다. "저럴 때마다 성흔이 생긴다고 생각해서 부활절을 맞이해 살찌우기 시작해요." 기절한 와중에도 그 말을 들었는지 나타샤가 입술을 악무는 것이 보였다. 반 토흐트 여사는 화가 난 듯 조지나를 바라본 다음 나타샤의 머리에 적신 행주를 처방하기 위해 일어섰다. 갬비트 부인이 뭐라고 들리지 않는 말을 하긴 했지만 무관심해 보였다.

잠시 후 야채 손질을 재개했다. 열두 시를 알리는 시계 종소리가 들리자, 정원으로 가 점심 식사 전 산책을 했다. 나는 큼직한 냄비 가득한 물을 무릎으로 받은 덕에 홀딱 젖어 있어서 옷을 갈아입어야 했다. 감기가 걸리지 않길 바랐다. 애나 워츠가 해변 의자에 편안하게 늘어져 있었고 혼잣말을 하는 듯 보였다.

그날 오후, 나는 활동을 위해 다섯 시 정각에 연수장으로 갔다. 벽을 따라 의자들이 놓여 있긴 했지만, 그것 빼고는 풍금 하나만 있고 방이 텅 비어 있었다. 모두 침묵 속에 앉아 있을 때 갬비트 부인이 나타나 풍금 옆에 섰다. 나는 하나도 놓치지 않고자 면밀하게 나팔을 챙겨 왔다.

매우 불안했다.

"이번 오후에는 최초의 영(零)으로 시작할 거예요." 갬비트 부인이 눈썹을 손으로 쓸면서 말했다. "오늘은 일을 경험하시지 못한 신입이 함께 계세요. 그분을 위해 최초의 영을 시범해 보겠어요." 부인은 멈춰 서서 마치 마음을 가라앉히려는 듯 바닥을 잠시 바라본 다음, 배를 시계 방향으로 둥글게 문지르면서 다른 손으로는 정수리를 톡톡 두드리기 시작했다. 유치원에서 해 본 적 있는 것이라 나는 안심하며 큰 어려움 없이 갬비트 부인의 동작을 따라 했다. 부인은 잠시 시범을 보인 뒤에 풍금에 앉아서 악기를 연주하기 시작했는데, 체질이 약한 사람임을 감안하면 대단한 힘이었다. 팔과 팔꿈치와 어깨를 들썩였을 뿐 아니라, 기계 말을 타는 것처럼 좌석 위에서 통통 튀어 오르기도 했다. 우리 모두 배 위로 손을 열 번 돌린 뒤 다른 손으로 바꾸며 동작을 했다. 너무 고되지는 않았지만 끝날 때는 다행이라고 느꼈다.

갬비트 부인이 의자에 앉은 채로 몸을 돌려 나를 향해 말을 했지만, 나팔을 귀에 대기 전이었다. "네? 네? 네?" 내가 말했고 그녀가 되풀이해 말했다. "메리언 레더비 여사님, 처음 동작은 시계 반대 방향이 아니에요. 모드 윌킨스 여사님 하시는 걸 자세히 보세요, 동작을 거의 다 익히고 계시니까요."

우리는 같은 것을 네 번 반복했고 할 때마다 풍금 소리가 커졌다. "자 이제 다 일어서셔서 4번과 5번을 이어서 두 번씩 반복할게요. 메리언 레더비 여사님은 제 옆에 서서 다른 분들 하시는 걸 보세요, 다음번부터 참여하실 거예요."

내가 시키는 대로 부인 옆에 다가가 서 있는 동안, 나머지 사람들은 내가 도저히 따라 할 수 없을 만한 동작을 하기 시작했다. 유일하게 알아볼 수 있는 것은 학처럼 다리 하나로 서서 위태롭게 뒤뚱거린다는 점이었다. 나머지는 팔을 사방으로 확확 휘젓는 것의 연속이었고, 고개를 하도 뒤틀고 돌려서 목이 부러질 것만 같았다. 그때 나한테 끔찍한 일이 벌어졌다. 웃음이 터져서 멈출 수가 없는 것이었다. 눈물이 얼굴 위로 줄줄 흘러서 입을 손으로 가렸는데, 웃는 게 아니라 말 못 할 슬픈 일이 있어서 운다고 생각하길 바랐다.

갬비트 부인이 풍금 연주를 멈췄다. "레더비 여사님, 감정을 제어하실 수 없는 거라면 방을 나가 주시는 게 좋겠어요."

나는 나가서 가장 가까이 있는 벤치에 앉아 웃고 웃고 또 웃었다. 물론 버릇없는 행동이었지만 어쩔 수가 없었다. 아가씨였을 때도 나는 때때로 통제할 수 없는 웃음 발작을, 그것도 항상 공공장소에서 일으키곤 했다. 한번은 내 친구 말보로와 같이 극장에 간 적이 있는데, 프록코트 *를 걸친 남자가 나와서 아주 과장된 시를 읊기 시작하는

* 19세기 초부터 20세기 초까지 유행했던 남성용 정장 외투. 무릎 위까지 길게 내려온다.

바람에 거의 끌려 나오다시피 했었다. 일종의 신경 반사였는지 내가 보기에 시가 너무 우스웠기 때문인지는 기억나지 않는다. 내가 이런 발작에 빠질 때마다 왠지 항상 옆에 있었던 말보로는 재미있어 하며 메리언의 미치광이 웃음이라고 불렀다. 말보로는 내가 구경거리가 되는 걸 볼 때마다 항상 즐거워했다. 이런 생각이 들면서 말보로가 베네치아에서 어떻게 지내고 있는지 궁금해졌다. 불구인 여동생과 같이 곤돌라를 타고 하염없이 떠다니고 있을 것이 분명했다. 그러면서 또 여동생에 대한 궁금증이 일었는데, 도대체 동생한테 무슨 문제가 있길래 내가 말보로와 30년간 우정을 쌓아 오는 동안 사진 한 장 보지 못한 걸까? 머리가 둘이랄지, 상당히 기막히는 상태인 게 분명하다. 하지만 머리가 둘이면 곤돌라에 태워서 데리고 나가지는 않을 것 같은데. 어쩌면 거즈 커튼 뒤에 앉으면 가능할 수도 있겠다. 물론 좀 두꺼운 거즈여야 할 거다, 아니면 치즈 보자기를 사용할 수도 있고.

　　말보로는 꽤 귀족적인 집안 출신이니까 뭔가 특이한 구석이 있는 것도 자연스러운 일이다. 우리 할머니도 미친 사람이었지만, 우리 가족은 귀족과 거리가 멀다. 그런데 소도 귀족이 될 수 있을까? 머리가 둘인 소는 박람회에서 자주 볼 수 있다.

　　이런 생각을 하고 있을 때 반 토흐트 여사가 다가와서 육중하게 자리에 앉았다. 활동으로 분투한 건지 아직도 숨이 가빴다.

"머리가 둘인 여동생과 곤돌라를 타고 떠다니는 말 보로에게 누군가가「오 솔레 미오」를 불러 주고 있어요." 나는 이렇게 말한 다음 말을 갑자기 멈췄다. 정말이지 생 각나는 대로 소리 내서 말하지 않는 법을 익혀야 한다. 이 미지가 너무나 선명해서, 곤돌라의 레몬색 치즈 보자기 커 튼 사이로 드러난 그녀의 머리 두 개가 눈앞에 선했다. 반 토흐트 여사는 내 말을 무시한 채 음모라도 꾸미는 양 내 게 기댔고, 나는 귀나팔 위치를 조정하느라 애를 먹었다.

"당신 삶의 비극은 나한테 털어놓으셔도 돼요." 그녀 가 헉헉대며 말했다. "빛을 보기 전까지는 모두가 삶의 여 정에서 시련과 서러움을 겪게 되지요."

"내 나름의 어려움은 있지요." 나는 뮤리얼과 로버 트에 대한 불만을 말하리라 다짐하고 이렇게 답했다. 누 구든 공감할 만한 이야기였는데도 내가 텔레비전에 대해 서 이야기를 시작하자마자 여사는 짜증스러운 듯 손짓하 며 내 말을 끊었다. "네, 다 이해해요. 내 특별한 통찰력으 로 살피지 않은 인간 마음의 어두운 구석은 거의 없답니 다. 난 곤살레스 여사, 나타샤 같은 예지자는 아니에요. 우 리 귀한 나타샤. 하지만 내겐 우리 동료 인간을 돕고 위 로하게끔 해 주는 영적인 통찰력이 있지요. 이 미천한 방 법으로나마 헤매는 영혼 여럿을 빛으로 이끌었어요, 물 론 나타샤의 경이로운 힘에 비견하면 보잘것없는 재능이 지만요. 나타샤는 조종을 받는 거예요, 아시죠, 영적인 조 종은 아주 드물고 아름다운 재능이랍니다. 나타샤는 순수

한 그릇이라서, 그녈 통해서 보이지 않는 힘이 우리 앞에 발현되지요. **'내가 아니라, 내 안에 행하시는 바.'** 이게 바로 나타샤가 계속해서 말하는 건데, '내가 아니라, 하늘에 계신 내 아버지'라는 말로써 기적을 행하신 스승님만큼이나 맑은 겸양을 지닌 사람이죠."

잠시 말을 멈춘 사이 나는 서둘러서 로버트와 텔레비전에 대한 이야기로 돌아갔다. "내 손자 로버트는," 내가 말했다. "기분 나쁠 정도로 텔레비전에 중독됐어요. 이 흉측한 장치를 집에 설치하기 전에는 나도 저녁 먹은 다음 거실에 앉아서 식구들한테 동화나 내 지난 삶의 일화를 들려주며 재밌게 해 줬어요. 한 가지 자부할 수 있는데 난 원할 때마다 아주 재밌는 이야기를 할 수 있어요. 저속한 건 물론 아니고요, 재치도 넘치고 류머티즘으로 특별히 괴롭지 않은 날이면 꽤 파격적이기까지 하죠. 정말이지 류머티즘은 웃긴 이야기를 하는 데 큰 장애물이라니까요. 그런데 우리 며느리 뮤리얼은 류머티즘에 전혀 공감하지 못해요. 또 초콜릿에는 오죽 욕심을 부려서 항상 숨겨 놓는데, 정말 기분 나쁜 버릇이에요. 어떨 땐 도대체 갤러해드는 왜 뮤리얼 같은 사람이랑 결혼을 하게 된 걸까 생각이 들고…."

내가 신이 막 나려고 할 때쯤 반 토호트 여사가 도도한 손짓으로 곧바로 내 말을 막았다. "우린 어떤 것도 자부해서는 안 돼요. 웃긴 일화같이 사소한 거라도 자기애의 근원으로 삼는다면 영혼을 좀먹는 병이 되지요. 겸

71

양이 빛의 원천이에요. 자만은 영혼의 질병이고요. 많은 사람들이 조언과 영혼의 위안을 찾아서 나한테 오는데요. 손을 얹고서 그 불안을 잠재우고 사랑과 빛으로 채울 때마다 항상 이렇게 말하죠. '먼저 겸손해야 합니다. 가득 찬 잔은 받아들일 수 없습니다.'"

여사가 거의 내 위에 앉아 있다시피 해서 나는 숨을 쉴 수 없을 지경이었지만 뮤리얼에 대한 이야기는 하고야 말겠다고 마음먹었다. "우리 며느리는 로버트가 집에 텔레비전을 들인 다음부터 브리지 모임을 열기 시작했어요. 뭐 나 때에나 브리지였겠지요. 지금은 카나스타* 파티라고 부르더라고요. 이 말도 안 되는 게임을 하러 손님들이 들어오면 나를 거실 밖으로 내보낸다니까요. 첫날 저녁에는 거실에서 나가지 않겠다고 버티면서 앵무새 이야기를 열네 편이나 들려줬고 결말까지 잊어버리지 않은 게 그중 적어도 여섯 편이나 됐어요."

나는 여사가 이 이야기 중 하나를 해 달라고 묻길 바랐고, 요크셔 앵무새 이야기를 들려줘야겠다고 결심한 순간 그녀가 다시 말을 꺼냈다. "수요일 저녁마다 우리 방갈로에서 나타샤가 작은 모임을 해요. 오시면 아주 큰 영적 이득을 얻으실 수 있어요. 나타샤, 모드, 여사님이랑 나, 이렇게만 있어서 아주 아늑하고 오붓할 거예요. 눈에 보이지 않는 위대한 곳에서 우리 각자한테 온 전갈을 나

* 카나스타(Canasta)는 짝패를 맞추는 카드 게임의 일종으로, 1900년대 중반에 우루과이에서 개발되어 남아메리카 지역에서 크게 유행했다.

타샤가 전해 주고, 그다음에는 작은 식탁 주위로 손을 잡고 앉아서 서로와 떨림을 교환해요. 때로는 영적 세계에서 온 체현의 혜택을 받기도 해요."

앵무새 이야기를 반밖에 못 했는데 여사가 벤치에서 힘겹게 몸을 들어 올리며 말했다. "그럼 내 방갈로에서 수요일 저녁 여덟 시 반에 뵙는 걸로 생각하고 있을게요. 갬비트 부인한테는 말하지 않으셨으면 좋겠는데, 영적인 자부심이 엄청난 데다가 나타샤의 경이로운 힘을 샘내거든요. 게다가 영적인 힘을 집중시켜야 해서 이 동아리는 비밀로 하고 있어요."

이런 은밀한 말을 남기고 여사는 엉기적거리며 갔고, 나는 남아서 요크셔 앵무새 이야기가 어떻게 끝났는지 기억해 내려 했다. 그때 애나 워츠가 갑자기 길목에 나타났고, 나는 일어나서 못 본 척하며 내 방갈로 쪽으로 몸을 돌렸다. 하지만 그녀가 나보다 걸음이 빨라서 금세 쫓아왔다. 애나가 있다고 해서 저녁 공기를 즐기는 게 방해되지는 않았고, 귀나팔을 쓰지 않으면 애나의 목소리는 저 멀리 축구장에서 나는 관중 소리처럼 아득한 웅얼거림으로 들렸다. 나는 들으려는 시도조차 하지 않으면서 어느새 나무 위에 떠서 반짝이는 금성을 발견하고 기뻐했다. 내가 이 밝은 행성을 얼마나 사랑하는지 애나에게 말해 주고 싶었지만 그럴 여지가 없다는 걸 알았다. 그녀는 다소 화난 것처럼 보였는데, 아마 또 지독하게 일한 것 같았지만 무슨 고단한 일을 했길래 그러는지는 상상하기 어려웠다.

내가 하고 싶은 말에 무조건적으로 설레 하는 사람을 몇이라도, 심지어 단 한 명만이라도 찾을 수 있다면 얼마나 즐거울까? 아무도 간섭하거나 하품하는 일 없이, 들뜬 관중을 향해 앵무새 이야기를 몇 시간이고 계속하는 것을 상상해 보았다. 아니면 뮤리얼과 로버트가 얼마나 나한테 부당하게 굴었는지, 또 뮤리얼이 잔소리로 갉아먹기 전까지 갤러해드가 원래 얼마나 꿋꿋한 성격이었는지를 설명할 수도 있겠다. 공상일 뿐이라고 할 수도 있겠지만, 누구의 간섭도 받지 않고 말을 많이 하는 사람도 세상엔 있다. 대체 얼마나 재미있는 이야기를 하길래 그러는 걸까? 곤살레스 여사처럼 귀신이 들리면, 게다가 그런 상태에서 듣는 사람에 관한 이야기를 해 준다면 사람들의 관심을 야기할 수 있을 것 같다. 여기에 비법이 있는 걸지도 모른다. 사람들은 자기와 관련 있는 것만 좋아하는 법이고, 나 역시 예외가 아니다.

우리는 모두 인기가 많아졌으면 하지만 그 대가란 정말 엄청난 것이다. 항상 상대방 이야기만 하고 내 이야기는 할 수 없다니 말이다. 즐거움을 조금이라도 느낄 수 있을지 의심스럽지만, 프랑스식 페이스트리가 있는 티타임에 항상 초청된다면 또 괜찮을지도 모른다. 아주 재밌는 사람이 포트와인을 선호한다면 차 대신 그걸 대접할 수도 있을 거다. 다른 사람 이야기만 해 주는 그 재밌는 사람이 나라면 더욱이 그렇다. 그럴 경우엔 사람들이 음료 종류를 바꾸는 걸 고려해 줄지도 모른다.

진홍색 커튼이 있는 따뜻한 응접실에서 행복하고 긴밀한, 하지만 흐릿한 얼굴들에 둘러싸여 있는 내 모습이 보였다. 나는 진한 포르투갈 와인을 몇 잔씩 연달아 마셨고 때때로 조그만 프랑스 에클레르로 술을 씻어 내렸다. 모두가 점점 더 행복해졌고, 내가 등대에 도착하자 우레 같은 박수를 쏟아 냈고, 애나 워츠는 어느새 사라져 있었다. 자기가 하는 말에 내가 전혀 신경 쓰지 않고 있음을 알아차렸나 보다. 불쌍한 애나, 자기 말 듣는 걸 좋아하는 사람이 하나도 없다니 정말 안됐다.

금성이 나무 너머로 반짝였고 벌써 저녁 식사 시간이었다. 저녁으로 맛난 삶은 달걀이 먹고 싶었지만, 식탁에 차려진 대로 먹어야 했다. 갬비트 박사는 내가 고기를 삼가도록 허락해 주었지만 그렇다고 해서 야채를 두 배로 먹을 수 있는 건 아니라서 어떨 때는 식탁에서 일어선 순간부터 배가 고팠다. 박사는 사람은 나이가 들수록 음식을 적게 필요로 하고 과식이야말로 노인을 빨리 죽이는 주범이라고 말했다. 그 말이 맞기는 하지만, 또한 우리 노인들은 먹는 데서 단순한 기쁨을 많이 느끼기도 한다.

식단이 이렇게 간소한데 갬비트 박사와 반 토흐트 여사는 어째서 그렇게 뚱뚱할 수 있는지 궁금했다. 각자 방에서 사적으로 먹겠지 싶으면서도, 반 토흐트 여사가 어떻게 추가 음식을 손에 넣는 것인지는 여전히 수수께끼였다. 갬비트 부인이 항상 스라소니처럼 부엌을 감시하고 있었고 창고는 항상 잠겨 있었다.

나는 전반적으로 상황에 밝은 조지나와 이 이야기를 해 보기로 마음먹었다. 조지나와 이야기할 중요한 문제가 또 하나 있었는데, 식사 시간에 내 맞은편에 걸려 있는 수녀 초상화에 관한 것이었다. 식사 때마다 갬비트 박사는 이론적인 것에 대한 설을 길게 풀었는데, 나는 하나도 이해하지 못했다. 박사가 말을 늘어놓을 동안 나는 윙크하는 수녀를 찬찬히 살펴볼 수 있었다. 시간이 갈수록 흥미가 커졌다. 조지나는 교양이 많기도 하고, 유명한 예술가들이 자신과 정신없이 사랑에 빠진 이야기를 자주 했다. 내 관심이 순전히 예술적인 데 있는 척하면서 조지나에게 그림에 대해 물어봤다.

　　"수르바란* 학파 작품일 거예요." 그녀가 평소와 달리 생각에 잠긴 표정으로 말했다. "아마 18세기 후반에 그려진 것 같아요. 물론 스페인 사람 작품이죠, 이탈리아 사람은 그렇게 고혹적으로 불길한 건 만들지 못해요. 음흉한 눈빛의 수녀라니. 미지의 거장이에요."

　　"그 수녀가 실제로 윙크를 하는 걸까요, 아니면 한쪽 눈이 먼 걸까요?" 나는 물으면서 그 여성의 더 개인적인 면모에 대한 조지나의 의견을 듣고 싶어 조바심을 냈다.

　　"당연히 윙크하는 거죠. 그 음탕한 할망구는 아마 벽에 뚫은 구멍으로 수도원을 엿보고 있을 거예요, 수도사들이 속옷 바람으로 활보하는 걸 보면서요." 조지나는 한

* 프란시스코 데 수르바란(Francisco de Zurbarán, 1598–1664)은 스페인의 화가다. 강한 명암 대비 효과를 사용해 성직자와 성자의 삶을 묘사한 종교화, 정물화 등을 그렸다.

가지밖에 생각할 줄 몰랐다. "아름다운 그림이에요." 그녀가 덧붙였다. "갬비트 내외가 그 무수한 추악한 소장품 중에 이걸 걸었다는 게 신기해요. 음흉한 수녀원장만 빼면 그 집에 있는 건 다 오래전에 불태워 버렸어야 해요."

분명 그 그림은 자기만의 힘이 있었고 나는 조지나 역시 그에 감동받았다는 것이 흡족했다. 조지나는 정말 교양이 많아서 거의 귀족 같았다.

이 음흉한 수녀가 어쩌나 내 생각을 자주 사로잡는지 정말이지 이상했다. 나는 그녀에게 이름도 지어 주고 철저하게 나 혼자만 알고 있었다. 도냐 로살린다 알바레스 델라 쿠에바라는 길고 멋진 스페인식 이름이었다. 내 상상 속의 그녀는 카스티야 지방의 쓸쓸하고 삭막한 산에 있는 거대한 바로크식 수녀원의 원장이었다. 타르타로스의 산타바르바라 수녀원이라는 곳으로, 연옥을 수호하는 수염 난 여인이 그 남쪽 지방에 사는 이교도 아이들을 데리고 논다는 소문이 있었다. 이런 공상이 어디서 나온 건지는 나도 모르겠지만, 그 덕분에 나는 잠이 특히 안 오는 밤 시간을 즐겁게 보낼 수 있었다. 노인들은 잠을 많이 자지 않는다.

"그렇죠." 조지나가 말했다. "정말 스페인 사람들은 검정 천을 아주 능란하게 그릴 줄 알았어요. 다른 사람이 그린 검정보다도 훨씬 더 빼어나게 검게 우울하지요. 저 나이 든 여인의 옷을 보면 질감이 난초 꽃잎 같고 색깔은 연옥 같잖아요. 정말 놀라운 그림이에요. 풀을 먹인 흰 주

를 장식이 얼굴을 둘러싸고 있는데 꼭 보름달처럼 환한 것이 그만큼 사람을 홀리죠." 왠지 조지나는 그 음흉한 수녀원장 그림을 내가 평생에 걸쳐 이해할 수 있는 것보다 더 잘 이해하고 있다는 느낌이 들었다.

빛충만 회관에 도착한 지 셋째 날이 되었을 때, 나는 갬비트 박사와 첫 단독 면담을 가졌다. 나를 박사의 서재로 소환하는 작은 분홍색 메모지에는 이렇게 쓰여 있다. "메리언 레더비 님은 오후 여섯 시에 제 사무실에 방문하시기 바랍니다. 정신의학박사 L. 갬비트."

박사의 사무실, 혹은 평소에 부르는 대로 하면 서재는 본관의 1층에 자리 잡고 있었다. 작은 방이었고 창밖으로는 둥근 발코니가, 더 나가면 잔디밭과 건물 서쪽을 두르고 있는 사이프러스 나무가 보였다. 방은 장식품과 육중한 가구로 가득해서 숨이 막힐 지경이었다. 책, 잡지, 황동 불상과 대리석 예수상, 잡다한 고고학 유물, 만년필 등을 비롯해 각종 작은 장신구들이 공간을 빈틈없이 차지하고 있었다. 갬비트 박사는 방의 절반을 차지하는 거대한 마호가니 책상 뒤에 앉아 있었다. 내게 앉으라고 말하는 품새가 꽤 전문적으로 보였다. 나는 가까스로 빈자리를 찾았다.

"수 주, 심지어 수년 안에 일의 결과가 발현하리라고 기대하지는 않습니다." 갬비트 박사가 말했다. "그렇지만 노력은 기대합니다. 이 기관은 일을, 내적 기독교를 사람들에게 알린다는 목적의식 위에 세워진 곳입니다. 우리는 신입 회원을 고를 때 삶의 설움과 어려움을 이미 삼차원으로 경험한 사람들, 달리 말해 존재에 이미 너무도 실망하여 시간과 좌절로 감정적인 관계가 허약해진 사람들에 주력합니다. 이는 새로운 진리로 가는 심리의 문을 열기 위한 최적의 조건이죠."

그는 나를 엄격한 눈으로 바라봤지만 나는 불안할 때 항상 그렇듯 고개를 연신 끄덕이기만 했다. 그는 공책에 무언가를 적더니 말을 이어 갔다. "이 공동체의 모든 회원은 도움을 받을 수 있도록 긴밀하게 관찰되고 연구됩니다. 그러나 개인의 차원에서 협력과 노력을 행하지 않는다면 그 어떤 도움도 효과가 없을 것입니다. 회원님의 보고서를 보면, 다음과 같은 내적 불순함을 찾을 수 있습니다. 탐욕, 위선, 이기심, 나태, 허영. 목록 제일 위에 있는 것이 탐욕으로, 이것이 가장 지배적인 욕구임을 뜻합니다. 짧은 시간 안에 이렇게 많은 심리적 기형을 극복할 수는 없습니다. 그러나 당신만이 홀로 이런 타락한 습관의 희생자인 것은 아니고 모두가 결점이 있기에, 이곳에서 우리는 이 결점을 관찰함으로써 최종적으로는 객관적 관찰, 즉 의식의 빛 아래에 소멸시키고자 함입니다.

이 공동체의 일원으로 당신이 선택받았다는 사실만으로도, 스스로의 악덕을 용감하게 마주하고 그 손아귀에서 벗어나고자 함에 충분한 격려가 되리라 믿습니다."

나는 이 이야기에 조금 당황했고 심지어 기분이 상하기까지 했다. 생각을 정리하느라 얼마간 웅얼거린 후에 내가 말했다. "갬비트 박사님, 누군가가 절 박사님네 기관의 신입 회원으로 선택했다고 생각하시는 거라면 잘못 아신 거예요. 제가 여기로 보내진 건 그저 우리 식구들이 날 없애 버리고 싶지만 또 살인 때문에 양심의 가책에 시달리긴 싫었기 때문이에요. 우리 며느리 뮤리얼이 이 기관을 고른 건 자기나 우리 아들 갤러해드의 경제적 형편에 맞는 여성 전문 양로원이 여기뿐이었기 때문이고요. 이 담 안쪽에 있는 사람들이 저에 대해 생전 들어 보기라도 했을지 심히 의심스러운데, 그런 제가 이 기관의 선택을 받았다고 말씀하시는 게 맞는 걸까요?"

"현재 시점에서 기대하셔도 안 되고, 이해하려 애쓰셔도 소용없는 것들이 몇 가지 있습니다." 박사가 수수께끼처럼 답했다. "주의와 노력을 기울여 매일의 과업을 사셔야 합니다. 자동적 습관에서 해방되기 전에 더 높은 차원과 그 비밀을 해석하려 하시면 안 됩니다. 악덕과 습관은 동일한 것입니다. 우리가 습관의 희생양인 이상, 또한 우리는 여전히 악덕의 노예입니다. 먼저 콜리플라워를 포기하는 것에서 시작하시길 권장드립니다. 이 야채를 지나치게 탐닉하신다고 보이는데, 회원님의 지배적 욕구인 탐욕의 발현입니다."

부엌에서 아침 업무를 하는 동안 내가 삶은 콜리플라워 한 꼭지를 훔치는 걸 갬비트 부인이 본 것이 틀림없다. 더 조심해야겠군, 나는 고개를 끄덕이며 이렇게 생각했다.

"회원님께서 본인의 결핍된 인격을 이미 마주하고 있는 걸 보니 기쁘고 기운이 납니다." 갬비트 박사가 말했다. "인격은 흡혈귀라서, 인격이 지배하는 한 진실된 자기가 드러날 수 없습니다."

나는 이렇게 말하고 싶었다. "네, 하시는 말씀 다 맞는 말이죠, 그런데 어떻게 저보다 훨씬 뚱뚱하신 분이 제 탐욕을 비난하실 수 있죠?" 그렇지만 나는 웅얼거릴 수밖에 없었고, 박사는 내가 영적인 조언을 필요로 한다고 생각했던 것 같다.

"절망하지 마십시오." 그가 말했다. "보상을 단념하기만 하면 노력은 언제나 보답받기 마련입니다. 탐욕이 회원님의 본성에 뿌리 깊게 박혀 있지만, 그것이 파괴적으로 자라나고 있음을 자각하신 것만으로도 축출하는 데 도움이 될 것입니다. 마치 치과 의사가 썩은 이빨을 뽑는 것처럼 말입니다."

저렇게 뚱뚱하다면 적어도 나만큼은 탐욕스러운 게 당연하지 않을까? 아니면 분비선 때문인가? 뚱뚱한 사람들은 항상 "분비선" 문제가 있다고 말하면서도 항상 다른 사람들보다 많이 먹는데, 뮤리얼만 봐도 끊임없이 초콜릿으로 자기 배를 가득 채우면서 남들과 나눠 먹지 않는다.

어쨌든 악랄한 탐욕에 대한 이 설이 노망난 늙은 여자들을 먹이는 살림을 절약하는 데 도움이 된다는 건 두말할 필요 없다. 박사의 어마어마한 책상 서랍에 말린 과일과 달달한 과자, 젤리 사탕과 캐러멜이 가득하다는 것도 두말할 필요 없다. 그중 첫 번째 서랍은 치즈 샌드위치나 차게 식힌 닭고기 구이같이 잘 상하는 음식 전용인 게 분명하다. 아래 서랍에 넣으면 회계장부 같은 것 아래에 깔려서 깜빡 잊기 십상이니까.

"아무렴 분비선 때문이겠지!" 내가 소리 내 말했다. "세상에 그런 헛소리가 어딨어."

놀랍게도 갬비트 박사는 흡족해 보였고 곧바로 대답했다. "자기관찰을 실천함에 있어서 제일 중요한 근간 중 하나를 바로 짚어 내셨습니다. 분비선과 그 기능이야말로 의지가 물질을 지배한다는 사실을 증빙합니다."

"니 분비선이나 똑바로 챙기라구!" 나는 이렇게 답했지만, 너무 화가 나서인지 평소보다 더 발음이 좋지 못했고 박사는 바로 이어 내 분비선을 어떻게 관찰해야 하는지 알려 주기 시작했다. 이 땅딸막한 잔풀내기가 나한테 내 분비선 이야기나 하고 있다니!

방이 유난히 따뜻해서인지 그다음에는 잠에 든 것 같다. 문이 갑자기 활짝 열려서 퍼뜩 잠에서 깨어났다. 나타샤 곤살레스가 유령 같은 차림으로 들어섰다. 하얀 원피스 잠옷을 입고 있었고 풍성한 철회색 머리칼이 흘러내려 어깨를 덮었다. 얼굴은 노랗고 양쪽 뺨에는 격노한 보라색 반점이 하나씩 돋아서, 복수심에 불타며 갬비트 박사에게 삿대질했다. "그 여자를 쫓아내지 않으면," 그녀가 소리쳤다. "오늘 밤에 이 기관을 떠나겠어요."

나는 계속 잠든 척을 하면서 나팔을 조심조심 왼쪽

귀에 갖다 댔다. 갬비트 박사는 당황한 듯 자리에서 일어서서 곤살레스 여사를 문고판 소설책 몇 권이 쌓여 있는 근처 의자에 앉혔다. "평온을 되찾으세요, 나타샤, 특별한 임무가 있음을 기억하세요." 그는 말하면서 담배에 불을 붙여 나타샤의 입에 직접 넣어 주었다. 나는 한쪽 눈으로 이 모든 것을 관찰했다. 갬비트 박사가 나타샤 곤살레스에게 보이는 태도는 정말이지 뜻밖이 아닐 수 없었다.

"성녀시여, 이토록 놀라운 재능이 몸에 흐르는 분은 평온함이라는 헌물을 바치셔야 마땅한 겁니다. 평온하신 나타샤." 박사는 두꺼운 안경 렌즈 두 개를 통해 나타샤를 뚫어져라 쳐다보며 계속 반복했다. "평온하신 나타샤, 당신은 평온합니다, 복되도록 온전히 차분하고 평온합니다."

곤살레스 여사는 조금 진정했는지 이제는 행복하게 담배를 태우고 있었다. "당신은 평온합니다, 당신은 아주 차분하고 천천히 진정하고 있습니다. 자 이제 들어오시면서 하시려던 말씀을 해 주세요."

"거룩한 저편에서 온 전갈을 키가 크고 수염이 난 남자께서 제게 하사하셨습니다." 그녀의 목소리는 몽유병자같이 들리기 시작했다. 하지만 여전히 경련이 이는 듯 의자를 움켜쥐고 있었는데, 손마디가 하얗게 튀어나올 정도였다. "이 우뚝하고 수염 난 인물께서 제 방으로 미끄러져 들어오셔서 하얀 장미로 짠 화관을 제게 건네시며 이렇게 말씀하셨어요. '당신은 나타샤, 나는 이 빛의 샘 위에 내 가르침을 건설하는 자, 네게 이 천국의 장미를 주노니,

네 성스러운 냄새는 주께서 장미에서 맡는 것처럼 향기롭도다. 내 이름은 베드로, 곧 바위이니라.'"

"전부 말해 주세요, 나타샤, 당신은 평온하고 차분합니다, 복되도록 차분하고 평온합니다." 갬비트 박사가 검지를 나타샤의 이마에 대며 말했다.

"그러더니 성스러우신 분께서 내 손을 잡으면서 우리는 둥실 떠올랐고 그분께서 제 머리를 쓰다듬으며 말씀하셨어요. '나타샤, 천상의 왕국에서 온 이 성스러운 장미는 인간들 속에서 행한 네 일의 상징이니라. 너는 순수한 그릇이며 너를 통해 스승님의 뜻이 그의 무리에 발현되나니. 다른 이를 이끌도록 선택받았으니 기뻐하여라, 여성 중에 축복받은 나타샤여.'"

"그러더니," 나타샤가 의자를 움켜쥐고 한쪽 눈을 뜨면서 이어 말했다. "조지나 사이크스를 위한 전갈이 있다고 말하셨어요. 그가 말씀하시길, '조지나 사이크스에게 전하거라, 계속해서 갬비트 박사와 자기에 관한 악랄한 험담을 퍼뜨리면 안 그래도 점점 줄어드는 구원의 기회가 영원히 석화되리라.'"

박사가 초조하게 씰룩대는 것이 보였다. "어떤 험담입니까?" 이렇게 날카롭게 물어보더니 다시 최면을 거는 듯한 느릿한 말투로 가다듬어 말했다. "어떤 험담입니까, 나타샤? — 당신은 복되도록 차분하고 평온합니다 — 어떤 험담입니까?"

나타샤는 목소리는 복되도록 차분하거나 평온한 것

과는 거리가 한참 먼 목소리로 악랄하게 답했다. "어떤 뒷말인지 알게 되면 경악하게 되실 걸요, 악독하고 늙어 빠진 화냥년이에요. 밑이 축 처진 퀭한 눈으로 주제 모르고 추파를 계속 던질 거랍니다."

갬비트 박사는 안달이 난 티를 냈다. "어떤 험담입니까, 나타샤? 대답하세요, 이제 편안하고 평온합니다. **대답하세요.**"

"그 여자는 온 기관을 돌면서 사람들한테 박사님이 자기를 꼬시려 하고, 심지어 밤에 자기 방갈로에 들어오려고 했다고 말하고 다녀요."

"고약한!" 갬비트 박사가 화나서 외쳤다. "그 여자는 미친 게 분명해."

"조지나 사이크스는 음란한 노인이에요." 나타샤가 기만적으로 말했다. "그런 색마는 공동체 일원들하고 어울리게 놔둬서는 안 돼요. 사람들 정신을 비뚤게 하는 자예요."

"지금 당장 불러서 한마디 해야겠군요." 갬비트가 극도로 동요하며 말했다. "기관 전체의 평판을 망가뜨릴 수도 있는 일이야!"

"그뿐만이 아니에요." 나타샤가 덧붙였다. "절 폭력적으로 모욕하기까지 했어요. 저야 당연히 전갈을 전하려 그녀의 방갈로로 서둘러 갔죠, 제 임무에 부합하도록 가꾼 순수한 마음으로요. '조지나,' 제가 부드럽게 말했어요. '전해 줄 말이 있어요.' 조지나는 아주 버릇없게 답하며 이렇게 말했어요. '천국 따위에서 온 말이면 네 거기나 어디에 쑤셔 넣어.' 저는 충격과 고통을 느꼈지만 제 내적 광채를 지키면서, 그녀를 위하기만 할 뿐인 이 전갈을 들어야 한다고 꾸짖었어요. 그랬더니 조지나는 날 밖으로 밀어내면서 문을 쾅 닫았어요. 그래도 전 여전히 비밀스러운 평화의 빛을 발하며 그날의 고역을 즐거운 마음으로 행하고 있었는데, 불행스럽게도 30분 전에 푸크시아 꽃길에서 조지나를 만난 것이죠. 그녀는 날 멈춰 세우더니 화난 뱀처럼 쉭쉭댔어요. '나타샤 곤살레스, 이 한심하고 같잖은 위선자야, 그 역겨운 전갈을 한 번만 더 전달하려 시도하기만 해도 니 얼굴에 침을 뱉어 버릴 거야.' 이게 일어난 일의 전모예요. 박사님의 의식이 이 지독한 여자의 위험과 변절을 향해 열리게끔 돕는 게 제 책무랍니다. 그녀가 계속 있는 한 전 기관에서 물러나겠어요."

갬비트 박사는 복된 평온함이고 뭐고 잊어버린 듯 보였다. 두 손을 쥐어짜면서 앞뒤로 초조하게 서성거리며 이렇게 말했다. "끔찍한 일이 발생했군요. 조지나 사이크스는 조카 지원으로 여기에 있는 건데, 추가 사항이 많아서 다른 사람보다 비용을 두 배 지불한단 말이죠. 아침마다 보브릴*을 먹고, 일주일에 두 번씩 침대보를 갈고, 자기 전마다 안마를 받고 오발틴**을 먹어요. 정말 괴롭기 짝이

---

* 보브릴(Bovril)은 19세기 말에 개발된 영국의 소고기 농축 페이스트 제품으로, 따뜻한 물에 타 음료로 먹거나 국물 요리의 감미료로 사용한다.
** 오발틴(Ovaltine)은 우유에 타 먹는 가루 제품으로, 맥아와 설탕 등이 주재료다.

없네요, 갬비트 부인은 이 사실을 몰라야 해요, 아니면 편두통이 심해져서 제가 몇 주 동안 잠을 못 잘 거예요."

나타샤는 이런 생각에 별로 관심이 없는 듯 나가기위해 일어서면서 말했다. "제 조언 새겨들으시고 그 여자를 없애 버리세요, 그 여자는 공공의 적이에요."

나도 마침내 일어서서 나갔다. 내가 가는 걸 박사는보지 못한 것 같다. 우두커니 창밖을 바라보는 박사가 너무나 괴로워 보여서 안쓰러운 마음이 들었다. 박사는 항상 갬비트 부인만 옆에 있으면 기가 꺾이는 것 같다고 생각했는데, 이제 보니 사실은 부인을 무서워하는 것이었다. 부인은 박사를 처벌할 때도 위장(胃腸)을 이용하나 보다. 우리 사회 같은 데서 음식 배급을 장악한 사람은 권력이거의 무한하다. 작은 반란을 조직할 수는 없을까 하는 고민이 들었다.

보통 일요일 오후마다 방문객들이 찾아왔다. 애정이좀 더 많은 친척들은 도시락 점심을 싸와서 정원의 이 구석 저 구석 아니면 잔디밭에서 먹었다. 이런 특별한 관심을 누리지 못하는 우리 같은 이들은 점심 먹는 사람들 근처에 앉아서 최대한 꼼꼼히 관찰하며 나중에 흉볼 거리를찾았다. 이야깃거리는 언제든 더 있으면 좋으니까. 통닭구이나 초콜릿 케이크같이 호사스러운 선물을 받은 사람도꼼꼼한 관찰의 대상이 되었다.

몇 번의 일요일이 지나서야 갤러해드와 뮤리얼이 날보러 왔다. 오후 다섯 시가 거의 다 되어서야 알록달록한

젤리 사탕 한 박스와 카르멜라의 편지를 갖고 도착했다. 드디어 카르멜라 소식을 듣게 되어서 비할 데 없이 기뻤지만, 성급한 마음을 다스리고 나중에 방해받지 않고 혼자 음미하기 위해 두꺼운 봉투를 주머니에 넣었다.

뮤리얼은 이제까지 본 중에 가장 뚱뚱해 보였고 갤러해드는 내 눈에 좀 피곤해 보였다.

"들으시면 기뻐하실 소식이 있는데 로버트가 약혼을 했어요." 뮤리얼이 말했고, 언제나처럼 목소리가 불쾌하게 커서 듣지 않을 수 없었다. "저희도 참 만족스러운 게 집안이 유복한 참한 영국 아가씨를 골라 왔거든요. 데번셔의 오래된 자작농 집안 출신이래요. 블레이크 대령님이 플라비아랑 같이 여기 와 있었는데, 영국회관이 주최하는 연례 테니스 대회에서 애들이 사랑에 빠졌어요. 저희 둘 다 정말 잘 어울리는 한 쌍이라고 생각해요, 그쵸 여보?"

갤러해드는 내게 들리지 않는 무슨 말을 했고 조지나가 가까이로 걸어 지나가며 내게 비범한 윙크를 던졌다.

"참 안된 노인네네." 멀어져 가는 조지나의 등을 향해 뮤리얼이 외쳤다. "살짝 정신이 나간 것 같아요. 누가 좀 제대로 된 옷을 드려야 할 것 같네요."

조지나가 고개를 돌려 눈을 흘기는 걸 보니 뮤리얼의 평가를 들은 것이 분명했다. 이렇게 무신경한 며느리를 뒀다는 사실이 부끄러웠다. 게다가 조지나를 측은해하다니 한참 엇나간 평가인 게, 우리 모두 그녀의 우아하고 약간은 사치스러운 옷차림을 흠모했다.

"그래서 내 새끼 로버트가 이제 다 큰 남자가 되어서 아내를 맞이한다니까요." 뮤리얼이 여전히 거슬리는 목소리로 말했다. "유월에 결혼할 예정이에요. 정말 신나는 소식 아닌가요?"

"로버트 얘기는 신날 게 하나도 없어." 내가 답했다. "고양이들은 잘 지내니? 빨간 암탉은? 로지나랑 그 집 애들은?"

"고양이들은 벨라스케스 부인이 데려갔고 빨간 암탉은 로지나가 자기 시골 마을로 가져갔어요. 로지나는 내보내게 됐어요, 너무 버릇이 안 좋아져서요. 집은 다시 칠했어요. 로버트 생각이었어요. 약혼녀를 쾌적하고 편한 집으로 초대하고 싶어 하더라고요. 지금 보시면 집을 알아보지도 못하실 걸요. 거실 색깔은 짙은 장미색이고 부엌은 바다 풍경 같은 파랑이에요. 요즘에는 물로 씻을 수도 있는 플라스틱 페인트가 새로 나왔더라고요. 갤러해드가 현관에 세워 놓을 야자나무를 몇 그루 사 왔길래, 제가 미국 성공회 자선 바자회에 갔다가 래커로 칠한 빨간 통을 싸게 구해서 거기에다 분갈이해 줬어요."

카르멜라가 고양이를 데려갔구나, 카르멜라는 복 받을 거야. 정말 다행스러웠다. 빨간 암탉 소식은 그에 비하면 유감스러웠다. 시골 마을에 사는 암탉들은 정말 앙상한데, 그것도 살아남았을 때 얘기다. 뮤리얼은 온 힘을 다한 커다란 목소리로 각종 소식에 대해 떠들었다. 15년간 동거하는 내내 지금 말한 것의 반만큼도 이야기하지 않았다.

"블레이크 대령님이 로버트랑 플라비아 결혼식을 보러 오셔서 지금 저희 집에 묵고 계세요. 영국에서는 운동을 열성적으로 하시는 분인데 사냥철을 놓치시게 됐지 뭐예요. 그래도 골프도 맘껏 치시고 저녁에는 카나스타도 하시면서 재미나게 지내시는 것 같아요.

로버트랑 플라비아는 각광 극단에서 하는 취미 연극반에 들었어요. 노엘 코워드* 작품을 올릴 예정인데 분명 크게 흥행할 거예요. 플라비아가 맡은 역할이 극 중에서 두 번째로 비중이 크대요."

로버트가 극 연기를 한다고 생각하니 구역질이 나서 아무 말도 할 수 없었다.

"버치 부인이," 뮤리엘이 말을 이어 갔다. "플라비아가 그 배역을 땄다는 사실에 너무 분해 하면서 아주 소동을 부렸어요. 정말이지 그 나이에 염치도 없지. 연기라니! 거의 60이 다 됐을 텐데."

해가 저물기 시작할 때에야 드디어 둘이 떠났다. 갤러해드가 불쌍했지만 그 애를 도울 수 있던 날도 이미 한참 전에 지났다.

카르멜라의 편지가 주머니에서 바스락대길래, 조용한 데에서 읽을 수 있게 서둘러 갔다. 그 섬세한 글씨체와 보라색 잉크를 다시 볼 수 있게 되어서 정말 기뻤다. "메리언에게"라고 카르멜라가 썼다. "네가 이 편지를 읽게 될

---

* 노엘 코워드(Noël Coward, 1899-1973)는 영국의 극작가로, 영국 상류사회와 그 풍습을 다루는 희극으로 명성을 얻었다.

지, 이걸 받기나 할지 모르겠다. 못된 뮤리엘이 이걸 무사히 전달해 줄 거라 믿기도 어렵고, 설사 전해 주더라도 너무 시달린 나머지 편지 읽을 힘도 없겠어.

그 우중충하고 거대한 시멘트 건물에 네가 갇혀 있는 무서운 악몽을 몇 번이나 꿨어. 현대식 건축은 항상 너무 우울해. 사나운 사냥개로 가득한 삭막한 운동장이며, 네가 회색 유니폼 차림으로 계속 걷게 시키는 주걱턱 여경들이며…. 부대 자루를 바느질하라고 시키진 않니? 언제나 생각했던 거지만 하나 이로울 게 없는 일인데. 화요일 밤 꿈에서는 네가 구속복을 입고 탈출해서 여러 마일을 깡충깡충 뛰어가더라. 여력이 되면 짧은 쪽지라도 몰래 보내 줘. 너한테 매번 자백제를 먹이는 건 아닐지 알 수 없으니까, 그래 주면 훨씬 안심할 수 있을 거야.

고양이들은 건강히 잘 지내고 있어. 내가 갔을 땐 이미 빨간 암탉은 없어서 구하지 못했어. 어쩌나, 분명 조만간 먹히고 말 텐데. 고양이들은 처음에 조금 어색해하더니 금방 자리 잡았어. 고양이는 다 영험하거든, 너도 알겠지만. 그래서 금방 내 마음을 이해하더라고.

너에 대한 악몽과는 별개로 탑 안에 있는 수녀에 대한 꿈을 반복해서 꾸고 있어. 얼굴이 어디에 비할 수 없이 흥미로운 게, 끝나지 않는 윙크를 날려서 살짝 일그러져 있단 말이지. 누구인지 도무지 상상할 수가 없다. 혹시 나와 편지를 주고받는 사람 중 하나일까?

한번 너를 찾아가려고 계획하고 있어. 하지만 여자

93

경찰관의 감시 아래 쇠창살을 사이에 두고 이야기해야 하는 거라면 너 주려고 했던 초콜릿 케이크랑 포트와인은 못 가져가겠지. 쇠창살 사이의 간격을 정확히 알려 줄 수 있으면 거기에 들어갈 만한 게 어떤 건지 계산해 볼게. 담배는 항상 위안을 주니까 좋겠네. 또 아무리 간격이 좁더라도 담배를 집어넣기에는 충분할 테고. 고통을 좀 덜 수 있게 마리화나 담배를 가져다줄까? 내가 들은 건데, 아랍인들이 산판딜라 시장 뒤에서 이 풀을 판대. 아주 위험하고 험악한 동네니까 사려면 무장하고 가야겠지. 당연한 말이지만 난 네 괴로움을 덜어 주기 위해선 무슨 짓이라도 할 수 있어. 하지만 마리화나를 적게든 많게든 구하는 건 아주 어려운 일이니까 진짜로 필요하면 편지에 구체적으로 써 주면 좋겠어.

널 찾아갈 계획을 세우는 데 완전 푹 빠져 있어. 갈 때마다 다른 변장을 하고 가야 나중에 네가 탈출하는 걸 돕게 되더라도 사람들이 의심하지 않을 거 아니니. 새로 온 가정부인 엘리사가 그러는데, 자기 할아버지 상사가 돌아가실 때 오래된 차로* 의상을 한 벌 할아버지에게 물려주셔서 비싸지 않게 대여해 줄 수 있다고 하셨대. 사실 헝가리 장군 복장으로 가고 싶었는데 이 동네에서는 좀 구하기 힘든 것 같아. 투우사 복장도 멋있을 것 같은데 막상 너무 비쌀 것 같고. 어쨌거나 너무 애쓰지는 않으려고

* 차로(charro)는 멕시코의 전통적인 승마인으로, 로데오와 흡사한 차레아다(charreada) 경기 때 챙 넓은 솜브레로, 부츠, 문양을 수놓은 정장 등 화려한 복장으로 기예를 뽐낸다.

해. 그러면 오히려 더 오해를 살 수 있으니까. 큼직한 가짜 콧수염이랑 선글라스만 있어도 겉모습을 상당 부분 바꿀 수 있어.

물론 지하 통로로 소통할 수 있으면 훨씬 편하겠지. 이걸 목표로 잡고 흰개미 공법을 사용할 계획을 세우고 있어. 중장비를 손에 넣는 건 우리 형편에 어려울 것 같아서. 편지에 계획을 함께 보낼게. 대신 당국의 손에 들어가지 않게 잘 간수해 줘. 들키면 우리 둘 다 끝장날지도 몰라. 가장 최신 고문 기법은 세뇌래. 엄지 조이기는 유행에서 밀린 지 한참 되었다고 하고. 혹시 세뇌에 대해서 들어본 적이 없다면, 외부에서 끊임없이 불안을 가해서 압박하는 정신 고문 방법 중 하나야. 금방 미쳐 버리니까, 총살형을 당하게 될 거라는 말을 들어도 신경 쓰면 안 된다는 걸 명심해야 돼. 또 비타민이라고 말해도 주사는 전부 다 거부해야 돼. 자백제일 수도 있으니까. 그것도 다 세뇌 고문의 일부라서, 생각조차 해 보지도 않은 일을 다 했다고 맹세하게 되어 버린다고.

내가 죽어서 내 시체를 직접 묻어야 하는 꿈을 계속 꾸고 있어. 불쾌하기 짝이 없는 상황이야. 이미 시체가 상하기 시작했는데 어디에 둬야 할지 도무지 모르겠는 거지. 어제도 같은 꿈을 꿨어. 윙크하는 수녀에 대한 꿈, 그리고 내 시체를 땅에 묻는 고된 임무에 대한 꿈. 일단은 방부 처리를 한 다음 여기 집에 착불로 보내기로 결정했어. 그런데 장례 업체가 집에 도착했을 때 내 죽은 몸을 마주해야 한다는 사실에 너무 경악해서 비용도 안 치르고 다시 장례식장으로 돌려보냈어. 자기 장례식에 대한 고민과 고생을 직접 할 필요가 없다는 게 얼마나 다행인지 몰라.

편지랑 같이 보내는 계획을 자세히 공부한 다음 편지로 회신해 줘. 2페세타*도 같이 보낼 테니까 기관 밖으로 편지를 몰래 빼낼 때 필요해지면 뇌물로 써. 또 전체 건물 배치도가 필요한데, 몰래 그려서 보내 줘. 보통 수채화처럼 그리면 안 되고 헬리콥터를 타고 공중을 맴돈다고 생각하고 그려야 돼. 십자말풀이 대회에서 헬리콥터를 상으로 타면 정말 근사하지 않을까? 물론 가능성이 크진 않아. 실용적인 상품은 거의 안 주더라고.

네 상황이 공포스럽긴 하지만 희망을 완전히 버리지는 마. 네 무조건적인 자유를 얻어 내기 위해 내 모든 정신적 역량을 동원할 거니까.

사랑을 가득히 담아, 카르멜라가."

나는 카르멜라의 편지를 여러 번 되읽은 다음 생각에 잠겼다. 윙크하는 수녀는 다름 아닌 도냐 로살린다 알바레스 델라 쿠에바일 수밖에 없다. 카르멜라가 텔레파시로 수녀원장을 봤다니 정말 불가사의한 일이다. 카르멜라에게 그 유화 이야기를, 또 내가 그 수녀원장 생각으로 가득하다는 이야기를 하면 얼마나 신나 할까.

---

* 페세타(peseta)는 안도라공국에서 통용되던 쓰인 스페인 통화로, 19세기 중반부터 쓰이다가 2002년 유로화 도입 후 폐지되었다.

기관과 카르멜라 집을 지하 통로로 연결하겠다는 카르멜라의 계획은 실제로 구현하기에는 매우 어려워 보였다. 누가 이걸 다 팔 수 있지? 지하 암석을 부수기 위한 다이너마이트는 또 어디서 구하고? 곡괭이만 갖고는 카르멜라와 내가 지하 10킬로미터 길이의 굴을 내는 데에도 평생이 걸릴 것이다.

어찌 되었건, 나는 기관의 도면을 세심하게 그려서 최대한 빨리 카르멜라에게 보내기로 결심했다. 편지를 보내는 데 누가 어려움을 겪었다는 이야기는 듣지 못했고 많은 여자들이 편지를 검열 없이 받아 보고 있으므로, 카르멜라가 제안한 것처럼 편지를 굳이 몰래 빼낼 필요는 없을 것이다. 그러면 많은 일이 쉬워진다. 내 사랑스러운 고양이들을 카르멜라가 사비로 맡아 주고 있다니 정말 다정한 사람이다. 카르멜라를 다시 만나서 현관 베란다에 앉아 제비꽃향 로젠지를 빨아 먹으면 얼마나 좋을까.

일요일이어서 평소보다 저녁 식사 분위기가 훨씬 자유로웠다. 차가운 로스트비프와 감자 샐러드가 나왔는데, 접시를 돌려 덜어 먹는 대신 식탁에 차려졌다. 정킷*과 빵은 커피와 함께 먹을 수 있게 거실에 놓였다. 종업원들이 쉬는 날이라 각자 돌아가면서 자기 설거지를 했다. 밥을 먹은 후에는 한 시간 동안 조용한 오락을 즐기게 해 주었다. 각자 수다를 떨거나 뜨개질을 하거나 단순한 게임을

---

* 정킷(junket)은 설탕을 탄 우유를 응고시킨 뒤 차갑게 해서 먹는 영국식 디저트다.

했다. 클로드 라 셰슈렐 후작 부인과 모드는 저녁을 먹은 다음 항상 뱀과 사다리 게임을 했다. 나는 이 모종의 의식을 구경하는 걸 좋아했다. 후작 부인은 언제나 군사전략을 토대로 말을 움직였고, 그때마다 유럽과 아프리카 전역에서 싸우고 이긴 전투에 대한 참혹한 이야기를 들려주었다. 소심한 모드는 반복되는 이 전쟁의 추억을 방해하려는 시도조차 감히 하지 못했다.

"진흙이 목까지 차올랐어요." 후작 부인은 게임 판에 주사위를 던지며 말하곤 했다. "대위와 내가 참호를 넘어다보는 동안에도 총알들이 우리 모자를 슝슝 뚫고 갔지요. 독일인들이 중포병 부대를 필두로 무자비하게 밀고 들어오는 중이었어요. 탱크들은 마치 앙갚음하려는 로보트들처럼 기관총을 다다다 쏘아 댔고요. 절망적인 상황이었답니다. 까무러칠 정도로 피곤했지만, 의무가 있으니 각자 자리를 가까스로 지키고 있었지요. '직접 공격만이 유일한 희망이에요, 몽 카피텐,* 양 측면에서 공격받고 있어요.' 대위의 강한 턱에 눈에 띄게 힘이 들어가더니 '그러면 병사들을 무정하게 살해하는 것과 다름없습니다.'라고 진흙에 뒤덮인 얼굴 뒤의 날카로운 푸른 눈으로 날 바라보며 답했어요. 나는 대위의 팔을 잡고 우리 뒤의 바다를 가리키면서, '그럼 어디로 후퇴한다는 거죠?'라고 감정이 사무쳐 잠긴 목소리로 물었어요. '탱크에 깔려 진흙에 파묻히느니

* 프랑스어 'mon capitaine'으로, '나의 대위'라는 뜻이다.

98

싸우다 죽는 편이 낫지 않을까요?' '언제나처럼 부인의 조언에 수긍해야겠습니다.' 대위가 말했어요. '어나방!'*"

"이렇게 이프르 전투를 우리가 이기게 된 것입니다." 후작 부인이 담담하게 말을 이어 갔다. "많은 이들이 목숨을 잃었고, 해협을 헤엄쳐 도버까지 가려다가 물에 빠진 이들도 있었죠. 하지만 우리 작은 대대가 24시간 동안 쉬지 않고 발포한 끝에 독일 탱크를 퇴각으로 몰아넣을 수 있었습니다."

그때 모드가 6점을 얻으면서 모드의 말이 사다리를 타고 올라 결승점 직전에 이르렀다. 후작 부인은 낮은 소리로 욕을 하며 주사위를 던졌지만 2점밖에 얻지 못하면서 별 진전이 없었다. "난 일요일에는 언제나 운이 없었어요." 그녀가 말했다. "난 화요일에 태어났답니다. 운이 좋다고 할 만한 일인지는 모르겠네요. 하지만 신나고 즐거운 일로 가득한 삶을 살았으니 불평할 수 없겠지요. 일례로 북아프리카에서 독일 저격수들을 피해 달아난 일이 생각나네요. 황량한 산악 지역을 지나는 강행군 중이었죠. 난 우리 대대의 부사령관이었어요. 적십자 구급차 두 대를 호위하며 사막을 지나고 있었는데…."

"죄송한데 제가 이긴 것 같아요." 모드가 소심하게 말했다. "당연하지만 순전히 운 덕이에요. 체스처럼 진짜 실력을 필요로 하는 게임이 아니니까요."

* 프랑스어 'en avant!'으로, '앞으로!'라는 뜻이다.

"정말 그렇군요." 후작 부인이 뱀과 사다리를 뚫어져라 살펴보며 말했다. "뭐 매번 이기는 것보다 스포츠 정신이 더 중요하다고 전 믿는답니다. 그러니 진심으로 축하드려요. 물론 일요일만 아니었다면 제가 이겼겠지만요."

갬비트 부인이 작은 종을 울렸다. 우리는 모두 일어나 각자 집으로 돌아갔다. 내가 지내는 곳이 후작 부인처럼 시멘트 독버섯이 아니라 등대라서 다행스럽다고 생각했는데, 그렇다고 잠자리에 들고 싶을 때마다 사다리를 올라야 한다고 후작 부인이 불평한 적은 없긴 했다. 아마 땅에 난 포탄 구멍에 기어 들어가고 나오던 행복한 시절을 떠올릴 수 있어서인 것 같다. 보름달에 가까워진 달이 정원을 가로지르는 우리의 앞길을 밝게 비추었다. 나는 모드와 함께 걸으며 그녀가 반 토흐트 여사와 함께 기거하는 이중 방갈로까지 동행했다.

"달빛만 보면 항상 스위스 생각이 나요." 모드가 슬픈 듯 말했다. "어렸을 때는 겨울스포츠를 하러 뮈렌에 가곤 했어요. 스키는 그다지 잘 타지 못했지만 스케이트는 조금 탔어요. 피겨스케이팅같이 근사한 건 아니고, 그냥 웬만큼 어울릴 수 있는 수준으로요."

"정말 그래요." 내가 답했다. "달빛이 비추는 눈만큼 내가 사랑하는 것이 또 없어요. 수년 동안 바라 온 게 있는데, 라플란드에 가서 하얗고 북실북실한 개들이 끄는 썰매를 타고 지쳐 나아가면서 눈을 감상하는 거예요. 더 북쪽으로 가면 순록을 타고 순록 젖도 짜 먹을 수 있대요.

아마 치즈도 만들 수 있겠지만, 상상하기엔 염소 치즈랑 비슷한 맛일 것 같은데 그러면 내 입맛에는 잘 안 맞을 거예요."

"스스로가 몽상의 희생양이 되게 두어서는 절대 안 돼요." 모드가 말했다. "갬비트 박사님께서 그러시는데, 몽상은 자전거를 타는 것보다 더 많은 힘을 소진한대요. 아마 맞는 말씀일 거예요. 물론 박사님이 하시는 말씀 전부의 근거까지 이해할 만큼 내가 똑똑하지는 않지만요. 그치만 우리 나이에 작은 즐거움을 종종 누리지 않는 것도 힘든 일이잖아요. 바보 같다고 생각하시겠지만, 북쪽 어딘가에 있는 속삭이는 자작나무 숲 사이로 거니는 내 모습을 상상할 때가 있어요. 이른 봄이고, 마지막 서리 때문에 풀이 바스락대는 소리가 발아래서 나요."

"어떤 건지 알겠어요." 내가 열성적으로 말했다. "자작나무, 특히 흰 자작나무는 이 흉측한 야자나무보다 더 살아 있는 것처럼 보이니까요."

"너무 생생해서," 모드가 말을 이었다. "이야기 하나를 통째로 만들어 낼 수 있을 정도예요. 혹시 이 이야기를 들려드려도 괜찮을까요?"

"들을 수 있으면 정말 좋을 것 같아요." 나는 이야기가 너무 길지 않기를 바라면서 답했다. 더 늦기 전에 카르멜라에게 보낼 편지를 쓰기 시작하고 싶었던 터였다. 갬비트 부인은 밤 열한 시까지 모든 등을 소등하는 것을 원칙으로 삼았다.

"일단," 모드가 말했다. "저는 트위드 바지에 가죽 잠바 그리고 튼튼한 브로그 구두* 차림이에요. 혼자 걸으면서 휘파람을, 아니 그보다는 콧노래를 부르고 있어요. 이젠 이빨이 없어서 휘파람을 불지 못하니까요. 자작나무 숲 곳곳에 시냇물이 조잘대고 나는 매끈한 징검돌을 밟아 시내를 건너요. 어떨 때는 꽤나 미끄럽기 때문에 항상 들고 다니는 튼실한 검은딸기나무 지팡이로 균형을 잡아야 해요. 시냇물이 정말 맑고 쾌활하게 흘러요. 수도 없이 많은 순진한 놀이를 약속해 주는 것 같아요. 부드러운 바람에 자작나무 이파리가 바스락거리고 공기는 신선하고 시원해요. 걸으면 걸을수록 내게 어떤 목적이 있다는 걸 알게 되고, 곧 짜릿한 환희를 느끼면서 그 목적을 깨달아요. 난 숲 어디엔가 숨겨진 마법의 잔을 찾아야 해요. 그때 다이아나 여신과 개를 조각한 대리석상을 발견해요. 여신상은 이끼에 반쯤 뒤덮였고, 한없이 숲속을 활보하고 있어요. 잔은 석상의 발치에 놓여 있어요. 은색 술잔이고 금색 꿀이 넘쳐흘러요. 나는 꿀을 한 모금 마신 다음 잔을 다이아나 앞에 다시 바치며 감사의 기도의 올리는데, 아 사실 이렇게 되는 게 아니고요. 꿀을 마시려고 하지만 너무 걸쭉해서 주변에 숟가락이 있는지 둘러봐요. 숟가락이 없어서 술잔 테두리를 핥아 먹고, 여전히 거의 가득 찬 잔을 여신께 돌려드린 다음 감사의 기도를 올려요.

* 갈매기 모양 앞코와 구멍 장식이 특징인 구두.

다이아나 석상을 지나온 지 얼마 안 됐을 때 돌멩이 아래 반쯤 숨겨져 있는 작은 철제 열쇠를 발견해요. 나중에 이게 필요할 거라는 사실을 알고 주머니에 넣어요. 아니나 다를까 갑자기 이끼로 덮인 벽에 난 나무 문 앞에 서 있는 나 자신을 발견해요. 문을 열어야 할지 말아야 할지 고민하면서 자물쇠에 철제 열쇠를 꽂아 보려는 그 순간, 뒤에서 누군가 살금살금 다가와 문안으로 날 거칠게 밀어 넣어요. 문이 저절로 열리면서 나는 이상한 호화로운 침실에 들어서는데, 아마 르네상스 양식으로 꾸며진 것으로 보여요. 하지만 워낙 예술에 문외한이라 고딕이나 바로크 양식일 수도 있을 거예요. 사방에 기둥이 달린 침대에는 프릴이 달린 흰색 수면 모자를 쓰고 있는 여자가 있어요. 여자가 나한테 윙크하고, 나는 그녀가 식당에 걸린 유화 속 수녀라는 사실을 깨달아요."

"정말 신기하네요." 내가 말했다. "나도 그 그림을 처음 본 순간부터 머릿속이 그 생각으로 가득해요. 그 수녀는 누구예요?"

"아무도 모르는 것 같아요." 모드가 말했다. "어쩌면 모르는 척하는 걸 수도 있고요. 하지만 크리스타벨 번스가 마음만 내켜 한다면 많은 걸 설명해 줄 수 있을 거라는 느낌이 종종 들어요. 하지만 정말 비밀스러운 사람이라 거의 아무랑도 이야기를 안 하죠."

"흑인이라서 다르다고 느끼는 것일 수도 있어요." 내가 말했다. "흑인들은 우리와 다른 추억을 갖고 있으니까

103

요. 계속 크리스타벨과 이야기해 보려고 했는데 항상 너무 바빠 보여요."

"아 이제 얼른 잠자리에 들어야겠네요." 모드가 말했다. "난 반 토흐트 여사님이랑 같이 방갈로를 쓰거든요. 베라 아시죠. 내가 잠자리에 늦게 드는 걸 싫어해요. 신발 벗는 소리가 벽 너머로 들린다고 하더라고요. 잠을 정말 깊이 못 자는 사람이에요. 하지만 베라가 있어서 진심으로 감사하게 생각해요. 아주 영적인 사람이거든요. 난 베라만큼 높은 차원에는 도달하지 못할 것 같아요."

"네, 수요일 저녁마다 집회를 한다고 말해 줬어요." 모드는 조금 놀란 듯했다. "베라가 그랬어요?" 그녀가 말했다. "그렇다면 여사님이 입회할 가능성이 있다고 생각한다는 뜻이에요. 수요일에 꼭 함께하셨으면 좋겠는데 오실 거죠?"

"고마워요." 내가 답했다. "나도 아주 기대돼요." 가벼운 음료 몇 가지를, 어쩌면 술을 주지 않을까 생각했다. 누가 말해 줬는데, 반 토흐트 여사는 개인적인 끈이 있다고 한다. 무언가 있지 않고서 그렇게 뚱뚱할 수는 없겠지.

"나타샤 곤살레스는요?" 내가 물었다. "초자연적인 힘이 있다고 하던데요." 모드는 잠시 망설이더니 답했다. "네 나타샤도 아주 영적인 사람이에요. 우리가 보지 못하는 걸 봐요. 안녕히 주무세요. 베라가 잠들기 전에 진짜 가야 해요."

혼자 남은 나는 아까 나타샤 곤살레스 이야기를 꺼

냈을 때 모드가 왜 그렇게 두려워했는지 의아해했다. 달이 천공 높이 떠 있었다. 나는 카르멜라에게 보낼 편지를 쓰기 시작했다. 카르멜라가 여기에서 이 무수한 수수께끼를 즐길 수 없다는 사실이 정말 안타까웠다. 갬비트 부인이 허가해 주기만 한다면 주말 동안 한번 놀러 오라고 제안해 볼까 싶었다. 카르멜라는 여기 사람들에 대한 아주 흥미로운 해석을 내릴 수 있을 것이다. 등대로 들어가기 전에 나는 밖에 서서 달과 별을 감상하고 나팔로 밤의 생명체들 소리를 들었다. 저 멀리에서 애나 워츠가 혼잣말을 했고, 가까이에서는 귀뚜라미가 울고 나이팅게일이 노래했다. 펜이랑 잉크를 도대체 어디에 뒀더라? 종이를 위층 옷장에 뒀다는 건 아는데.

생각할 수 있는 모든 소식을 카르멜라를 위해 적은 다음, 나머지는 다음 날을 위해 남겨 두고 침대로 들어갔다. 창문을 통해 달이 환하게 비추는 바람에 잠에 들 수 없어서 반은 꿈꾸고 반은 깬 상태로 누워 있었다. 이제 내겐 많이 익숙해진 상태다. 먼 과거의 추억들이 거품처럼 머릿속에서 일었고 오래전에 잊었다고 생각한 일들이 방금 일어난 일처럼 선명하게 되돌아왔다.

뤽상부르공원과 밤나무 냄새, 파리. 생제르맹데프레,* 사이먼이랑 카페테라스에서 아침을 먹던 일, 그때만 해도 사이먼의 얼굴은 여전히 생기로 가득 찬 것처럼 선

---

* 생제르맹데프레(Saint-Germain-de-Prés)는 파리 6구의 행정구역으로, 20세기 초 파리의 문화 예술인들은 이곳의 카페와 술집에서 자주 모임을 가졌다.

명하고 단단했지만, 사이먼이 죽은 지 벌써 30년은 되었을 거고 내가 알기로 이제 그는 완전히 사라지고 없다. 아라비안나이트, 사랑, 마법 같은 이야기를 하는 사이먼. 그러자 넓은 정원 한가운데 푹 꺼진 곳에 있는 여름 별장에서 사이먼과 함께 점심밥을 준비하는 꿈을 꾸었다. 사이먼에게 중요한 것을 물어봐야 했고, 그의 가슴팍을 만졌다. "하지만 당신은 나처럼 이렇게 단단한걸요." 내가 말했다. "아 사이먼, 이 모든 것이 무슨 의미인지 알려 주기 전에 죽으면 어떡해요? 사이먼, 죽어 있는 건 어떤 기분이에요?" 이게 바로 내가 그에게 물어봐야 하는 것이었고 나는 부끄러워졌다. 그는 잠시 어리둥절하더니 이렇게 말했다.

"당신은 항상 모든 게 끝날 거라고 생각하지만, 절대 끝나지 않아요." 사이먼의 눈은 샴고양이처럼 아름다웠다. 영구한 황혼의 정원에서 길을 잃은 사이먼, 끝까지 자유로워질 수 없었지, 그런데 참 아는 것이 많았다. 사이먼. 어쩌면 나는 아직 파리에 있는 것일 수도 있다. 강변을 따라 걸으면서 책 구경을 할 수만 있다면, 퐁뇌프 다리에서 센 강을 바라볼 수만 있다면 얼마나 좋을까. 생앙드레데자르 가를 따라 시장에 가서 점심거리로 레드 와인과 브리 치즈를 사면 내 간소한 식단에 충분할 것이다. 피에르, 보자르 가.* 똑똑한 피에르, 놀라운 생각으로 가득한 사람이었는데 그렇게 슬픈 끝을 맞았다. 폴은 목욕탕에서 익

---

* 보자르 가(rue des Beaux-Arts)는 파리 6구 생제르맹데프레의 길로, 국립고등미술학교 맞은편에 있다.

사했는데, 정물화가의 손에 살해당했다고 한다. 살인자 장 프리사르가 그린 어떤 그림에서 피에르가 당근을 하나 발견하고는 벌컥 화를 냈던 것이다. 격노한 화가는 피에르의 아파트에 숨어들었고, 그가 목욕탕에 있는 것을 발견하고는 그의 숨이 꺼질 때까지 물 아래로 밀어 넣었다. 불쌍한 피에르, 살인자가 단두대에 보내졌는지는 기억이 나지 않는다. 피에르, 정말 놀라울 정도로 똑똑하고 회화에 대해선 유난스러워서 한 색깔로 칠한 캔버스에 같은 색으로 한번 덧칠을 했다 하면 경악하며 거의 기절하려고 했다. 그에 따르면 형식은 구태하고 천박했다. 그러니 그 당근 때문에, 어쩌면 심지어 당근이 아니었을 수도 있지만, 때 이른 죽음에 이르게 된 것이다.

월요일인지 화요일인지 기억나지 않는데, 나는 꿀벌 연못 옆에 앉아 코바늘을 익히려 애쓰고 있었다. 갬비트 부인 말에 따르자면 내 끔찍한 탐욕의 진짜 원인은 게으름이니, 코바늘로 스카프를 떠 봐야겠다는 생각이 든 것이다. 모드가 초록색 털실을 조금 주면서 코바늘을 가르쳐 주었다. 그녀 말로는 아주 간단했지만 생각만큼 간단하지 않았다. 코바늘을 멈추고 꿀벌들을 감상하며 이들 산업의 효율성을 부러워하고 있었는데, 갑자기 나타샤 곤살레스가 나타났다. 치통이라도 있는지 연한 자주색 스카프를 머리에 두르고 있었다.

"완전히 탈진했어요." 그녀는 회전하는 거대한 자두처럼 눈을 굴리면서 말했다. "3일 동안 한숨도 못 잤어요."

"갬비트 부인께 물어보면 세도브롤*을 좀 주실지도 몰라요. 아주 잘 듣는다고 하던데요." 내가 친절하게 권했다. 나타샤는 머리를 부여잡더니 끙끙댔다. "세도브롤이라뇨! 이해를 단단히 잘못하신 것 같네요. 잠이 와서 쓰러질 지경인데 쥐 때문에 차마 눈이 감기질 않는 거라고요."

이 말에 나는 충격을 받았다, 난 항상 쥐와 생쥐를 무서워했다. "소름 끼쳐라." 내가 말했다. "여사님 방갈로에 쥐가 있어요?"

"거대한 쥐요." 나타샤가 말했다. "거의 스패니얼만큼 큰 것 같아요. 그러니까 차마 잠을 잘 수가 없어요. 내 코를 갉아 먹을지도 모르지 않겠어요."

"정말 섬뜩하네요." 내가 불안해하며 말했다. "갬비트 부인께서 고양이를 기르셔야겠어요. 여기라면 열두 마리 정도는 꽤 편하게 키울 수 있을 거고 게다가 고양이는 정말 아름다운 동물이니까요. 쥐와 생쥐는 고양이 냄새도 견디질 못해요."

"갬비트 부인은 고양이 알러지가 있어요." 나타샤가 말했다. "고양이가 있으면 여드름이 난대요."

---

* 세도브롤(Sedobrol)은 20세기 초 판매되던 뇌전증과 신경증용 진정제다.

"말도 안 돼!" 내가 외쳤다. "건강한 고양이만큼 깨끗한 게 없는데요. 내가 집에 있을 때는 무슨 일이 있어도 고양이랑 같이 잤다고요."

"갬비트 부인은," 나타샤가 힘주어 말했다. "목숨을 잃는 한이 있어도 고양이는 안 만지세요. 고양이는 근처에도 오지 못하게 하는걸요. 쥐약 말고는 해결책이 없어요. '최후의 만찬'이라는 쥐약을 몇 봉지 사 달라고 건의해야겠어요. 제일 치명적이라서 거의 단숨에 죽거든요."

"그런데 쥐가 정말 스패니얼만큼 큰 거면, 마룻바닥 아래에서 죽었다가는 금세 악취가 나서 방갈로에서 뛰쳐나와야 할 텐데요."

"이렇게 무시무시한 생물을 없애기 위해서라면 저 하나쯤은 희생할 수 있어요." 나타샤가 말했다. "게다가 코를 갉아 먹히는 것보다는 그 냄새라도 맡는 게 낫죠."

"참견하고 싶은 건 아니지만," 조지나가 재스민 덤불 뒤에서 머리를 내밀며 말했다. "내가 여기 온 지 10년이 되었는데 쥐나 생쥐는 한 번도 본 적 없다구."

"독사 같은 년!" 나타샤가 소리쳤다. "충고 하나 드리자면, 조지나 사이크스와는 말 섞지 마세요. 위험하고 부도덕하고 악의만 가득한 여자예요!" 그녀는 연한 자주색의 얇은 스카프로 아래턱을 단단히 동여매면서 재스민 덤불을 향해 짧은 검지를 가리켰다. "독사 같은 년!" 스카프 너머로 쉭쉭거렸다. "독한 파충류 같은!" 나타샤는 계속 혹평을 하며 자리를 떴다.

조지나가 느긋하게 다가와 자리에 앉았다. "객관적으로 봐도," 그녀가 말했다. "나타샤 곤살레스는 뒤가 구려요. 내가 나타샤한테 작은 별명 하나 지어 줬어요. 성 라스푸티나라고 불러요. 방금 쥐에 대해 한 말은 다 허튼소리예요, 거짓말하는 거라고요. 라스푸티나는 사람들 관심을 조금이라도 받을 수 있다면 자기 엄마도 백인 노예상한테 팔 걸요. 히틀러처럼 권력 콤플렉스가 있다니까요. 스패니얼만큼 커다란 쥐 얘기는 지어낸 거예요, 전신주만큼 큰 성인들이랑 오붓하게 대화를 나눈다는 얘기도 마찬가지고요. 결국 다 한 가지로 귀결돼요, 권력, 더 큰 권력 말이에요. 저 인간이 여자 양로원에 갇혀 있다는 게 인류한테는 세상 다행스러운 일이죠."

"여기에 쥐가 없다는 말이 사실이었으면 좋겠어요." 내가 답했다. "난 항상 쥐랑 생쥐를 무서워했거든요. 동물들 대부분을 아끼긴 하지만요."

갑자기 조지나가 내 코바늘 스카프를 신기한 듯 바라봤다. "동물 이야기를 하니 말인데, 지금 풀뱀한테 입힐 조끼를 뜨개질하는 건가요?" 이것이 스카프라는 사실을 조지나가 알아맞힐 리는 만무해 보였다. 아무리 그래도 내가 하는 것이 코바늘뜨기이지 뜨개질이 아니라는 것 정도는 누가 봐도 분명했다.

"아뇨." 내가 약간 짜증이 나서 말했다. "아니에요."

"그렇게 역겨운 녹색 털실은 대체 어디서 난 거예요? 내 틀니가 덜덜 떨릴 정도네요."

"좀 지나치게 비판적일 때가 있는 거 같아요, 조지나. 모드 솜머스가 정말 사려 깊은 마음으로 이 예쁜 초록색 털실을 선물로 준 거고, 내가 보기에는 아주 산뜻한 봄날 색깔인 걸요. 밤나무 잎눈 같잖아요."

"설마 그걸 나중에 입으려는 생각은 아니겠죠?" 내 나무람을 무시하며 조지나가 말했다. "홍수가 난 다음 익사한 노아같이 보일 거예요. 여사님은 초록색 잘 안 어울려요. 그게 없이도 이미 안색이 초록색이라고요."

"설마 내가 사교계에 데뷔하는 아가씨처럼 보일 수 있다고 생각하는 건 아니죠?" 내가 물었다. "게다가 노아는 익사하지 않는다고요. 방주가 있었으니까요. 아시죠, 동물을 가득 실은 방주."

"성경이 통째로 부정확하다는 건 우리 다 알잖아요. 맞아요, 노아가 방주를 타고 떠나긴 했지만 술에 취해서 갑판 너머로 떨어졌다고요. 노아 부인은 선미로 가서 남편이 가라앉는 걸 구경했는데, 그 많은 소를 다 물려받을 생각에 아무 조치도 취하지 않았어요. 성경에 나오는 사람들은 아주 야비했고 게다가 그때 당시 소가 많으면 은행 구좌 하나 있는 것과 마찬가지였으니까요."

조지나는 일어서서 담배꽁초를 꿀벌 연못에 던졌다. 꽁초는 불쾌하게 푸시시 소리를 냈다.

"이제 어디로 가요?" 나는 조지나와 이야기하는 것을 항상 즐겼던 터라 이렇게 물었다.

"여사님이 그 흉측한 양말을 계속 짤 수 있게 가서

112

소설이나 읽으려고요." 조지나는 어딘가 삐걱대는 우아함을 갖추고서 성큼성큼 떠났고, 그녀가 남긴 은은한 향은 라 페 가*를 떠올리게 했다.

저녁에 배달된 우편물 중에 내 앞으로 온 엽서가 있었다. 웨일스인 근위대와 염소 한 마리가 버킹엄궁전으로 행진해 들어가는 재미난 사진이었다.

사모님 원기 왕성하심. 어제는 함께 크로케 결승전을 보았음. 아주 박진감 있는 경기였음. 둘 다 다소 피곤함. 사모님께서 안부를 전하심. 저희가 건강한 만큼 따님께서도 건강하시길 기원함.

B. 마그레이브 드림

어머니의 건강 상태를 계속 내게 알려 주는 것을 보면 마그레이브는 정말 상냥했다. 일백열 살의 나이에 스포츠에 관심이 있다는 건 참 감탄할 만한 일이지만, 어머니가 나보다 훨씬 더 편한 삶을 산 것도 사실이다. 열여덟에 아일랜드를 떠난 이후로 어머니의 일상은 어질어질한 쾌락의 끊임없는 반복이었다. 크리켓 시합과 사냥 연회와 자선 바자회, 리젠트 가**에서 쇼핑하고, 브리지 모임 열고,

---

* 라 페 가(rue de la Paix)는 파리 2구의 거리로, 보석과 향수를 비롯한 각종 고급 패션 상점이 모여 있다.
** 리젠트 가(Regent Street)는 런던 소호의 서쪽 끝에 있는 길로, 각종 상점이 밀집한 상업 지구다. 19세기부터 런던의 패션 중심지로 이름을 알렸다.

피카딜리 서커스 바로 옆에 있는 촌스러운 미용실인 마담 폼로이네서 얼굴 마사지 받고. 좀처럼 유행을 따르지 못하는 것이 어머니의 매력 중 하나였다. 우리는 언제나 너무 일찍 아니면 너무 늦게 도착했다. 2월에 눈보라가 몰아칠 때 비아리츠에 도착했던 일이 기억난다. 어머니는 그 날씨를 본인을 향한 모독으로 받아들였다. 리비에라*가 적도 위에 있다고 믿었기 때문에 비아리츠에 눈이 내린다 함은 남극과 북극의 위치가 바뀌고 지구가 궤도에서 이탈한다는 뜻이라고 어머니는 확신했던 것이다. 빅토리아 역만큼 커다란 호텔에 손님이 우리뿐이었다. "이러니까 사람들이 비아리츠에 안 오지." 어머니가 말했다. "텅 비었네. 내년에는 토키로 가자, 값도 훨씬 싸고 날씨도 한결 온화하니까."

그다음 우리는 몬테카를로로 갔고 어머니는 그곳 카지노에서 영혼의 고향을 찾았다. 어머니는 날씨를 잊었다. 나는 여행사 직원과 추파를 주고받았다. 그 남자가 타오르미나행 표를 팔아서 우리는 시칠리아로 떠났다. 타오르미나에서도 단테라는 이름의 수석 웨이터와 로맨스가 있었다. 그가 프라안젤리코의 그림을 매우 저렴하게 팔았는데, 나중에 알고 보니 진품이 아니었고 생각했던 것만큼 저렴하지도 않았다. 하지만 이제 날씨가 좋았고 부겐빌레아가 만개했다.

---

* 리비에라(riviera)는 해안을 뜻하는 말로, 여기서는 지중해에 면한 프랑스 남동부의 코트다쥐르(Côte d'Azur)를 가리킨다.

우리는 로마로 돌아와서 석탄통 같은 모자와 멋진 파란 망토 차림의 이탈리아 군인을 감상했다.

우리는 사륜마차를 타고 카타콤으로 나들이를 갔다. 성베드로대성당 주변을 터덜거렸고 미켈란젤로의 돔을 감상했다. 어머니는 이제 예술은 실컷 봤으니 파리로 가서 옷을 사야겠다고 결정했다. "파리 옷은," 어머니가 말했다. "전 세계적으로 유명해." 그래서 우리는 파리에 도착했고 프렝탕 백화점에서 쇼핑을 했다. 어머니는 갈색 새틴 속바지를 사고 싶었지만 어디서도 찾지 못하자 상심했다. "이러면 런던에 있는 거랑 다를 게 없는데." 그다지 어울리지 않는 선원 모자를 산 어머니가 말했다. "이런 것들은 리젠트 가에서도 구할 수 있다고."

우리는 폴리베르제르*에 갔는데 어머니는 내가 이제 미스탱게트**를 볼 수 있는 나이가 됐다고 생각했던 것이다. "옷 벗은 여자는 이제 지루해, 그리스인들이 예전에 다 했잖니." 갈색 새틴 속바지 때문에 여전히 짜증난 어머니가 말했다. 다음 날 저녁에는 발 타바랭***에 갔고 우리 둘 다 즐거운 시간을 보냈다. 나는 아주 괜찮은 아르메니아 사람과 춤을 췄고 그 사람은 다음 날 내가 있

* 폴리베르제르(Folies Bergère)는 19세기 말 파리에 문을 연 뒤 20세기 초까지 큰 인기를 누렸던 카바레다. 과장된 의상과 화려한 무대를 겸비한 음악, 춤, 코미디 등의 공연을 선보였으며 노출이 심한 여성 퍼포머들이 자주 등장했다.
** 미스탱게트(Mistinguett, 1873~1956)는 폴리베르제르, 물랭루주 등에서 큰 인기를 누렸던 프랑스의 엔터테이너이자 가수다.
*** 발 타바랭(Bal Tabarin)은 1904년부터 약 50년간 운영된 파리의 카바레다.

는 호텔로 전화를 했다. 어머니는 런던으로 돌아가는 표를 샀고, 그 아르메니아 사람이 무언가를 팔 새도 없이 우리는 파리를 떠났다.

랭커셔에 돌아오자 폐쇄 공포가 나를 엄습했고, 나는 그림을 배우게 런던에 보내 달라고 어머니를 설득하려 했다. 어머니는 그 생각이 아주 게으르고 어리석다고 여겼고 예술가에 대한 일장 연설을 했다. "그림 자체가 잘못된 건 아니야." 어머니가 말했다. "나도 자선 바자회에 내려고 상자에 그림을 그리니까. 하지만 예술적인 거랑 실제로 예술가가 되는 건 달라. 너희 에지워스 이모도 소설을 쓰고 월터 스콧 경이랑 아주 친했지만 절대로 자기를 '예술가'라고 부르지 않았어. 그러면 안 좋았을 거야. 예술가들은 부도덕해, 다락방에 같이 모여 살고. 네가 여기서 이 호사와 편의를 누리다가 다락방 생활에 익숙해질 수 있을 리가 없어. 게다가 집에서 그림을 못 그릴 것도 없잖니. 그리기에 좋은 그림 같은 구석구석이 집에 얼마나 많다고."

"전 누드모델을 그리고 싶어요." 내가 말했다. "여기는 누드모델이 없잖아요."

"없긴 왜 없어?" 갑자기 번뜩이는 기지로 어머니가 답했다. "그게 어디건 옷만 걸치지 않으면 사람은 다 누드 아니니." 결국 나는 그림을 배우러 런던에 갔고 이집트 사람과 연애를 했다. 이집트에 실제로 가 보지 못한 건 아쉽지만 어머니 덕분에 어렸을 때 유럽의 대부분을 볼 수 있었다.

116

런던의 예술은 충분히 현대적이지 않은 듯했고 나는 초현실주의가 최고조에 달한 파리에 공부하러 가고 싶어졌다. 오늘날에는 초현실주의가 더 이상 현대적이라 여겨지지 않고 시골 교구 목사관이나 여학교마다 초현실주의 그림이 하나씩은 걸려 있다. 심지어 버킹엄궁전에서도 응시하고 있는 눈 하나가 달린 마그리트의 그 유명한 햄 그림을 크게 복제해 놓았다. 내 기억이 맞다면 왕좌가 있는 방에 걸려 있다. 정말 세월은 변하는 법이다. 최근에는 왕립예술원이 다다 예술에 대한 회고 전시를 열면서 전시장을 공중화장실처럼 꾸며 놓았다. 우리 시절의 런던 사람들이 봤으면 경악했을 일이다. 이제는 시장이 전시 개막날에 20세기 거장들에 대한 긴 연설을 하고 왕대비가 한스 아르프*의 '배꼽'이라는 조각에 글라디올러스 화환을 건다.

정말 내 정신은 걷잡을 수 없이 앞으로, 아니 실은 뒤로 내달려서, 이 기억을 제어하지 못하면 내 이야기를 도무지 이어 갈 수 없을 것이다. 기억이 너무 많다. 아무튼 앞에서 말한 것처럼, 이후의 일들이 무슨 요일에 벌어졌는지는 정확히 기억나지 않는다. 월요일이나 화요일이었을 수 있다. 수요일, 목요일, 금요일이 절대 아니었다 할 수도 없다. 일요일은 아니었던 것 같다. 어쨌든 마그레이브가 보낸 엽서를 받은 때쯤에 모든 일이 시작되었다.

* 한스 아르프(Hans Arp, 1886-1966) 또는 장 아르프(Jean Arp)는 스트라스부르에서 태어나 프랑스, 스위스, 독일 등지에서 활동한 다다이즘, 초현실주의 조각가이자 화가다.

나는 별생각 없이 부엌 창문을 들여다보면서 혹시 안에 아무도 없을지, 간식을 좀 집어 갈 수 있을지 궁리하고 있던 중이었다.

안타깝게도 갬비트 부인이 완두콩 깍지를 벗기고 있었다. 그런데 한 가지 정말 기이한 점이 눈에 띄었다. 갬비트 부인이 무릎에 커다란 노랑 수고양이를 앉히고서 부드럽게 쓰다듬고 있었던 것이다. 고양이를 선천적으로 무서워하는 사람이 고양이를 무릎에 앉힐 리 없을뿐더러, 각종 애칭으로 부를 리는 더더욱 없다. 나타샤가 쥐와 갬비트 부인에 대해 한 모든 말이 생각났다. 호기심이 부풀어 오른 나는 부엌으로 들어가 완두콩 까기를 돕겠다고 했다.

"앉으세요." 갬비트 부인이 말했다. "나태함에 맞서 싸우고 계시는 걸 보니 뿌듯하네요."

"참 예쁜 수고양이네요." 내가 갬비트 부인에게 말했다. "고양이를 싫어하는 사람도 많더라고요, 저는 다른 어떤 동물보다도 좋아하지만요."

"전 고양이를 사랑해요." 갬비트 부인이 말했다. "우리 톰은 매일 제 침대 끄트머리에서 자는데 꼭 지독한 제 두통을 치유해 주려는 것 같아요. 하지만 거의 항상 제 방에만 있게 해요. 고양이한테 너무 많은 자유를 주면 멀리 가 버리곤 하니까요."

"그래서 전에는 보지 못했나 봐요." 내가 말했다. "잠깐만 안아 볼 수 있을까요? 고양이를 쓰다듬은 지 너무 오래됐네요."

갬비트 부인은 내 친한 척이 도를 넘어섰다고 여겼는지 대화의 주제를 바꿨다. "일주일에 한 번씩 요리 교실이 있어요." 그녀가 말했다. "자기가 만든 것을 하나도 맛보지 않으면서 다른 사람을 위한 사탕을 만들면 자제력을 수련할 수 있어요."

내가 보기에는 여지없이 가학적이었지만 당연히 내 진짜 생각을 갬비트 부인에게 말할 수는 없었다. 대신 레시피를 따라서 만드는 건지, 아니면 말하자면 창의적으로 요리하는 건지 물어보기만 했다.

"원하는 것 아무거나 만드실 수 있어요. 물론 요리 재료는 다 추가 비용으로 처리되니까, 여러분 가족들을 생각해서 너무 사치스러운 건 쓰지 않아요. 요리책을 보시는 분들도 있는데 개인적으로는 기억을 토대로 요리하는 게 더 좋은 것 같아요. 그래야 정신에 녹이 슬지 않으니까요. 모든 종류의 노력은 일에 쓰임이 있어요."

"예전에는 아주 맛 좋은 요리를 할 줄 알았거든요, 프랑스식 요리 같은 거요. 다만 페이스트리 굽는 건 항상 애를 먹었지만요."

"부엌에서 부리는 허세는 응접실에 부리는 허세와 다를 바 없어요." 갬비트 부인이 답했다. "게다가 여사님 가족은 추가 비용을 낼 의사가 전혀 없으셨어요. 우리 요리 예산은 이미 넘쳐서 자기 능력을 자랑하겠다는 이유만으로 비싼 식자재를 거저로 내줄 순 없어요."

그러면서 갬비트 부인이 특유의 고통스러운 미소를

지었고 나는 이제 그만 가 보라는 신호로 받아들였다.

　나는 수고양이를 쓰다듬지 못해 좌절감을 느끼며 부엌에서 나왔다.

　이 일이 있고 얼마 지나지 않아 요리 교실이 열렸고 그렇게 나타샤는 어느 날 오후 초콜릿 퍼지를 만들게 된 것이다. 퍼지를 다 식혔을 무렵 운명의 소행으로 손님이 갬비트 부인을 찾았다. 부인은 응접실로 서둘러 떠났고 나타샤와 반 토흐트 여사 둘만 부엌에 남게 되었다. 사실 난 퍼지 만드는 데에 동참하지는 않았고, 호기심 많은 관찰자로서 편리한 데 난 부엌 창문 밖에 서 있을 따름이었다.

　나타샤가 반 토흐트 여사에게 뭐라고 말을 하자 여사가 문으로 가 바깥을 살폈다. 문 쪽에서는 내가 푸크시아 덤불에 가려 보이지 않았기 때문에 발각되지 않았다. 반 토흐트 여사는 다시 나타샤가 있는 식탁으로 돌아가 고개를 끄덕였다. 나타샤는 주머니에서 손톱 줄을 꺼내더니 퍼지 여섯 개 정도에 구멍을 낸 다음, 봉지 하나를 들고 그 안의 내용물을 속을 비운 퍼지에 골고루 나누어 넣었다. 그리고 두 여자는 파낸 퍼지 부스러기를 냄비에 데운 후, 그 액체를 구멍에 부어서 감쪽같이 흔적을 없앴다. 이 모든 과정은 오래 걸리지 않았고 그 둘도 서두르는 듯 보였다. 나타샤는 봉지의 내용물로 채운 퍼지를 왁스 먹인 종이로 싼 후 부엌을 서둘러 나서면서 반 토흐트 여사에게 뭐라고 말을 했고, 여사는 다시 끄덕이고 긴장된 미소를 지었다.

나는 급하게 걸어 지나가는 나타샤에게 발각당하지 않기 위해 담 가까이에 웅크려 있었다. 잠시 후에 모드가 내 반대편에 있는 인동덩굴 뒤에서 불쑥 몸을 빼내더니 나타샤를 뒤쫓아 갔다. 모드가 부엌에서 벌어진 그 이상한 일을 목격했을 리 없기 때문에, 아마 그녀도 나와 비슷한 이유로 이 근방에 도사리는 것이겠거니 생각할 수밖에 없었다. 나는 모드와 나타샤가 앞서게 둔 다음, 지름길을 통해 나타샤의 이글루 뒤편으로 가서 안이 잘 들여다보이는 낮은 창살 쪽에 자리를 잡았다. 나타샤는 이글루에 들어가서 퍼지를 서랍장의 제일 위 서랍에 넣고 속옷처럼 보이는 것으로 덮어 놓았다. 그녀는 문을 등지고 있었기에 모드가 고개를 빼꼼 내밀고 이 모든 일을 보고 있다가 자기가 몸을 돌리기도 전에 사라졌다는 사실을 보지 못했다. 나는 들키지 않도록 꿀벌 연못 쪽 길을 지나 부엌까지 나타샤를 쫓아갔다. 귀나팔로 무장하고 있던 덕에 푸크시아 덤불 옆에서 대화를 엿들을 수 있었다. "어머! 안녕하세요 조지나, 단둘이 말할 수 있는 기회가 드디어 생겨서 정말 다행이에요." 나타샤의 목소리였다. "유치한 여자애들처럼 계속 서로 욕하면서 지낼 수는 없잖아요." 조지나는 뭐라고 꿍얼꿍얼했지만 알아들을 수 없었다. 나타샤가 킥킥 웃으면서 답했다. "불량 학생인 척해 보고 싶어서 내 방갈로에 퍼지를 좀 숨겨 놓았어요." 그녀가 조지나에게 말했다. "여사님을 초대해 같이 나눠 먹으면서 지난 곤란함은 털어 버리고 포옹하면 좋지 않을까 해서요."

"좋아요." 조지나가 말했다. "대신 포옹은 하지 말죠. 여사님이 걸린 게 옮을 수도 있으니까요."

"하 하 하!" 나타샤가 쾌활하게 웃었다. "정말 영국식 유머 감각이 넘치세요, 조지나." 모든 것이 놀랍기 그지없었다. 나는 한마디도 놓치지 않기 위해 나팔을 바짝 댔다.

"미안하지만 보답으로 할 만한 칭찬이 없네요." 조지나가 말했다. "너무 성인(聖人)을 많이 보셔서."

"내가 이 재능에 너무 연연하는 걸 수도 있어요. 언제 빼앗길지도 모르는 일인데요. 어쩌면 다음부터는 조지나 여사님이 성스러운 목소리를 듣게 될 수도 있고요."

"하느님 제발." 조지나가 열성적으로 말했다.

"자 이제 갬비트 부인이 내가 없어진 걸 알아차리기 전에 얼른 돌아가야겠네요." 나타샤가 말했다. "오늘 밤에 맛있는 것 싸 들고 여사님이 지내는 흥겹고 아담한 텐트로 몰래 찾아갈게요. 아투타뢰르,* 조지나!" 그리고 둘은 헤어졌다. 나타샤가 기뻐하며 웃는 소리가 들렸고, 조지나는 다른 방향으로 걸어가면서 불경스러운 어떤 말을 중얼거리는 듯했다.

나는 수심에 잠겨 등대로 돌아가면서, 이 이상한 일들에 관해 카르멜라와 이야기할 수 있으면 얼마나 좋을까 생각했다. 나타샤의 이글루를 지날 때 마침 어떤 형체가

* 프랑스어 'A toute à l'heure!'는 '이따 만나요!'라는 뜻이다.

문에서 빠져나와 정원으로 사라지는 것이 보였다. 모드의 얌전한 파란색 모슬린 블라우스임이 분명했다. 두말할 것도 없이 숨겨 놓은 퍼지를 노렸을 것이다.

이 일련의 사건이 그렇게 쾌적하지 않았던 것도 사실이지만 또한 경각심을 느꼈다고 말할 수는 없다. 결론에 재빨리 도달하기에 내 정신은 너무 굼뜨고, 모든 걸 실제로 이해할 때쯤이면 이미 늦은 뒤다. 또 그 와중에 크리스타벨 번스와 만나면서 퍼지에서 생각이 멀어지게 된 터라, 불쌍한 모드한테 제때 경고를 못 해 준 것이 전적으로 내 탓이라고 할 수는 없다고 생각한다.

사실 크리스타벨 번스가 흑인이 아니었다면 그녀의 변함없이 조용한 활동을 눈치채지 못했을 수도 있겠다. 하지만 우리 사이에서 흑인은 너무도 이국적이라 그녀를 낭만적으로 여기지 않기란 불가능했다. 우리 중 많은 이들이 크리스타벨과 대화를 시도했지만 그녀는 뚜껑을 덮은 쟁반이나 어떨 때는 목욕 수건이나 침구류를 탑으로 나르며 왔다 갔다 하느라 항상 너무 바빴다. 이렇게 변함없이 오가는 여정을 보자니 크리스타벨이 고독하고 부지런한 개미처럼 여겨졌는데, 특히 엉덩이가 큼직하고 팔다리가 아주 가늘어서 더 그래 보였다. 그런데 유독 이날만은 크리스타벨이 아무것도 나르고 있지 않았고, 두 손을 가지런히 무릎에 올린 채 등대 근처 벤치에 앉아 있었다.

"안녕하세요, 레더비 여사님." 그녀가 우아한 옥스퍼드 억양으로 말했다. 나중에 알게 된 사실이지만 그녀는 자메이카 출신이고 아버지가 저명한 화학자였다고 한다.

"안녕하세요 번스 여사님. 간만에 쉬시는 걸 보니 참 좋네요."

"오시길 기다리고 있었어요, 레더비 여사님." 그녀가 말했다. "우리가 이야기를 좀 나눠야 할 시간이 드디어 왔군요."

"정말 기분 좋네요, 번스 여사님." 그녀 곁에 앉으면서 내가 답했다. "종종 말을 걸고 싶었지만 항상 너무 바빠 보이셨어요."

"아직 때가 무르익지 않았었답니다." 크리스타벨이 답했다. "우선 주변을 충분히 살펴보실 필요가 있었어요. 여기서 행복하신가요, 레더비 여사님?" 행복의 차원에서 생각한 지 한참 된 터라 질문에 답하기 곤란했다. 그렇게 말했다.

"아주 잘못 생각하신 거예요." 그녀가 말했다. "행복은 나이와 아무런 상관이 없어요. 역량에 달려 있는 거니까요. 제 나이가 여사님의 거의 두 배지만 전 정말로 아주 행복하다고 자부해요." 나는 아흔둘과 아흔둘을 더했다. 크리스타벨은 자기가 일백여든네 살이라고 주장하는 것이다. 가능할 리 없어 보였지만 굳이 반박하고 싶지 않았다.

"그러니까," 그녀가 말을 이었다. "행복은 젊은 사람들만을 위한 게 아니랍니다. 누구도 날 행복하게 해 줄 수 없어요. 자기 스스로 감당해야 하는 거예요.

그렇지만 레더비 부인, 추상적인 토론을 하려고 하

124

는 건 아니에요. 바로 본론으로 들어가지요. 식당에 있는 유화에 그렇게 과도하게 관심을 가지시는 이유가 뭐죠?"

나는 이 질문에 소스라치게 놀라서 정신을 추스르는 데 시간을 적잖이 쏟으며 꽤나 많이 웅얼거렸다. 크리스타벨은 차분히 기다렸다. 마침내 내가 말했다. "식당에 있으면 그림이 정확히 제 맞은편에 걸려 있기도 하고, 또 갬비트 부인이 주는 음식 양이 너무 적다 보니 금세 먹어 치우기도 해서 그림에 대해 생각할 여유가 많거든요."

"그건 해명이라고 볼 수가 없어요." 크리스타벨이 말했다. "여사님 바로 맞은편에는 그림보다 훨씬 가까이에 훨씬 커다란 반 토흐트 여사가 앉아 있으니까요. 왜 반 토흐트 여사에 대해 생각하지 않으시는 거죠?"

"그림을 바라보는 편이 더 좋아요. 게다가 밥 먹는 내내 앉아서 반 토흐트 여사를 쳐다보는 건 무례하잖아요. 그리고 그림에 표현된 수녀가 정말 흥미롭다고 생각하는 것 자체에 반대하실 순 없지 않나요?"

"물론 그럴 수는 없죠, 레더비 여사님. 느닷없는 질문만 드려서 죄송해요, 공격적으로 굴려는 건 절대 아니랍니다."

"물어보셨으니 말이지만," 내가 말했다. "윙크하는 수녀가 짓는 표정은 정말 기묘하고 이루 말할 수 없는 데가 있어요. 어떤 사람이었는지, 어디에서 왔는지, 왜 끝나지 않는 윙크를 보내는지 등등이 계속 궁금해져요. 사실 수녀에 대해서 너무 자주 생각한 나머지 꽤나 오랜 친구가 되어 버렸어요, 물론 상상 속 친구이지만요."

"수녀가 친구처럼 느껴지신다는 말씀인가요? 호감이 가는 사람이라고 느끼시나요?"

"네, 친절한 사람으로 보인다고 비교적 확신을 갖고 말할 수 있을 것 같아요. 물론 이런 관계에서 정서적인 것을 특별히 기대해서는 안 되겠지만요." 내가 답하는 동안 크리스타벨은 뭔가 기대하는 듯 나를 눈여겨보고 있었다.

"이름을 붙이는 건 영혼을 불러내는 거예요." 흑인이 말했다. "어떻게 부를지는 조심스럽게 정하셔야 해요."

"사실 도냐 로살린다 알바레스 쿠르스 델라 쿠에바라고 부르고 있어요. 정말 스페인 사람처럼 생겼으니까요."

"18세기엔 그 이름으로 불렸죠." 크리스타벨이 말했다. "하지만 이름이 아주아주 여러 개랍니다. 국적도 여럿 있고요. 하지만 그 이야기는 지금 하지 말기로 해요. 실은 이 작은 책을 드리려고 찾아왔어요. 책 읽는 걸 좋아하지 않으신다는 건 잘 알아요. 하지만 이건 다를 거예요."

검정 가죽으로 장정된 책이었다. 표지에는 이렇게 쓰여 있었다. "도냐 로살린다 델라 쿠에바, 타르타로스의 산타바르바라 수녀원 원장. 1756년 로마에서 시성(諡聖). 로살린다 알바레스의 생애에 대한 참되고 충실한 기록."

"정말 신기하네요." 내가 크리스타벨에게 말했다. "아니, 한 번도 이름을 들어 본 적 없는 게 확실한데 어떻게 제가 이름을 알아낸 걸까요?"

"분명 어디선가 그 이름을 읽었던 거겠죠. 건물 전체

에 걸쳐 920군데에 이 이름이 쓰여 있답니다. 그걸 다 놓쳤다면 그거야말로 신기한 일일 거예요."

이 작은 책의 첫 번째 장은 석류 잎사귀와 칼 문양으로 장식되어 있었다. 종이는 오래되어서 누렇게 변해 있었다. 옛날 식의 큰 활자로 되어 있어 내 수준에 맞게 읽기 쉬워 보였다.

"이제 전 가야겠어요." 크리스타벨이 일어서며 말했다. "금성이 지기 전에 완수해야 하는 임무가 있어서요. 이 작은 책을 다 읽으신 다음에 또 이야기 나누기로 해요. 이 책을 갖고 계신다는 걸 주변에 알리시면 안 돼요. 아주 곤란한 일이 벌어질 수 있답니다, 어떻게 곤란할지는 지금 명확히 말씀드릴 순 없지만요."

다시 혼자 남게 되었을 때 금성은 벌써 탑 위에서 반짝이고 있었다. 이미 저녁이었다. 크리스타벨 번스와의 면담은 설명하기 어려울 만큼 기운을 북돋웠다. 도냐 로살린다에 대해 읽기 위해 등대로 들어가려 할 때 어둑한 형체 하나가 눈에 들어왔다. 완전히 확신할 수야 없지만, 커다란 꾸러미처럼 보이는 것을 등에 짊어진 젊은 남자가 조용하고 날쌔게 이 나무에서 저 나무로 이동하고 있었다.

발각당하지 않기 위해 조심하는 것으로 보였다. 도둑일까? 종업원 누군가의 애인인 걸까? 후자일 가능성이 높은 것 같아서 굳이 경보를 울리지 않았다. 종업원의 애정 관계는 내가 참견할 일이 아니다. 혹여 도둑이라고 해도, 우리 중에 잃을 게 있는 사람이 있는 것도 아니다. 나는 등대에 들어가서 식탁에 앉아 책을 펼쳤다.

"타르타로스의 산타바르바라 수녀원 원장 로살린다 알바레스 델라 쿠에바의 생애에 대한 참되고 충실한 기록. 성스러운 관(棺) 수도회의 수사 헤레미아스 나코브의 라틴어 원전을 번역함.

장미는 비밀이고, 아름다운 장미는 위대한 여인의 비밀이며, 십자가는 길이 헤어지고 만나는 곳이니, 이것이 로살린다 알바레스 크루스 델라 쿠에바 수녀원장의 이름의 의미이다.* 우리 주 예수그리스도의 해 1733년 7월 수녀원장이 죽기 전과 후에 벌어진 일련의 놀라운 사건을 신뢰할 만한 고관들이 목격함에 따라 수녀원장은 성인으로 추대받았다. 수녀원장은 우리 어머니인 성스러운 천주교 교회의 의식과 축복과 함께 타르타로스의 산타바르바라 수녀원의 지하 납골당에 묻혔다. 그를 가까이하지 말라, 그는 검은 꼬리를 지닌 자로 지상의 신들에 속해 있나니.**

시성은 로마의 권위로 수녀원장의 신성함을 인준하였으나, 하지만 성인으로 추대받기 훨씬 전부터 그녀의 무덤은 성지로 추앙받았다. 먼 곳에서부터 평민들이 과일과 꽃과 하물며 가축을 공물로 갖추어 성지순례를 했다. 공물은 납골당에 쌓여 갔다.

---

* 그 어원을 찾아보면, 로살린다(Rosalinda)는 '아름다운 장미', 크루스 델라 쿠에바(Cruz della Cueva)는 '길의 십자가'라는 뜻으로 읽을 수 있다.

** 원문 라틴어. 'Ab eo, quod nigram caudam habet abstine, terrestrium eoim deorum est.'

나는 무참히 찢어진 가슴으로 평민들의 순박한 기도를 바라보았으며, 이 아름답고 두려운 여자에 대한 온전한 진실을 쓰는 데 필요한 용기를 주시길 주님께 오래도록 열렬히 기도했다.

　　본디 이 문서는 성스러운 아버지이신 교황님을 사사로이 설득하기 위해 쓰인 것이다. 그럼에도 불구하고 이 발표의 결과는 나의 가장 난폭하고 무시무시한 악몽을 넘어섰다. 나는 나의 마음을 열고 나아가 그 안의 무거운 짐을 해방함으로써 주님의 뜻을 충족하려 한 것이나, 이 열성의 결과는 성스러운 수도회로부터의 제명이었다. 고해실의 신성한 봉인은 그러므로 더 이상 이 문서의 인쇄를 막지 못한다. 나는 더 이상 성직자의 몸이 아니다.

　　한때 수녀원장의 고해신부로서, 나는 내가 그녀의 어두운 영혼의 작용에 대한 비할 수 없는 지식을 지닌다고 자부한다.

　　나 하나의 안위를 위하는 여담을 더 이어 갈 필요는 없을 것이다.

　　도냐 로살린다 알바레스 쿠르스 델라 쿠에바의 탄생지에는 다소 이론의 여지가 있다. 그녀가 스페인 땅에서 태어났다는 결정적 단서는 어디에도 없다. 혹자는 바다 건너 이집트에서 왔다 하고, 혹자는 안달루시아의 집시들 사이에서 태어났다 하며, 혹자는 북쪽 피레네산맥을 넘어왔다 한다. 스페인에 그녀가 있었음을 기록하는 가장 오래된 단서는 1710년의 한 편지로, 마드리드에서 쓰였고 아비뇽 근교의 프로방스에 있는 트레브 레 프렐 주교에게 보내는 것이다.

이 편지는 마리아 막달레나의 최후의 안식처로 알려진 니네베의 무덤 발굴을 다룬다.

도냐 로살린다가 주교를 격식 없이 칭하는바, 둘 사이의 우정이 어느 정도 친밀했음을 알 수 있다. 아마 문제되는 이 편지는 그녀가 타르타로스의 산타바르바라 수녀원에 수련수녀로 처음 입회한 지 얼마 되지 않았을 시점에 쓰인 것으로 보인다.

나를 향해 제기된 여러 혐의 중, 내가 도냐 로살린다의 이름을 의도적으로 더럽히고자 이 문서를 위조했다는 사안이 있었다. 주님이 나의 증인이니, 그것은 사실이 아니다.

편지의 필체는 도냐 로살린다가 아닌 다른 이의 손으로는 만들어 낼 수 없는 것이다. 나아가 그녀의 개인 인장인 교차된 칼과 석류가 편지 처음과 끝에 깊이 찍혀 있다. 여기에서 나는 로살린다의 편지 중 한 부분을 임의로 인용하고자 하는데, 그녀의 삶 후반에 벌어진 특정 사건을 후술할 것인바, 이에 비추어 본다면 편지 내용을 이해하기 더 용이해질 것이 틀림없다.

도냐 로살린다가 주교에게 보낸 편지의 내용은 아래와 같다.

그러니, 몽 그로 피종,* 당장 니네베로 사람을 파견해서 그 소중한 액체를 교환해 오게 하는 것이 무엇보다 중요하다는 걸 잊으면 안 돼요. 영국의 몇몇 동네에서 이미 관심이 빠르게 퍼지고 있으니 한시가 급해요. 그 무덤은 의심의 여지 없이 마리아 막달레나가 진짜로 묻힌 곳이에요. 미라의 왼쪽 편에서 발견되었다는 그 연고의 비밀이 알려지면 복음이 신뢰를 잃게 될 뿐 아니라, 우리가 최근 몇 년간 함께 감내해 온 이 모든 고된 일을 보상해 줄 거예요. 우리 뚱뚱이 수퇘지는 어떻게 생각해요? 전에 말한 그 유대인과는 좀 실랑이한 끝에, 미라를 싸고 있던 천에 쓰인 글의 사본을 살짝 흠이 난 진주로 장식한 궤와 교환하는 데 성공했어요. 우리 위대한 어머니의 뜻에 따라 글은 그리스어로 되어 있었는데, 자기도 잘 알다시피 그리스어 문자를 읽는 건 나한테 일도 아니지 않겠어요. 막달레나가 여신의 신비의 고위 입회자였다는 것을, 하지만 이 숭배에 관한 비밀을 나사렛의 예수에게 파는 신성모독을 범해서 처형당했다는 것을 알았을 때 내가 얼마나 큰 기쁨의 도취에 사로잡혔는지 자기도 상상할 수 있을 거예요. 우리가 오래도록 이해하지 못했던 여러 기적을 이제 설명할 수 있게 된 거예요. 고약의 속성이 아주 세심하

* 프랑스어 'Mon Gros Pigeon'은 '내 뚱뚱한 비둘기'란 뜻이다.

게 열거되어 있었지만 이 묘약을 만드는 정확한 제조법은 정말 안타깝게도 누락되어 있었어요. 의심의 여지 없이, 이 귀한 고약은 막달레나의 개인 귀중품과 함께 미라 옆에 묻혀 있을 거예요.

비밀스러운 내용을 담은 글이니만큼, 적들의 손아귀에 들어갈 위험을 감수하면서 인편으로 보내줄 수가 없네요. 니네베 소식이 다른 곳으로 퍼지기까지 시간이 걸릴 테니 그 전에 무덤의 내용물이 무사히 우리 소유가 되기를 신실하게 바라요. 그 무엇보다 긴요한 일이니 지체 말고 믿을 만한 하인을 니네베로 파견하세요. 혹여라도 직접 그 여정을 가실 수 있는 상황이라면, 망설이지 말고 교환할 만한 물건을 챙겨서 당장 떠나세요.

그동안 나는 다른 수녀들에게 내 힘을 뻗칠 수 있도록 수녀원의 원장한테 신임을 사고 있을게요. 내 긴 묵상과 신앙 활동을 보고 이미 날 어여삐 여기고 있으니, 조만간 종신서약을 할 수 있게 될 거예요. 자기가 이걸 읽으면서 얼마나 껄껄 웃을까! 곧 바티칸까지도 파고들 수 있을 거예요! 내 책을 가지러 사람을 보낼 만큼 여기서의 내 입지가 충분히 안정된 것은 아니라서 이 소중한 공부 시간을 교회에 낭비하고 있다는 게 몹시 애가 타지만, 고대의 예술에는 치러야 할 대가가 있고 나로서도 이 딱딱한 돌바닥에 무릎 꿇고 한 시간 한 시간 따분히 보낼 때마다 궤에 금을 한 조각씩 모으는 느낌이에요.

그러니 우리 귀여운 사나운 멧돼지, 꿩고기 페이스트리 열 개씩 더 먹고 과식해서 식탁 밑에 드러눕고 싶을 때마다 호밀 빵 먹고 물 마시면서 내 생각 해요. 그 산만 한 배 때문에 제명대로 못 살고 죽게 생겼는데, 이러면 배가 더 커지는 걸 아주 효과적으로 제어할 수 있을 거예요. 또 마법사가 되기 전에 수액이 다 빠져서 망령 들고 싶지 않다면 청소년들 유혹하는 빈도를 좀 줄이시는 게 좋겠어요.

자 이제 전하께서 허락해 주시면, 몸에 쌓인 독을 왕성한 웃음이랑 같이 분출하실 수 있게 우리 수녀원장님의 작은 결함에 관한 이야기를 짧게 해드릴게요….

이후 도냐 로살린다가 밝히는 불손한 일화는 기독교인의 정신에는 너무도 모욕적이므로 여기에는 적지 않도록 하겠다.

당시 산타바르바라 수도원은 도냐 클레멘시아 발데스 데 플로레스 트리메스트레스 수녀원장이 지휘했다. 이 덕망 있는 여성은 카스티야의 유서 깊은 명문가 출신으로, 교회의 충실한 후원자로 잘 알려졌을 뿐 아니라 로마에서 성 에르민트루드의 별을 수여받기도 한 집안이다.

수도원에서 보낸 처음 몇 년 동안 도냐 로살린다는 신실함과 불굴의 회개로 이목을 끌었다. 채찍질 소리에 감복한 일군의 수녀가 그녀의 수도실 밖으로 모여들 정도였다. 예배당에 무릎을 꿇고서 밤을 지새우며 묵주로 성모송을 바치는 일도 허다했다. 장엄미사 동안에는 계속해서 법열을 느꼈기 때문에 널판자처럼 단단하고 견고한 기도대로 받쳐 주어야 했다. 각종 양분으로 고통받던 수녀들이 점차 그녀의 도움을 찾기 시작했는데, 도냐 로살린다의 손길이 닿기만 해도 고통과 질병 자체를 완화하기에 충분하다고 믿었던 터였다.

약초에 대한 방대한 지식을 지닌 로살린다는 수녀원에 작은 조제실을 차리고 그곳에서 성공적인 치료를 여러 차례 수행했다. 지금 돌이켜 보건대, 로살린다의 기도는 주술의 성격에 보다 가까웠으며 수녀원에 입회하기 훨씬 전부터 마법에 정통했다고 의심할 수밖에 없다.

로살린다 홀로 나이 든 수녀원장의 임종을 지켰으니, 로살린다가 그 어떤 어둠의 힘을 휘둘러 이 불쌍한 여성이 숨을 거두기도 전에 수녀원장 자리를 득했을지 그 누가 알겠는가.

전 수녀원장이 이 세상을 뜬 이후로, 수녀원 담장 바깥 세계에서는 보이지 않았을 것이나 수녀원 내부 생활에 많은 변화가 있었다. 수녀들의 영적 지도는 트레브 레 프렐 주교가 맡았다. 교회의 이런 고위 성직자가 인가한 사안이니 아무도 감히 비판할 수 없었다.

밤이 깊어지면 난잡한 춤과 알아들을 수 없는 말로 된 괴이한 노래가 수녀원 예배당에 펼쳐졌다. 기묘한 의상, 요란한 치레와 연회가 산타바르바라 수녀원의 평소 일과가 되었다.

수녀원장의 호사로운 침소를 다시 치장하기 위해 이 국의 장인들이 연달아 수녀원을 찾았다. 이 팔각형 탑은 여러 활동의 중심이 되었다. 도냐 로살린다는 건물의 북쪽 동을 자신만의 전용 영역으로 삼았는데, 이 팔각형 탑이 북쪽 동의 중심이었다. 위층 방은 천문대로 개조해 천공을 한눈에 조망할 수 있도록 트인 테라스를 사방에 두었다. 천문대 아래에는 응접실과 침소가 놓인 벽감실이 위치해 있었고, 나선계단으로 연결되어 있어 편히 오갈 수 있었다.

보라색과 금색의 작은 그리핀이 총총 박힌 진홍색 비단이 방 벽마다 걸려 있었다. 향 나는 짙은 나무로 짠 가구는 온 세상 짐승이 창조되던 순간을 조각해 놓은 듯했다. 수녀원장의 상징인 칼과 석류가 새겨진 보좌(寶座)에는 브로케이드로 지어 고급스럽게 수를 놓은 투우사 망토가 무심하게 걸쳐져 있었다.

도냐 로살린다의 작은 발 밑으로는 흑단과 흰 목련나무로 쪽매붙임한 다음 은으로 천사를, 동으로 사도의 메달을 상감한 호화로운 바닥이 놓였다. 이토록 성스러운 존재들이 계속해서 수녀원장의 발에 밟히고 있다는 데에는 무언가 불온한 느낌이 있었다. 간혹 특별한 손님을 맞을 때는 페르시아산 카페트를 깔았다.

상아 연꽃 기둥, 그리고 돼지처럼 통통한 말이 무릎

135

꿇고 있는 최상급 옥 조각으로 장식한 중국식 책장에는 도냐 로살린다의 개인 책들이 보관되어 있었다.

책은 각각 실린 내용에 따라 다른 종류의 동물 가죽으로 장정했다. 중요한 필사본은 타조나 늑대 가죽으로 쌌다. 상대적으로 경망한 성무일과서라면 흰 족제비나 두더지 모피로 장식했다. 아그리파 폰 네테스하임*의 카발라 문서는 하트셉수트 여왕의 별자리 지도를 섬세하게 새긴 코뿔소 뿔로 덮었다. 혼령의 책과 진실의 주술서**는 잘은 루비와 쌀알 진주가 박힌 도도 새 가죽으로 표지를 입혔다.

수녀원장이 어떤 의뭉스러운 이유에서 본인의 기이한 책을 이와 같이 차려입혔는지는 알 수 없으나, 그녀가 이 희귀하고 많은 경우 사악한 책을 무엇보다 귀중하게 여긴다는 사실은 그녀를 조금밖에 모르는 사람도 쉽사리 눈치챌 수 있었다.

실제로 그녀는 대부분의 날을 처소에 들어박힌 채 이 책들을 공부하고 고급 양피지 조각에 기나긴 해설을 쓰면서 보냈다. 밤이 찾아오면 천문대로 향하는 나선계단을 올라 천상의 별들에 힘입은 알 수 없는 마법을 써서 금단의 지식을 부렸다.

---

* 하인리히 코르넬리우스 아그리파 폰 네테스하임(Heinrich Cornelius Agrippa von Nettesheim, 1486–1535)은 독일의 물리학자이자 비술 연구자다. 유대교 신비주의인 카발라에서 영향을 받은 비술 철학에 관한 책을 저술했다.
** '혼령의 책(Liber Sprituum)'은 악마학과 각종 강령술을 다루는 『혼령의 지위에 관한 책(Liber Officiorum Spirituum)』을 가리키는 듯하다. 18세기부터 유통된 『진실의 주술서(Grimorium Verum)』는 흑마술의 배경지식과 주요 주술을 정리한 책이다.

트레브 레 프렐 주교가 동방에서 돌아오면서 수녀원장의 칩거 생활이 잠시간 중단되었다. 외부에서 요리사를 들여 특별히 준비한 연회를 주교를 위해 베풀었다. 지위 고하를 막론하고 여러 고위 성직자가 이런 잔치를 즐겼다.

주교는 동방에서 도냐 로살린다를 위한 선물을 친히 가져왔다. 방부 처리한 흰 코끼리 머리, 난잡하게 수놓은 각종 옷가지, 거대한 단향목 상자 가득 담긴 터키시 딜라이트*를 비롯해 니네베에서 발굴된 막달라 마리아의 미라 옆에서 발견했다는 그 귀한 고약, 즉 막달레나의 사향도 여러 병 있었다. 수녀원장 사후에 그녀의 소위 기적으로 평가되는 일들은 틀림없이 이 강력한 최음제로부터 기인한 것이다.

마리아 기예르마 수녀가 작성한 보고에 따르면, 이 수녀는 도냐 로살린다 처소의 큼직한 열쇠 구멍을 통해 아래와 같은 기막힌 일이 벌어지는 것을 목격했다고 한다. 이후 이 열쇠 구멍은 더한 어둠을 통해 어둠을 보는** 형국이 되었는데, 총기가 시들 줄 모르는 수녀원장이 구멍으로 은 바늘을 찔러 넣어 수녀 둘이 한쪽 눈을 실명하면서 벌어진 결과다.

---

* 터키시 딜라이트(Turkish delight) 또는 로쿰(lokum)은 설탕과 전분, 각종 견과류로 만든 터키의 디저트이다.
** 원문은 라틴어 'obscurum per obscurius'로, 모호한 것을 더 모호한 방식으로 설명하는 것을 뜻하는 관용구로 쓰인다.

수녀들이 본바 로살린다와 주교는 막달레나의 사향을 흡입했고, 일종의 앙플뢰라주 기법*을 통해 피운 고약의 증기로 거의 포화 상태가 되어 창백한 푸른 구름인지 기운인지에 휩싸였는데, 보아하니 이에는 고체를 비상(飛上)하게 하는 작용이 있었다. 주교와 수녀원장은 허공으로 두둥실 떠올랐고, 부양한 상태로 터키시 딜라이트가 담긴 열린 나무 상자에 늘어져 사탕을 게걸스럽게 먹었다. 공중에서 행해진 역겨운 곡예를 여기에 전부 기술하기에는 염치가 허락하지 않는다.

그때 당시 나는 주교의 존엄한 품위에 압도당해 있어 이에 관해 질문을 더할 수 없었다.

주교가 돌아온 후 얼마 동안 도냐 로살린다는 나머지 수도원 식구를 교화하려는 목적에서 이들을 예배당에 모아 시연하곤 했다. 그녀는 푸른빛을 발하면서 제단 위로 부양했고, 수녀들은 예배당을 장악한 막달레나의 사향 증기에 제압당하여 황홀경에 빠졌다. 이 시연을 뒤따른 난교는 너무 흉측하여 순수한 잉크로 감히 적을 수 없다. 나 역시 내 의사에 반하여 몇 차례 직접 참여하였으나, 내 상급자인 주교를 향한 당연한 숭배에서 비롯된 것이었다.

성체축일 연회 무렵 배달된 전갈로 인해 수녀원장은 격한 불안에 사로잡혔다. 이 문서를 내가 이제껏 보관하고 있는바, 그 내용은 다음과 같다.

* 앙플뢰라주(enfleurage)는 고형 지방을 용매로 식물 등의 향을 추출하는 향수 제조법이다.

스페인 영토에 당도하신 테우투스 조시모스 왕자 전하께서 타르타로스의 산타바르바라 수녀원의 원장 도냐 로살린다 알바레스 크루스 델라 쿠에바께 심심한 경의를 표하며, 아울러 막달레나의 사향이라 불리는 고약 총 스물한 병은 전하께서 낙타 열다섯 마리, 밀 낱알 일백 웨이트, 앙고라염소 여섯 마리를 값으로 지불하여 구입한 전하의 합당한 소유이므로 이를 회수하겠다는 의지로 스페인에 왔음을 아뢴다. 니네베 근방에서 전하의 짐마차가 흉포한 공격을 당했을 시, 전하께서는 그저 지역 무뢰배 일당의 소행일 것이라 속단하셨다. 그러니 괴한을 추적한 첩자를 통해 이 암살범들의 비후한 우두머리가 다름 아닌 트레브 레 프렐 주교라는 사실을 알게 되셨을 때, 전하께서 느끼신 고통스러운 경악에는 한이 없었다. 상당한 비용과 노력 끝에 전하께서는 고약의 종착지가 스페인 카스티야에 위치한 타르타로스의 산타바르바라 수녀원임을 인지하셨다.

테우투스 조시모스 왕자 전하께서는 수녀원장께서 그 선한 뜻과 훌륭한 평판에 걸맞게 전하의 소유물을 되돌려 주실 것이라 자신하시기에 수도원에 적대적으로 행차하실 당장의 의사는 없으시다.

하니 전하께서 도냐 로살린다 알바레스 크루스 델라 쿠에바 수녀원장께 삼가 아뢰니, 지중해 해안에서 카스티야의 산간 지방까지 이동하기에 수 박 수

일이 소요되는 터, 그 안에 전하께서 친히 일부 조신을 거느리고 수녀원장께 친선 방문을 드리고자 한다.

막달레나의 사향이 온전히 담긴 병 스물한 개를 토기 항아리에 밀봉해 갖춘 뒤 본국으로 돌아가시기 전까지 테우투스 조시모스 왕자 전하께서 수녀원장의 내빈으로 며칠간 휴식을 취할 수 있다면 더 없는 영광일 것이다.

전하께서 수녀원장 등께 공경 어린 안부 인사를 전하는 바이다.

서한에는 사나운 일각돌고래 문양과 함께 우리 물의 일각수로부터 비롯된 것이 아니라면 그 어떤 물도 묘약이 될 수 없네*라는 문구가 직인으로 찍혀 있었다. 테우투스 조시모스 왕가의 문장(紋章)이었다.

주교를 긴 시간 알현한 끝에 수녀원장은 마차를 불렀고 약간의 여행 식량을 꾸려서 그날 저녁 수녀원을 떠났다. 은밀한 임무의 성격을 고려하여, 고급스럽지만 점잖은 어두운 보라색 벨벳에 흑담비 모피로 가장자리를 대고 깃에는 당시 스페인에서 매우 구하기 힘들었던 사자 색깔의 아일랜드식 니들 포인트 레이스로 프릴을 단 옷을 차려입은 수염 난 귀족 남자로 변장했다.

마차는 비밀 임무를 위해 특수 제작된 것이었다. 낮

---

* 원문 라틴어. 'Nulla aqua fit quelles, nisi illa que fit de Monoceros aquae nostrae.'

동안에는 수녀원 밖으로 출몰하지 않았기 때문에 동네에서 알아보는 사람이 거의 없었다. 내부는 평소 수녀원장의 호화로운 취향대로 꾸며져 있었으니, 향이 풍기는 단향목 위로 보석으로 치장한 영양 가죽을 씌웠고, 레몬색 비단으로 지은 쿠션과 커튼에는 금사와 은사, 쌀알 진주, 오팔, 루비 등으로 칼과 석류를 수놓았다. 마차의 외부는 속과 달리 단순한 양상을 띠었다. 외장은 은박이었고, 지붕 주위로 인어와 파인애플이 화환처럼 두르고 있는 것 말고는 장식이 없었다. 우유처럼 희고 비할 데 없이 날렵한 위풍스러운 아랍 암말 두 필이 마차를 끌었다.

믿을 만한 하인 단 한 명과 마부만을 데리고서 수녀원장은 남쪽으로의 야반 여정에 호기롭게 나섰다.

아흔 시간도 채 지나지 않은 시점에 이미 도냐 로살린다는 왕자를 태운 임대 마차를 막아섰다. 무어인으로 구성된 소부대를 그라나다에 대기시키고 온 터, 왕자 전하를 호위하는 사람은 경호병 두 명뿐이었다. 로살린다의 하인이자 카스티야의 최고 검객인 돈 베난시오가 경호병 둘을 신속하게 처치했다. 순식간에 수녀원장은 왕자를 억류해 자기 마차에 포로로 잡았고, 흰 암말들은 행로를 되돌려 타르타로스의 산타바르바라 수녀원으로 향했다.

왕자가 너무 어리고 어여쁜 나머지 수녀원장은 왕자의 몸에 상해를 입히지 않도록 주의해 다루었다. 심지어 왕자의 값비싼 옷과 검은 피부, 작고 억센 수염과 반짝이는 눈에 너무도 호의적으로 반응한 나머지 왕자를 상시

142

수행원으로 삼기로 결정했다. 이 영광스러운 대우에 테우투스 조시모스 본인은 전혀 동의한 바 없었으나 수녀원장의 결정에는 변함이 없었다. 왕자는 검객 돈 베난시오의 기운 센 손아귀에 붙들린 채 발로 차고 자기 나라 말로 욕을 했지만 수녀원장은 홀로 미소 지은 채 앉아 있었다.

타르타로스의 산타바르바라 수녀원으로 돌아오는 여정은 사나운 분위기와는 거리가 먼 광경이었을 것으로 예상된다. 하지만 수녀원장의 설명은 제한적이었고 돌아와서는 아무 질문도 받지 않았다. 다만 주교의 빈정대는 평가 몇 마디에서 상황을 어느 정도 유추할 수 있었으며, 나아가 테우투스 조시모스 왕자의 태도에 비추어 보건대 상황의 전반적인 양상을 의구심 없이 파악할 수 있었다.

세부 사항 없이 여정을 재구성해 보건대, 왕자는 마차에 함께 타고 있는 미소 짓는 기사를 비로소 의식하기 시작했을 것으로 예상된다. 변장을 한 수녀원장인 기사를 보자 젊은 왕자의 도착적인 관심이 각성했다. 왕자의 남성성은 부자연스러운 동방의 관습으로 인해 이미 뒤틀린 터, 왕자는 도냐 로살린다에게 부적절하게 접근했고 도냐 로살린다는 왕자가 자신이 변장한 여인임을 알아봤다고 착각하고서 이 잘생긴 젊은이의 정중한 관심을 거리낌 없이 수용했다. 하나 수녀원에 도착했을 때까지도 왕자는 여전히 수녀원장이 남성이라고 여겼으니, 이 접근이 많이 진전되지는 않았으리라 판단되는 바이다. 그녀가 평소 수녀복 차림으로 미소 지으며 왕자 앞에 나타나자, 왕자는 차갑게 돌아선 다음 주교를 향해 은근한 눈길을 보냈다.

테우투스 조시모스는 귀한 막달레나의 사향을 자기로부터 갈취한 수녀원장이 자신까지 포로가 잡았다는 사실을 마침내 깨닫고서부터 우울의 최면에 깊이 빠져들어 생명이 위중해졌다. 그는 식음을 전폐한 채 수녀원자의 은밀한 벽감실에 있는 기다란 용 의자에 엎드려 지냈다. 며칠이 지나자 짙은 얼굴색이 노란 카드뮴 안료색처럼 변했고 반짝이던 눈은 두 개의 썩은 우물처럼 머릿속으로 푹 꺼졌다.

수녀원장을 지배하는 정념은 언제나 불경스러운 호기심이었기에, 그녀는 막달레나의 사향 미량을 탕약으로 달여 병든 왕자에게 주기로 결정했다. 지금까지 이 강력한 고약을 내복해서 섭취한 자는 아무도 없었으며, 도냐 로살린다와 주교는 증기로 흡입하는 것만으로도 항상 원하는 결과를 취해 왔다. 수녀원장은 위층 천문대에서 모종의 계산을 해 본 뒤 마편초 잎사귀, 꿀, 장미수 몇 방울 그리고 막달레나의 사향 한 숟갈을 섞은 탕을 지었다. 그 새 왕자에 대한 모종의 부성애를 기른 주교라면 이 실험에 분명 반대를 표했을 것이나, 주교는 공교롭게 마드리드로 잠시 여행을 떠나 있었다. 타르타로스의 산타바르바라 교구와 관련된 교회 사안이 화두에 오른 터였다. 수녀원의 호화로운 생활이 요하는 사항들 때문에 세금이 인상되자 중인층이 대주교에게 민원을 제기했고, 그에 따라 대주교가 사람을 보내 주교를 마드리드로 호출한 것이다.

안락함의 맛을 아는 대주교가 세금 감면을 바랄 리 없으니 이 모든 것은 그저 형식적인 것에 그쳤다. 그럼에도 중인층은 자신을 위해 교회의 고위 성직자들이 수도에 모여 이리도 중요한 회담을 열었으니 모든 것이 잘 추진되고 있다는 인상을 받았다.

이 마녀의 물약(도무지 다른 이름을 생각할 수 없다.)이 완성되자 수녀원장이 나를 호출했다. 나는 왕자의 입을 벌리라는 명을 따랐고 그사이 수녀원장이 그 끔찍한 액체를 왕자의 식도에 부었다. 이 불운한 젊은이는 이미 쇠약한 상태라 작업 전반이 수월했으나 내 양심 역시 완전히 가뿐했다고 말할 수는 없다. 마음속 깊은 곳에서 나는 이 죄악의 고약이 애초부터 기독교 사회에 진입해서는 안 됐다고 느꼈지만, 내 의지는 항상 수녀원장의 강압적인 성격에 눌려 꼼짝 못 해 온 터, 감히 그녀를 거역할 생각을 할 수 없었을 것이다.

테우투스 조시모스는 물약의 마지막 한 방울을 강제로 삼키고 나자 차마 눈뜨고 보기 어려운 경련을 일으키기 시작했다. 도냐 로살린다는 살짝 흥미가 돈은 표정을 하고 있었으니, 가혹한 영혼임을 드러내는 또 다른 증거다.

왕자의 허약한 상태와 남자답지 못한 본성 때문에 평소의 징후가 나타나지 못했음이 틀림없다. 왕자가 천장을 뚫을 기세로 솟아오르길 바란 수녀원장의 기대와 달리, 왕자는 침대에 누운 채로 생의 끄트머리에 도달한 오리처럼 팔을 힘없이 퍼덕이면서 꽥꽥거리고만 있었다. 불쌍한 왕자는 핏발 선 눈으로 수녀원장을 바라보면서 자신이 짝을 찾아 노래하는 암컷 나이팅게일로 변했다고 말했다. 정신이 혼란해진 와중에 왕자는 자신이 새로 변신했다고 착각하게 된 것이다. 시간이 상당히 흐른 후에야 테우투스 조시모스는 마침내 힘을 모아 의자에서 몸을 일으켰다. 왕자는 퍼덕이고 꽥꽥거리면서 천문대로 향하는 계단을 올랐고, 수녀원장과 나는 그를 바짝 뒤따랐다. 우리가 아무리 원했다 한들, 수녀원장의 실험에 따른 불행한 결과를 막기에는 시간이 충분하지 못했을 것이라 사료된다. 눈은 허공을 향한 채 입에 거품을 문 테우투스 조시모스 왕자는 천문대를 둘러싼 난간 위로 올라섰다. 그리고 자신이 나이팅게일의 여왕이라고 외치면서 90피트 아래로 뛰어내려 처참한 죽음을 맞았다.

이 불길한 밤의 나머지 시간은 왕자를 텃밭에 묻는 데에 쓰였다.

테우투스 조시모스가 죽은 후부터 트레브 레 프렐 주교는 생기를 잃어 갔다. 식욕이 다소 손상된 듯했고 심지어 체중이 조금 줄기까지 했다. 당연하게도 수녀원장은 주교에게 왕자의 죽음을 알리지 않았다. 주교가 마드리드에 가 없던 사이에 왕자가 모국으로 평화로이 돌아가도록 자신이 설득했다고 말했을 따름이다. 나아가 수녀원장이 주교를 안심시키길, 갑자기 왕자가 그녀에게 모종의 정중한 관심을 보였고 그 대가로 막달레나의 사향 스물한 병을 준다고 했으니 만족시켜 주는 것이 마땅하다 판단했다고 했다. 이 이야기 전부를 주교가 실제로 믿지는 않았겠으나, 주교는 말없이 이를 받아들였고 계속해서 생기를 잃어 갔다.

이렇게 건강이 상한 주교는 프로방스로 돌아가 당분간 머물기로 결정했는데, 그의 말에 따르면 프로방스는 공기가 상쾌해 평소의 활기를 빠르게 회복할 수 있다고 했다. 그러나 내 생각에는 아비뇽 교회음악에 새로운 자원이 도입되었다는 소식이 그의 출발을 고무했다고 보인다. 문제의 도시를 거쳐 온 한 음유시인에 따르면, 영국제도에서 온 기막히게 예쁜 금발의 소년 성가대 한 무리가 도시에 도착했고 그들의 고운 음색은 천사에 버금갈 정도라는 것이다. 음유시인이 더불어 전하길 이 소년들을 돌보는 것은 핍박을 피해 아일랜드에 숨어 지내던 일군의 성전기사단이었다. 성전기사단에 대한 박해에도 불구하고 계속해서 새 신도들이 기사단에 입회했고, 한 아일랜드 귀족의 후원하에 번성하고 있다고 음유시인이 말했다.

그리하여 주교는 여행의 위험에 대비한 무장을 한 뒤 몇 명의 하인을 거느리고 아비뇽으로 떠났다.

수녀원장은 또다시 팔각형 탑으로 혼자 들어가 공부를 이어 갔다. 수녀원의 일과는 다시 평화로운 분위기를 회복했고, 수녀들의 흥분 상태도 어느 정도 잦아들어 옷을 갖춰 입고 정신을 제대로 차린 채로 임무를 수행할 수 있게 되었다.

수녀원의 고해신부로서, 나는 주교가 체류하는 동안

수녀들이 보인 난잡한 행동에 대해 모종의 보속(補贖)을 부여하는 것이 나의 임무라고 느꼈다. 나는 심지어 수녀 원장에게도 가벼운 보속을 제시했는데, 일주일에 묵주기 도를 세 번 올리고 성모마리아께 초를 몇 개 봉헌하라는 내용이었다. 하지만 내가 이를 제시했을 때 수녀원장이 너무도 심하게 웃은 나머지 나는 고통과 다소간의 모멸감 속에 물러나야만 했다.

이 여자는 평생 동안 다른 보통의 인간들을 자기 뜻 대로 제압해 왔고 또 모두가 반문 없이 그녀의 우세를 수 긍해 왔다. 내 양심은 그녀가 성스러운 천주교 신앙의 교 리에 대한 명백한 신성모독이라고 확신하였으나, 그녀의 강철 같은 뜻 아래에 놓일 때마다 나는 미약하고 줏대 없 는 자가 되었다.

당시 여러 고위 성직자가 수녀원을 찾았는데, 그중 에는 바티칸에서 온 추기경도 있었다. 수녀원장의 예리한 감독하에 수녀원은 급속도로 재정비되었다. 수녀원장은 서쪽 동의 평범한 수도실로 거처를 옮겼고, 추기경이 도 착했을 때에는 이미 성상이 올바르게 서 있도록 다시 뒤 집어 놓고 성스러운 감실 위에 달려 있던 염소 뿔도 제거 하게끔 시켜 놓은 상태였다. 수녀원장은 추기경이 자기 수도실의 근처로 올 때마다 짚을 채운 침대를 채찍으로 갈겨서 자신이 매일 채찍질 고행에 열중한다는 착각을 불 러일으켰다. 때때로 막달레나의 사향의 창백한 푸른 오라 속에서 목욕하는 모습을 추기경이 살짝 엿보게 두었는데,

남성과의 밀접한 협업이 없었기 때문에 공중 부양은 하지 못했다. 수녀원장에게 성인의 천성이 있다고 믿게 된 추기경은 로마로 돌아가 타르타로스의 산타바르바라 수녀원을 극찬하는 보고를 올렸다. 이후 교황이 로살린다의 시성을 고려할 때 이 보고서가 긍정적인 영향을 미쳤을 것으로 보인다.

대부분의 책들은 너무도 암연(暗然)하게 쓰인 나머지 오직 그 저자만이 그를 인지할 수 있다.* 이 인용구가 책이 아니라 인간 영혼에 대한 것이었다면, 산타바르바라 수녀원장에게 아주 적합한 말이리라 생각된다. 도냐 로살린다의 마음이라는 미로를 꿰뚫는 것이 평범한 인간으로서 과연 가능한 일일지 오늘날까지도 가히 의심스럽다.

여름과 겨울이 지날 때까지 주교는 소식이 없었다. 3월의 절반이 지났을 때 아비뇽에서 온 첫 전갈이 도착했다. 도냐 로살린다는 1월 초부터 좀처럼 쉬지 못하며 전처럼 붉은 턱수염을 짧게 기른 귀족 신사로 변장한 채 야밤에 산으로 말을 달리러 나가는 횟수가 잦아졌다. 그러다가 언젠가는 웬 농부가 돌아다니다가 그녀가 수녀원 입구로 들어오는 것을 목격할까 우려되어 이러한 외출을 자제시키려고 시도했다. 그러나 나의 충고는 아무 소용이 없었다. 수녀원장은 호문쿨루스라는 이름의 검은 종마에 올라타서 한밤 속으로 질주하곤 했다. 극단적으로 달리

* 원문 라틴어. 'Sunt enim plerique libri adeo obscure scripte, ut a solis auctoribus suis percipiantur.'

고 난 후 마구간으로 돌아올 때면 이 맹렬한 말도 머리부터 궁둥이까지 땀 거품에 뒤덮여 피로에 비틀거렸다. 알수 없는 어떤 고뇌가 수녀원장을 암흑 속 저 멀리까지 내모는 듯 보였고, 수녀원장은 호문쿨루스의 튼실한 심장이 터져 나갈 때까지 무자비하게 내달림으로써 내적 소란을 잠재우려 했지만 부질없었다. 밀교 연구가 진전되지 않아서 내적 불안이 이토록 격화된 것인지, 아니면 단지 지루했던 것인지는 나로서 알 길이 없다.

같은 시기에 작은 사건이 벌어져 농민들 사이에 풍문이 돌았다. 들개 몇 마리가 조시모스 왕자의 시체를 파내서, 썩어 문드러진 몸 토막을 물고 마을에 들어온 것이다. 뼈와 살은 조각나 있었지만 사람 것임은 여전히 알아볼 수 있었고 지역 법관이 시체의 신원에 다소 관심을 보였다고 한다. 수녀원장은 이 추문의 싹을 명목으로 삼아 이후 여행을 떠난 것일 수도 있지만, 내 생각에 진짜 이유는 그녀의 내적인 불안, 그리고 다름 아닌 주교가 보낸 다음과 같은 서한 때문일 것이다.

자애로운 로살린다, 금빛 꽃*이여, 아니면 존경하는 수녀원장님이라고 불러야 할지?
떠나고 나서 달이 수없이 거듭나도록 글로도 말로도 사정을 전하지 않아 내 죽음과 매장 소식이

* 원문 라틴어. 'Flos Aeris Aureus.'

나 기다리고 있으리라 생각하오. 쉼 없이 격렬한 활동에 낮과 밤을 모두 소진한 나머지 소식 보내는 것을 놓쳤으니 아량을 베풀어 용서해 주기를 기도하오.

떠날 당시에는 아비뇽에 이토록 오래 체류하리라 예상치 못했소. 당신도 알다시피 나는 프로방스의 상쾌한 공기 속에서 건강과 원기를 회복하고 어린 목청에서 나는 천사 같은 음악으로 영혼을 고양시킬 계획밖에 없었소. 그에 따라 내 유일한 당면 과제는 빠른 시일 내로 타르타로스의 산타바르바라로 복귀하여 우리의 공동 목표에 전념하는 것이었소. 하나 이곳에서의 상황이 전혀 예상치 못한 방향으로 진행된 까닭에 이토록 오래 머무르게 되었소. 여기 아비뇽에서의 성취에 따라 우리가 이 예술을 진정으로 터득했는지 그 여부가 판가름 날 것으로 보이오.

당신도 기억할 터, 프로방스 소식을 처음 들려줬던 그 음유시인이 성전기사단의 존재를 에둘러 암시했었고 심지어는 기사단이 이 도시에 있음을 은근내비친 바 있소. 그들이 지도한다는 북유럽 소년 성가대는 사실 기사단 지부를 프랑스에 차리려는 계획을 숨기는 말하자면 베일에 불과하다는 투였소.

우리 다 알다시피 음유시인이란 지나는 곳마다 소식을 얻어 내는 요사스러운 능력을 지닌바, 이 친구가 이런 사실을 간파했다는 점이 특별히 놀랍진 않으실 거요. 이제 내가 아비뇽에 도착하고 처음 몇 주 동안의 이야기로 돌아가겠소. 유난히도 지겨운 여행이었던지라 나는 트레브 레 프렐 궁에서 며칠간 피정하였소. 내 폭신한 침대에서 엎드려서 이 시간을 보냈는데, 덜컹거리는 마차에서 내린 후라 천국이 따로 없었소. 내 둔부가 딱딱한 좌석에 긴 시간 노출되면 얼마나 연약해지는지 당신도 잘 알지 않소. 베르트 루이즈가 언제나처럼 부드러운 손길로 내 이 섬세한 사정을 보살펴 주었고, 아주 경이로운 향유(香油)를 만들어서 거의 마비 상태에 이른 내 신체 부위를 안마해 주었소. 48시간을 꼼짝없이 배를 깔고 누운 채로 보내고 나서야 쿠션에 기대어 요기할 기운이 나는 것 같았소. 올해 사냥이 성공적이라 운 좋게도 구운 자고새, 훌륭한 지역 와인으로 조리한 멧돼지, 새끼 사슴 고기, 소를 채운 도요새로 소진된 체력을 북돋울 수 있었소.

마침내 아비뇽까지 가는 두세 리그를 버틸 힘이 났으니, 고상한 음악의 예술적 향유를 통해 영혼을 쇄신하러 갈 수 있게 되었소. 당신도 알다시피 노래는 영혼의 양식이기에, 얼른 성당에 가서 북유럽 소년 성가대가 부르는 미사곡을 듣고 싶어 조바심이 났소.

이 감미로운 합창단에 열광하는 묘사를 구구절절 쓰지는 않겠소. 간략히 표현하자면, 이들이 진정 천사의 모습과 닮은 것이라면 당장 천국에 들어 아기 천사들 사이에서 노닐어도 여한이 없겠소. 피부는 어찌나 곱고 하며, 눈을 얼마나 순수하고 푸른지! 맑고 지저귀는 듯한 그 노랫가락 덕분에 미사가 완전한 기쁨의 경험으로 변모했소. 애정하는 로살린다, 분명 당신도 이런 것은 경험해 보지 못했을 거요.

대주교와 저녁 식사를 한다든지 하는 곤란한 겉치레와 자잘한 골칫거리 몇 개를 치른 뒤에야 성가대원들을 소개받을 수 있었고, 드디어 아비뇽에 작은 저택을 마련하고 내 거처로 삼았소. 여러 번에 걸쳐서 성가대 전체를 대접했고, 그때마다 성가대는 지역 상류층 출신의 다른 손님들을 교화하는 차원에서 고딕 성가 공연을 짧게 선보여 주었소. 물론 모종의 사례를 해야 했기에 동방에서 득한 금이 꽤나 축나게 되었소. 그러나 치른 비용이 보답으로 돌아오기까지 오래 걸리지 않았으며, 천상의 우정이라는 형태로 제공되었다고 일말의 과장 없이 말할 수 있소. 그중 나이 많은 소년 하나가 성대에 사춘기 때의 전형적 장애가 생긴 것으로 드러나서 더 이상 성가대에서 활동하지 못하게 되었소. 그래서 내가 그 아이의 영혼을 인도하기로 하고 계속 머물 수 있는 방을 저택에 마련해 주었소.

감히 말하건대 이 소년은 미모가 특출하고 자태는 어린 아도니스 같으며, 게다가 재능이 넘치는 시인이기까지 하오. 들리는 말에 의하면 아일랜드 사람들은 시적 재능을 타고난다고 하오. 앵거스라는 이름의 이 아이는 출신은 평범하지만 천성이 훌륭해 아일랜드의 야생이 아닌 그리스 사원에서 났을 법한 인물이라오. 활력 넘치는 젊은이와 함께 보낸 여러 저녁은 향기로운 매력으로 가득하였소. 이집트 마법과 중국 음악, 고대 그리스의 경망스러운 관습 몇 가지, 아일랜드 디어하운드를 데리고 사냥하는 법 그리고 각종 약초의 효능 등등 여러 주제에 대해 이야기를 나누었소. 앵거스는 판단력이 예리하고 심오한 주제에 대해서도 아는 바가 많아 연신 놀라곤 했소. 평범한 출신 배경으로도 이럴 수 있다니 유쾌하고도 또 불가사의한 일이오.

아이의 특이한 문화 때문에 의아했던 적도 있었지만, 로살린다 당신도 알다시피 행복이란 지나치게 꼬치꼬치 캐물으면 사라져 버리는 환영 같은 것인바 너무 깊이 참견하지 않았소. 마치 활공하는 새처럼 아무 생각 없이, 말하자면 금색 빛살에 몸을 적셨다오.

이렇게 즐거운 상태가 한 달 정도 지속되었을 때, 잉글랜드에서 헤르마트로드 시라스 경이라 불리는 자가 찾아왔소. 이자는 아마 기사단의 동료들로부터 앵거스가 내 저택에 기거한다는 소문을 들은 듯했고 우리 관계에 대해 불쾌할 정도로 정확하게 알고 있었소. 헤르마트로드 경과 만나기 전까지만 해도 나는 소년들이 기사단의 제자일 수도 있다는 이야기를 잊고 있었소. 그 음유시인의 정보가 실은 전적으로 옳았던 것이오.

헤르마트로드 경은 외고집으로 악명이 자자한 영국인임에도 불구하고 타협에 열려 있는 사람인 것으로 밝혀졌소. 이때 알게 된바, 성전기사단은 실제로 프로방스에 조직의 거점을 마련하고 있었고 우리 모두와 마찬가지로 기초 자원을 필요로 했소.

금과 값진 보석과 귀한 향수 따위의 선물을 약속한 뒤에야 겨우 헤르마트로드 경을 설득하여 적어도 당분간은 앵거스를 내 영적 지도하에 둘 수 있게 되었소.

내 전략적인 설득에도 결실이 있었으니, 내 문하생을 통해 이 비밀에 싸인 형제단에 관한 몇 가지 사실을 배우게 되었소. 숙청이 시작되고 나서부터 성전기사들은 정체를 숨긴 채 몸을 피했는데, 그중 몇은 아일랜드에서 보금자리를 찾게 되었다고 하오. 맬컴 왕의 후손 집안인 무어헤드 일가가 서쪽 해안에 있는 오래된 요새를 양도하며 이들을 후원해 주었던 것이오. 이 무어헤드 일가로 말하자면 그 이름에서 알 수 있듯이 십자군 전쟁에서 주요한 역할을 했으나, 이후 동방에서 획득한 전리품을 분배하는 과정에서 성직자들과 갈등을 빚었소. 이러한 배경 덕에, 성전기사단이 교회의 신임을 잃게 되었을 때 기사단과 무어헤드 일가 간의 관계는 우호적으로 발전하게 되었소. 성전기사단은 암암리에 아일랜드에서 번성하며 세력을 키워 갔소. 귀족 가문에서 새로운 신도들이 입회했고, 평민일지라도 기사단의 특수한 용무에 호의적인 성향을 지닌 자들은 드물게 입회할 수 있었소.

아일랜드의 토양은 기사단의 활동을 몇 대째 이롭게 하였소. 하나 시간이 흐르면서 다른 나라에도 새 거점의 씨앗을 심어야 한다는 필요성이 대두되었고, 그로부터 지금까지 약 50년간 기사단은 이 대륙 곳곳에서 비밀스럽게 조직을 결성해 왔던 거요.

자 이제, 사랑하는 금빛 꽃이여, 내 서한의 정점에 도달하였소. 어느 날 저녁 앵거스가 그 순진한 나이에 비해 조신하지 못하게 와인을 너무 섭취한 나머지 기사단의 위대한 불가사의에 대해, 보다 엄밀히 말하면 그 불가사의의 실존하는 상징에 대해 내게 털어놓고 말았소. 내가 알아들은 바에 의하면 아일랜드의 성전기사단이 성배를 갖고 있소. 당신도 알다시피 이 놀라운 잔은 태고에 삶의 묘약을 담아낸 바로 그 잔으로, 본래 비너스 여신의 것이었소. 비너스가 큐피드를 수태했을 때 이 마법 액체를 들이켜자마자 큐피드가 자궁 속에서 뛰어올라 그 숨결*을

---

* Pneuma. 숨결, 호흡 등의 뜻을 갖는 그리스어로, 영혼이라는 의미로도 사용된다.

흡수해 신으로 화하였다고 하오. 이야기에 따르면 이후 비너스가 진통을 느끼면서 잔을 떨어뜨렸고 잔은 땅으로 곤두박질치면서 깊은 동굴 속, 말의 여신 에포나의 처소에 묻혔다 하오.

수천 년 동안 이 잔을 무사히 간수한 것이 바로 이 지하 여신으로, 수염을 기른 자웅동체로 알려져 있소. 이 여신의 이름은 바르바로스요.

당신도 이 전설을 전에 들어 봤을 수도 있을 거요. 고백하건대 나는 그 이름을 듣고서 그 자명한 연관성에 소스라치게 놀라고 말았소.

바르바라 [sic] 여신은 생명을 주는 자 또는 자궁으로 숭배되었고, 그를 섬기는 사제는 자웅동체 중에서 선발하는 것이 원칙이었소.

이 여신의 성소를 처음으로 침략한 자가 바로 노아의 아들 세트라 하오. 사제들은 살해당했고 성배는 도둑맞았으며 성소는 훼손되었소. 전설에 따르면, 성배는 세트 일족의 수중에 있다가 십자군 전쟁 때 다시 성전기사단에게 도둑을 맞았소.

이후 성배에 관한 이야기들이 도처에서 솟아났고, 그 마법의 출처가 기독교라는 잘못된 해석이 퍼졌소.

성배의 위대한 역사에 관한 진실이 어떠하든 간에 성배에 놀라운 힘이 있다는 점은 자명하고, 또 몇몇 구체적인 실마리로 추측해 보건대 앵거스가 해 준 이야기가 진실이라고 사료되오.

내 침묵하는 장미꽃밭,* 당신도 그 필요성을 수긍할 것인바, 이 놀라운 잔을 못해도 직접 보아야 하고 또 가능하다면 바르바로스 여신께 돌려드려야 할 것이오. 여신이 아닌 더 최근 직함으로 부르는 것이 좋겠소? 어쩌면 이를 계기로 도둑맞은 물건을 원주인인 비너스께 돌려줄 수 있을지도 모르잖소?

수녀원은 부원장에게 맡기고 하루빨리 아비뇽으로 출발하시오. 저택의 안락한 방과 적어도 수녀원에서 먹던 것에 버금가는 별미도 마련해 둘 것이니 염려치 마시오. 후에 아일랜드에 있는 성전기사단의 요새로 여행을 떠나게 될 수도 있으니 노정을 위한 대비를 넉넉히 해 오시오. 성배가 이미 프랑스에 와 있을 수도 있지만, 내 보기에는 기사단이 지내는 상황이 더 정비되기 전까지는 성배를 옮기지 않을 듯하오.

나처럼 도착하고 일주일 동안 엎드려서 자고 싶지 않으면 여정을 위한 쿠션을 잊지 말고 충분히 구비해 오시오. 길 상황이 정말이지 형편없소.

우리를 하나로 묶는 그 모든 것을 기리며, 당신의 영원하고 다정한 흠모자이자 영혼의 오라버니가.

트레브 레 프렐의 주교 페르낭드

---

* 원문 라틴어. 'Mutus Rosarium.'

수녀원장은 출발 전에 막달레나의 사향이 담긴 병들을 숨겼다. 후에 나는 수녀원 전체를 수색했지만 남은 고약 병을 찾을 수 없었다. 지금 와서 깨달은 바이지만 수녀원장은 분명 교회 밑에 있는 지하 납골당에 병을 숨겼을 것이고, 이제는 그녀 역시 같은 곳에 묻혀 있다. 그때 당시에는 선대 수녀원장들의 무덤을 은폐 장소로 삼을 것이라고 미처 생각하지 못했다. 게다가 음산한 지하 무덤에 대한 모종의 공포심 때문에 그 장소를 고려하지 않았다는 점도 부인할 수 없다.

하여튼 수녀원장은 면밀하게 채비한 뒤 변장을 하고 흰색 암말이 끄는 은색 마차를 타고 떠났다. 경호병 한 명이 검은 종마 호문쿨루스를 타고 마차를 보필했다.

테레사 가스텔룸 드 그사비에 수녀가 부원장으로 임명되었다. 이 수녀는 도냐 로살린다의 수행 비서로, 기이한 수녀원장에게 전적으로 헌신했다.

무어인 혈통으로 보이는 테레사 가스텔룸 드 그사비에는 얼굴색이 검고 행동은 음침하고 비밀스러웠다. 그녀가 팔각형 탑에 자리를 잡으면서 그녀 몰래 수녀원장의 침소에 진입하기가 매우 어려워졌다.

하지만 나는 몇 번의 근면한 시도 끝에 몇 차례 잠입하는 데에 성공하여 도냐 로살린다의 개인 소지품을 살펴볼 수 있었고, 그를 통해 수녀원장의 성격을 간파하는 데 도움이 되는 모종의 문서와 서신을 손에 넣을 수 있었다. 수녀원의 고해신부로서 내가 지닌 의무는 타르타로스의 산타바르바라 수녀원과 관련해 벌어지는 일을 가능한 한 속속들이 파악하는 것이라고 생각했다. 내 관심의 초점은 당연히 도냐 로살린다였다. 천박한 호기심이 나를 추동한 적은 단 한 번도 없다. 나는 공동체의 영적 지도자로서 의무를 다했을 뿐이다.

근 2년을 떠나 있는 동안 수녀원장이 거친 여정은 비밀에 싸여 있다. 그 기간의 반 이상은 필시 성전기사단의 요새에서, 또는 그게 아니라면 적어도 그 근방인 아일랜드 서부에서 보냈을 것이다. 도냐 로살린다의 악마같이 영악한 본성을 잘 알기에 그녀가 요새에서 상당한 시간을 보내는 데에 성공했으리라 추정되나, 이 쉽지 않은 위업을 어떻게 달성했는지는 설명하기 어렵다. 적어도 한동안은, 트레브 레 프렐의 주교를 제외하면 그 누구도 수염 기른 기사가 실은 수녀원장이라고 의심하지 못했을 것이다. 또 도냐 로살린다가 살아서 아일랜드를 떠났으니, 그녀의 정체가 여자임을 결국 알게 된 자들도 그 비밀을 엄수했음이 분명하다.

수녀원장이 비로소 타르타로스의 산타바르바라 수녀원에 돌아왔을 때의 상태를 보건대, 그녀가 여자임을 안 사람이 적어도 한 명은 있었다는 점에는 추호의 의심도 없다. '사람'이라고 말하긴 했으나, 수녀원장의 죽음을 둘러싼 믿지 못할 사건들을 생각해 보면 형언할 수 없는 의혹이 일어 때때로 몸이 움츠러든다.

수녀원장이 죽은 후 나는 히브리어로 쓰인 두루마리

하나를 용케 손에 넣게 되었고, 마드리드에서 향신료 무역 일을 하는 유대인의 도움을 받아 기어이 번역할 수 있었다.

이 두루마리와 함께 발견된 라틴어로 된 또 다른 문서는 도냐 로살린다의 아일랜드 체류를 명백히 다루고 있으며, 아마도 성전기사단 요새 방문까지 언급하는 것으로 보인다. 여기에 두 문서를 제시하니, 첫 번째가 히브리어에서 번역한 것이다.

그[죄인]는 속죄로도 바다와 강의 정한수로도 용서받지 못하리. 이집트에서 온 부족의 세트라 불리는 이자, 타르타리안의 아리우트라 불리는 딸들에게 숨결의 잔을 돌려놓기 전까지는 세월에 걸쳐 부정(不淨)한 자로 불리우리라.

그[세트]의 모든 죄악은 이국의 [여자] 이방인 [바르-바-라로 번역할 수도 있음]에게 그의 영혼을 봉헌할 시 사해질 것이니, 이방인은 가장 성스러운 그릇을 보호하는 자인 노란 [혹은 금빛] 뿔난 신과 합일하는 [한 번의] 제의를 치르매 잔을 다시금 성스러운 숨결로 가득 채워 주리.

태초에 쌍둥이로 알려진 두 영혼이 있었으니 그중 하나가 여자고 다른 하나가 남자라. 이들이 태초에 세운 것이 곧 생명이요, 숨결이요, 숨결을 담아내는 성스러운 잔이라.

161

하여 이 두 영혼이 만남에 임하여 날개 달린 자[혹은 깃털 달린 자웅동체, 세피라]가 탄생한 것이라.

그 이후로 잔은 결실이 맺지 못하였으니. 잔을 지키는 불모의 옥사쟁이들이 그녀의 가장 비밀스러운 신비의 동굴에 있는 그녀의 가장 마땅한 영역에서 그녀를 추방했기 때문이라.

에포나, 바르바로스, 헤카테.

하여 행성의 아이들은 망각할 것이고 세월의 통로를 찾지 못할 것이며 새로 뜨는 달과 계절을 망각할 것이고 시간의 질서와 천공을 달리는 천체들에 관한 모든 것을 그르칠 것이니. 그로써 무도한 짓이 자행되나니, 이는 복수자 여호와인 세트의 군림하에 잔이 비어 있고 불모이기 때문이라.

하여 세 개의 달이 함께 떠올라 해의 빛을 가릴 때에 통탄과 뼈 갈리는 일이 난무하나니, 이는 자신의 기원을 망각하고 나무의 뿌리를 더는 알지 못하기 때문이라.

보아라, 불모의 형제단에게 구속되어 가장 기적적인 숨결에게 버림받고 비어 있는 그녀의 성스러운 그릇을 도둑질하는 자가 바로 현자일지니.

인간의 삼위일체를 숭배하는 지구의 아이들에 화 있을진저. 그녀의 소유에서 잔을 갈취한 불모의 형제단에 화 있을진저.

이 모호한 문서에는 따로 날인이 없었지만 파피루스의 상태로 보건대 고대의 것이라 판단되었다. 두 번째 두루마리 역시 서명은 없었고 무명의 누군가가 쓴 것이었다.

나는 그녀와 하늘로 날아오르며 이렇게 외칠 것이다. 나는 영원히 산다.* 이국의 이방인들이 코너의 토성(土城)[숙청이 시작된 후 성전기사단이 모여 지낸 요새의 이름일 것으로 추정됨]에 입성했다. 스페인 귀족 하나가 프로방스에서 온 후덕한 프랑스 주교를 대동했다. 성전기사단에 입회를 간청하러 온 것이다.

총장이 여행객들에 대한 사전 심사를 행하는 중이다.

스페인 귀족 돈 로살렌도 데 타르타로가 기준에 충족했다. 알렌 경의 지도를 받게 될 것이다. 주교의 건은 추가 검증을 위해 보류되었다.

코너의 토성이 지진에 흔들렸고, 그 충격으로 혼란에 빠진 공동체가 바야흐로 규칙적 일상을 복구하는 중이다. 땅속 깊은 곳에서 올라오는 지하의 웅웅 소리가 여전히 들린다.

* 원문 라틴어. 'Et volabo cum ea in coelo et dicam tunc. Vivo ego in aeternum.'

지하 웅성거림이 여전히 팽배하고, 그 출처가 불가사의를 보관하는 지하 석실이라 한다.

총장께서 팔각회의실에서 총회를 여셨다. 지하의 웅웅 소리가 불가사의와 연관이 있는 것으로 보인다. 총장께서 이 우려스러운 사태의 전모를 밝혀 주실 것임이 틀림없다.

한 방랑 시인이 머물 곳을 찾아 방금 코너의 토성에 도착했다. 이름은 탈리에신이라 한다.

총장께서 이르시길 불가사의가 든 석실을 봉인된 지 200년 만에 처음으로 열어야 한다. 이 중대한 결정은 어젯밤 다섯 시간 동안 지속된 회의에서 내려졌다.

시인 탈리에신이 지진에 관한 재미난 노래들로 여흥을 제공했다. 즉흥적으로 만든 한 발라드에서 그는 불가사의가 잠을 뒤척인 것은 한 여인이 이곳에 내방했기 때문이라 했다. 우리 모두 쾌활하게 웃었다. 무어헤드 일가가 기사단에게 코너의 토성을 기증한 이후로 이곳에 발을 들인 여자는 한 명도 없다.

오늘 밤에는 전통에 따라 동행 없이 혼자 그 섬뜩한 석실로 들어갈 자를 운명의 제비뽑기로 결정할 것이다.

기사 열두 명이 수수께끼 같은 죽음을 맞은 후 루퍼스 경이 석실을 봉인한 것이 200년 전, 그 후 처음으로 불가사의가 든 석실에 진입하는 기사로 리아의 션 경이 선택되었다.

시련을 앞둔 리아의 션 경은 창의 제단 곁에서 명상하며 밤을 지샐 것이다.

리아의 션 경은 아눈의 우물에서 길어 온 물로 정화하고 기사단이 시 일족*을 점령할 때 획득한 은 검을 찰 것이다.

끔찍한 일이 발생하여 코너의 토성이 깊은 애도에 빠졌다. 기사단의 가장 영예로운 기사 네 명이 참혹하게 죽었다.

총장께서 의식에 따라 석실의 봉인을 해제하신 다음 불가사의의 방에 진입한 기사들이 모두 차례로 공포스럽고 불가해한 죽음을 당했다.

그 섬뜩한 방에 들어갔다 나온 자들마다 경련을 일으키며 광나는 금처럼 반짝이는 무시무시한 뿔 난 형체에 대한 헛소리를 늘어놓았다. 그러고서 두 눈과 입으로 피를 쏟아 내고 성배를 저주하며 숨을 거두었다.

신이시여 이들의 영혼에 자비를 베푸소서.

리아의 션 경, 토마스 버빈 경, 스타니슬라우스 브라스 경, 윌프레드 도너건 경. 모두가 때 이른 무참한 끝을 맞았다. 이들은 기사단의 최고 영예와 함께 동쪽 납골당에 묻힐 것이다.

---

* 시(Sidhe)는 아일랜드 지방의 흙 언덕을 일컫는 말로, 이에 사는 요정 같은 초자연적 일족에 대한 신화가 전해진다.

탈리에신이 노래하길 오직 여성만이 뿔 난 신을 알현하고 무탈하게 나올 수 있다 한다. 저승에서 온 미지의 이방인이 잔을 채울 것이라 한다. 이 모두가 시 일족의 말처럼 들리니 어쩌면 탈리에신이 그들과 은밀히 결탁하고 있을지 모른다.

모두가 적잖이 낙담한 사이 돈 로살렌도 데 타르타로가 비기의 석실에 들겠다고 자원했다. 아직 서품을 받지 않은 자인 고로 정통에 심히 어긋나는 일이다.

하나 이 용맹한 기사가 모험을 견뎌 내지 못할 것이 자명한 터, 차라리 명예로운 죽음을 맞게 해 임종과 함께 서품식을 치름이 낫겠다는 데에 의견을 모았다.

탈리에신이 후렴구가 반복되는 기묘한 노래를 부르고, 돈 로살렌도를 향한 조언으로 들린다.

이 시인이 시 일족과 거래했을 가능성이 점점 높아 보이나 이를 증명할 방법은 없을 것이다.

탈리에신의 노래 후렴구가 '공격하고 자르고 묶을 것'을 가져가라고 스페인 기사에게 명한다. 나아가 깃털 난 존재가 '태어날 것'이라고 언급하니 아마 새의 일종을 가리키는 듯하다.

돈 로살렌도가 처소에 들어 열두 시간의 명상을 시작한다. 그는 시 일족의 은검, 버드나무 가지, 긴 밧줄을 사용하는 것을 허락해 달라고 요청했다.

그의 개인 소지품 중에서는 정체를 알리길 거부한 물질이 든 작은 병을 들고 갈 것이다. 빛나는 유니콘이 새겨진 흑단목 함에 이 물질을 일곱 병 지니고 있다.

우리는 무거운 마음으로 용맹한 스페인인의 죽음을 예상했으니, 그것은 '모든 장소에서 어느 시간에든 모든 상황 속에서 발견된다, 탐구가 탐구자를 분노케 할지라도'.*

스페인인이 섬뜩한 석실에서 살아 돌아왔다. 서품을 받은 기사단이 이루지 못한 바를 평신도가 이룬 것에 대해 큰 물의가 일었다.

기사 여섯 명과 총장께서 목도하신바, 돈 로살렌도 타르타로는 불가사의의 석실에 진입해 닫힌 문 뒤에서 세 시간 동안 머물렀다.

마침내 그가 미소를 띠고 상처 하나 없이 창백한 푸른 빛을 발하면서 모습을 드러냈다. 시 일족의 검과 버드나무 가지는 여전히 지니고 있었으나, 병과 밧줄은 방에 남겨 두고 왔다.

전통 의식에 따라 칼끝을 겨눈 상태로 몸수색한바, 경악을 금치 못하게도 그의 망토 아래 다름 아닌 성배가 숨겨져 있음을 발견했다. 기사 넷은 엎드린 채 고개를 들지 못했고 하나는 달아났다. 감히 쳐

* 원문 라틴어. 'et invenitur in omni loco et in quolibet tempore et apud omnem rem, cum inquisition aggravate inquirentem.'

167

다볼 수 없는 빛나는 진액이 성배로부터 흘렀다. 여섯 번째 기사인 페네톤 경만이 물러서지 않고 돈 로살렌도에게 명하길 잔을 석실에 되돌려 놓지 않으면 죽음의 고통이 있을 것이라 했다.

많은 고심 끝에 총장께서 돈 로살렌도의 공적을 감안하여 그의 목숨을 살려 주기로 결정하셨다. 그러나 신성모독적인 부정행위를 저지른바 돈 로살렌도에게 지금 당장 주교와 함께 짐을 챙겨서 코너의 토성을 떠날 것을 명하였고, 다시 나타날 시에는 사형에 처하겠다 엄포했다.

시인 탈리에신은 본인의 의사에 따라 그 둘과 동행할 것이다.

페네톤 샌더슨 경의 용맹스러운 공로를 기리고자 강철 오각 훈장을 수여했다. 지하의 웅웅 소리는 완전히 멈추었고 석실은 마치 죽음처럼 고요하다.

수녀원장의 국외 체류를 다루는 이 문서들은 너무 불완전하여 많은 것들이 풀리지 않은 채 남아 있다. 이 두 문서는 수녀원장이 죽은 후 그녀의 개인 소지품 중 찾은 것으로, 그녀가 코너의 토성 요새에서 훔친 것으로 추측된다. 어떻게 훔칠 수 있었는지는 도냐 로살린다만이 알 것이다.

앞서 말한 바와 같이, 수녀원장은 2년의 시간이 흐른 뒤에 스페인으로 돌아왔다. 그녀가 도착하기 약 7일 먼저 전령이 와 수녀원장이 곧 타르타로스의 산타바르바라

에 도착할 것이니 모두 맞이할 채비를 하라고 전했다. 약
간의 불안과 대단한 흥분이 공동체 전체에 팽배했다.

　　하나 그녀가 수녀원에 들어서는 모습을 목격한 수
녀는 몇 되지 않았으니, 새벽이 아직 오지 않은 시간, 소
위 말하는 영시(零時) 무렵인 터였다. 내 처소가 현관홀 바
로 위쪽에 위치해 있었기에 나는 말과 마차 소리에 잠에
서 깼다. 서둘러 옷을 입고 도냐 로살린다를 수녀원에 맞
이하기 위해 내려갔다.

　　수녀원장은 길고 검은 망토로 몸을 감싸고 있었지만
배가 엄청나게 불러 있다는 사실을 알아차리지 않을 수
없었으며, 보통 임신해서 출산하기 직전인 아홉 달에 이
르렀을 때보다 거의 곱절로 배가 컸다.

　　하인들이 도냐 로살린다의 물건을 모두 팔각형 탑으
로 나르고 나자, 그녀 역시 느릿느릿 힘겹게 걸음을 옮기
며 방으로 들어갔다. 가스텔룸 드 그사비에 수녀가 수녀
원장의 마지막 3일 동안 시중을 들었다.

　　셋째 날, 파비올리나 수녀가 나를 탑으로 호출했는
데, 탑에서 벌어진 끔찍한 사건을 목격한 후 허탈 상태에
빠지고도 책임감을 갖고서 나를 부른 것이었다.

　　수녀원장은 죽음의 고통 속에 누워 있었고, 시간은
자정이었다. 내 마음의 눈에 그 끔찍한 장면이 다시 나타
날 때마다 지금도 오한이 들며 몸이 떨린다. 항상 몸이 말
랐던 도냐 로살린다가 괴물 같은 크기로 부어올라서 작
은 고래처럼 보였고, 석탄처럼 검게 변해 있었다. 최대 한

도로 부풀어 오르자 수녀원장은 공중으로 떠올랐고 허공에 잠시 매달린 듯 머물러 있었다. 그리고 갑자기 전율이 온몸을 사로잡더니 이 세상 어떤 대포 소리보다 더 큰 굉음이 울리면서 무지막지한 폭발이 일었고 나는 튕겨 나가 벽에 부딪혔다. 타르타로스의 산타바르바라 수녀원장이 남긴 흔적은 포켓용 손수건보다도 작은 축축한 검은 피부 조각 하나뿐으로, 침대에 놓여 있었다.

뇌운같이 묵직하고 지독한 악취가 코를 찌르는 연기가 임종의 방을 가득 채웠다. 나는 그 경이로운 광경의 여파로 여전히 비틀거리고 있었기에, 작은 물체 또는 빛나는 몸 하나가 밀집한 연기 속에 매달려 날갯짓하고 있다는 사실을 처음에는 알아차리지 못했다. 얼마 간의 시간이 흐르고 나서야 나는 가면올빼미만큼 작고 하얀 빛을 발하며 날개를 가진 남자아이가 천장 부근에서 파닥거린다는 사실을 알아봤다. 아이는 활과 화살을 지니고 있었는데, 몸에서 뿜어져 나오는 꿰뚫는 듯한 빛 때문에 더 자세히 관찰할 수가 없었다. 죽은 수녀원장에게서 배출되는 가스 냄새는 이제 사향과 재스민 같은, 묵직하고 아주 강렬한 향기로 변해 있었다.

이때 도냐 로살린다의 무시무시한 폭발 소리를 들은 수녀들이 놀라서 탑 안으로 들어왔고, 마드리드에서 온 신부인 몬세뇨르 로드리게스 세페다도 함께였다. 그들이 목격한 것은 향수 냄새 혹은 그들이 부르는 바를 따르자면 성스러움의 향기와, 날개 돋친 소년이 천문대로 향하는 나선계단을 따라 위로 사라지며 영원히 모습을 감추는 찰나의 장면뿐이었다. 당연하게도 이들은 그를 천사로 여겼다.

수녀원장의 인간 몸에서 남은 것이라곤 검은 피부 조각 하나뿐이라는 거북한 사실에 개의치 않고 수녀들은 원장을 성인으로 선포했다. 오히려 그들의 생각에 따르면, 원장은 천사 한 명과 성스러움의 향기만을 남기고 축복받은 처녀 성모마리아처럼 천국에 든 것이었다. 피부 조각은 장미와 백합 사이에 전시되다가 이후 수녀원장이 세 명은 들어갈 만큼 커다랗고 장엄한 관에 묻혔다. 그리고 앞서 언급한 바와 같이 수녀원의 지하 납골당에 매장되었다.

몬세뇨르 로드리게스 세페다와 수녀 50명 모두가 수녀원장의 폭발 이후 장면을 목격한바, 그들은 이 기적이 내가 추호의 의심 없이 아는 바대로 지옥의 밑바닥에서 온 것이 아니라 천국에서 온 것이라고 확신했으며 내가 그 어떤 증언을 자진하더라도 그 믿음을 바꿀 수는 없을 것이다.

이 문서는 …… (이름 지워짐) 교황의 명에 따라 97세의 나이로 화형에 처해진 타르타로스의 산타바르바라 수녀원의 옛 고해신부 도미니코 에우카리스토 데세오스가 작성한 것이다.

우리가 주를 의지하여 우리 대적을 뿔로 누르리이다. 우리를 치러 일어나는 자를 주의 이름으로 밟으리이다. 우리 그리스도가 곧 뿔이니, 그와 동일한 아버지의 이름으로 우리 대적을 무찌르거나 멸시하리이다."*

하단에는 흐릿한 잉크로 깨알만 한 주석이 쓰여 있었는데, 아래와 같은 내용이었다.

> 부패 없이는 작업의 성공을 이룩할 수 없다.
> SS의 해방을 위하는 잔과 숨결.
> '그리하야 나의 어둠을 빛으로 바꾸시고, 나를 둘러싼 혼돈을 찢어발기셨다.'

도냐 로살린다에 관한 논고는 이렇게 끝이 났다.

창문 위로 이불을 걸어 놓은 덕분에, 빛이 어느덧 이른 아침 시간에 가까워져 간다는 사실을 저버리지 않고 원고를 전부 읽을 수 있었다.

윙크하는 수녀원장의 이야기가 이런 거였구나. 결말에서 수녀원장이 해체되어서 기분이 좀 울적했지만, 실망

---

* 원문 라틴어. 앞의 두 문장은 시편 44편에 등장하나 마지막 문장은 아니다. 'In te inimicos nostros ventilabimus cornu. Et in nominee tuo spernemus insurgentes in nobis. Cornu veru nostrum Christus est, idem et nomen Patris in quo adversaris nostril vel ventilantur vel spernuntur.'

스럽지 않은 이야기였다. 줄거리를 따라가면서 나는 담대하고 기운 넘치는 수녀원장에 심정적으로 동조하게 되었다. 염탐꾼 신부 도미니코 에우카리스토 데세오스는 수녀원장을 해로운 모습으로 묘사하려고 최선을 다했지만 그녀의 본래 모습이 지닌 순수성은 훼손할 수 없었다. 수녀원장은 분명 아주 빼어난 여자였을 것이다.

크리스타벨 번스에게 더 묻고 싶었다. 예를 들자면, 어쩌다가 수녀원장의 초상화가 아메리카 대륙까지 오게 된 걸까? 또 어째서 이 기관에 걸려 있는 걸까? 해가 뜨면 바로 크리스타벨을 찾아 나서서 물어볼 생각이었다. 하지만 이후 벌어진 형국 때문에 며칠 동안 크리스타벨과 말을 나누지 못했다. 이 기간 동안에는 우리 중 누구도, 지금부터 서술할 극적 상황이 아닌 다른 논의 주제는 차마 생각할 수 없었다.

나는 수녀원장 이야기를 정독하느라 늦잠을 잤고 애나 워츠가 나를 깨웠다. 애나는 나를 흔들어 일으키면서 동시에 말을 하고 손짓을 해 댔다. 애나 워츠는 평소에도 흥분 상태였기에 특별히 신경 쓰지 않고 있었는데, 그녀가 내 귀나팔을 건네주더니 말하자면 제자리에 밀어 넣었다.

"자수 한 점에 대해서 조언을 얻으려고 들른 참이었

어요, 오랫동안 갖고 있던 벨벳 천에다 자수를 놓으려고 하는데 나름대로 예쁜 벨벳이고 여기 오기 전부터 갖고 있던 걸 텐데도 아주 새것같이 보였어요. 아시다시피 최소한의 여가를 누릴 나만의 시간이랄 게 전혀 없지만 사실 난 혼자 앉아서 마음 가는 대로 상상한 꽃 모양으로 구슬을 꿰매 단다거나 하는 일을 좋아하는데요, 그렇지만 다른 사람의 책임인 온갖 일을 맡아 하느라 빨빨거리며 돌아다니는 것보다는 혼자 지내면서 영감 넘치는 어떤 일을 하는 것에서 사실은 더 많은 기쁨을 느낀다는 걸 세상 사람들이 이해해 주길 기대할 수는 없지 않겠어요."

나는 귀나팔로 식탁을 두들기면서 외쳤다. "세상에 제발 애나, 본론이 뭐예요, 뭐가 문제인 거예요?" 경험으로 터득한 것인데, 애나의 독백을 대할 때 일말의 수줍음을 보이면 그 순간 망조가 든다.

"아니 소리 지를 필요까지는 없잖아요, 지금 설명해 주려던 참인데, 그 여자가 폭주하는 증기 롤러처럼 뛰쳐나오더니 나를 붙잡고 횡설수설, 말 그대로 횡설수설을 하더니 내가 뿌리칠 틈도 없이, 아시다시피 오죽 힘이 센가요, 방갈로 안으로 나를 끌고 갔고 아니나 다를까 그 가여운 게 굳어서 죽어 있고, 난 너무 충격을 받아서…."

"애나," 이제는 완전히 겁에 질려서 내가 외쳤다. **"도대체 무슨 얘기를 하는 거예요?"**

"아니 당연히 가여운 모드 얘기죠, 이해가 안 되세요, 지난밤에 죽었다니까요, 그래서 우리 다 너무 속이 상

175

하고 또 여사님이 모드랑 친한 걸 내가 아니까 이 집 문을 그렇게 두들겼는데 도통 일어나시질 않더라고요. 그랬더니 불쌍한 나타샤가, 그분이 얼마나 예민한지 아시죠? 여튼 침대에 드러누워 있어야 했고 너무 거대한 충격을 받고 슬픔에 빠진 나머지 갬비트 박사님께서 수면제를 못해도 세 알은 주셔야 했는데, 그렇지만 그분이 가여운 모드랑 그렇게 긴밀한 사이였는지는 지금까지 못 알아봤거든요, 여사님은 아셨어요?"

물론 나도 알지 못했지만, 초콜릿 퍼지가 환영처럼 눈앞에 나타났다. 다른 누군가를 염두에 두고서 봉지에 담겨 있던 것을 속에 넣은 초콜릿 퍼지. 얌전한 꽃무늬 블라우스를 입고 암 드 로즈* 분을 칠했던 불쌍한 모드. 우리가 모두 부러워했던, 그리고 짓는 데 여섯 달이나 걸렸다던 그녀의 복숭아색 크레이프드신 캐미니커스.** 우리 모두 중 유일하게 다정한 전통적 할머니상과 조금이나마 닮았던 소심하고 예민한 모드, 그 솜털 같은 하얀 머리와 분홍빛 볼과 하얀 이빨. 물론 가짜 이빨이었지만 하얬다.

접시꽃과 라벤더가 가득 핀 어떤 구시대적인 정원에서 덩굴장미 그늘 밑에 앉아 가여운 모드가 얌전한 캐미니커스를 영원이 끝날 때까지 바느질하는 모습이 머릿속에 저절로 그려졌다.

---

* 프랑스어 'Ame de rose'로, '장미의 영혼'이라는 뜻이다.
** 크레이프드신은 비단을 사용한 직물 중 하나로, 얇고 잔주름이 많다. 캐미니커스는 캐미솔과 속바지가 하나로 이어진 여성용 속옷을 말한다.

이 끔찍한 소식에 나는 깊은 충격을 받았다. 게다가 모드가 나타샤의 이글루에서 나오는 걸 보았을 때 경고를 해 주었다면, 그리고 곧바로 의료 조치를 받으러 갔다면 모드의 목숨을 구했을지도 모른다는 생각이 들어 더욱 그 랬다.

이 때문에 내 입장이 몹시도 곤란해졌다. 부엌에서 나타샤와 반 토흐트 여사를 본 일을 누군가에게 그대로 전해야 할까? 지금 당장 갬비트 박사에게 알리는 게 물론 가장 좋을 것이다. 게다가 나타샤와 반 토흐트 여사는 목 표물을 없애려는 첫 번째 시도가 실패했으니 초콜릿 퍼지 를 계속해서 만들 수도 있다. 그러면 당연히 갬비트 박사 는 어째서 내가 창밖에서 염탐하고 있었는지 궁금해할 텐 데, 이를 당당하게 해명할 만한 이유가 도무지 생각나지 않았다. 어쩌면 반 토흐트 여사와 나타샤가 감옥에 갈지 도 모른다. 투옥되는 데 나이 제한이 있다는 얘기는 못 들 어 봤고, 게다가 살인이니까 말이다. 엉뚱한 사람을 죽이 긴 했지만 그래도 살인은 살인이지 싶다. 여기가 영국이 었다면 여지없이 사형에 처해졌을 거라서 나는 각오하고 입을 다물었을 거다. 사람을 일부러 죽음길로 보내는 데 에 도덕적 가치가 있다는 논리에 한 번도 설득된 적이 없 기 때문이다.

모든 일이 심하게 충격적이었다. 불쌍한 모드, 내가 구할 수도 있었는데.

그사이에 나는 옷을 다 챙겨 입었지만 아침 먹을 입

맛은 없었다. 애나 워츠가 내게 뭐라고 말하고 있었다. "어렵지 않게 지붕에 올라가서 천창으로 내려다볼 수 있어요, 방갈로 뒤쪽에 지붕 홈통을 청소할 때 사용하라고 놓은 작은 사다리가 있거든요. 홈통 청소는 한 번도 안 한 것 같지만 사다리는 아직 거기 있어요. 이제 다시는 못 볼 텐데, 마지막으로 불쌍한 모드를 한번 보고 싶어요. 그렇게 가냘프고 작은 여자였는데."

애나의 제안은 같이 지붕으로 기어 올라가서 모드의 시체를 엿보자는 것이었다. 세상의 관점에서 본다면 소름 끼치고 무례한 짓이지만, 늙은 여자 둘이 지붕에 올라앉아 있으리라 상상할 사람은 아무도 없지 않을까?

들키지 않고 방갈로까지 가려면 무수한 덤불 사이로 헤쳐 지나가야만 했다. 보이스카우트 놀이를 하는 기분이 들었다. 방갈로 뒤쪽의 사다리는 경각심이 들 정도로 오래되어 보였고 나무는 썩은 듯했다. 애나 워츠는 내가 그녀를 알게 된 이후 처음으로 입을 다물고서 조심조심 사다리를 오르기 시작했다. 위에 올라선 다음부터 애나가 다시 중계방송을 해야 한다는 의무감을 느끼지 않기만을 바랐다. 발각되면 정말 창피스러울 것이다. 나는 애나 워츠를 뒤따라 삐걱거리는 사다리 위로 간신히 올라갔다. 방갈로의 지붕은 평평했고 아래 방으로 빛을 들이는 천창이 두 개 나 있었다. 우리는 모드의 방이 온전히 들여다보이는 창 위에 자리를 잡았다. 죽음은 모드의 얼굴을 좁고 알아볼 수 없는 가면으로 바꾸어 놓았고, 그를 보니 왠지 얇은 조각으로 자른 설익은 호박이 생각났다. 입을 살짝 벌리고 채 원망과 놀람이 뒤섞인 표정으로 우리를 올려다보고 있었다. 침대 옆 물 잔에는 틀니가 세워져 있었다. 어쩌면 그 때문에 얼굴이 좁아진 것일지도 모르겠다. 여전히 솜털 같은 흰머리가 죽은 얼굴 위로 곱슬거렸다.

침대에서 멀지 않은 곳에 반 토흐트 여사가 앉아 있었다. 살덩어리를 축소시켜 놓은 듯한 그녀의 얼굴에는 아무런 표정도 드러나지 않았지만, 두 손만은 쉼 없이 불안해하며 서로를 쥐어뜯고 있는 것처럼 보였다.

회색 작업복을 입은 낯선 여자가 수건, 노란 주방 비누 한 조각이 올려진 비누 받침, 물이 담긴 양동이를 갖고 들어왔다. 행동이 아주 정확하고 무심했다. 여자가 침대보를 체계적으로 벗기자, 옷을 제법 갖춰 입은 시체가 전부 드러났다. 잠옷으로 갈아입을 시간도 없이 독약 탄 퍼지의 효과가 나타났나 보다, 불쌍한 것. 나중에 알게 된 것인데 모드는 반 토흐트 여사에게 간이 안 좋은 느낌이고 편두통이 너무 심하다고 하면서 저녁 식사를 걸렀다고 한다. 모두가 저녁을 먹고 있을 때 죽은 게 틀림없다. 그래서 그녀가 고통의 마지막 순간에 도움을 청하는 소리를 아무도 듣지 못했던 것이다.

이제 회색 작업복을 입은 여자가 모드의 옷을 벗기기 시작했다. 밤사이에 사후경직이 시작된 탓인지 그 과정에서 꽤나 애를 먹었다.

이따가 애나 워츠가 내 팔을 발작적으로 부여잡았

179

고, 우리 둘 다 천창을 뚫고 아래 펼쳐진 믿지 못할 광경 위로 떨어질 뻔했다. 홀딱 벌거벗은 모드의 시체가 점잖은 노신사의 모습이었던 것이다.

애나와 내가 무슨 수로 목을 부러뜨리지 않고 사다리에서 내려올 수 있었는지 제대로 기억이 나지 않는다. 어떻게 겨우 조율한 것 같다. 이중 방갈로를 향해 황급히 가는 갬비트 박사가 저 멀리 보였고, 우리는 시체가 있는 방과 우리 사이에 최대한 거리를 두고자 서둘렀다. 덤불 밖으로 몸을 일으키자마자 우리는 조지나 사이크스와 맞닥뜨렸는데, 조지나는 풀숲 아래에서 물소 소리가 나는 것 같아서 확인하려고 멈춰 섰다고 주장했다. 애나 워츠는 늑대 인간에게 쫓기듯이 순식간에 사라졌다.

"애나 워츠랑 같이 풀숲을 파헤치고 다니면서 대관절 뭘 한 건지 물어봐도 돼요?" 내가 머리에서 나뭇가지를 떼어 내고 있는 사이 조지나가 물었다. "아프리카 물소 떼가 돌진하는 것 같은 소리가 났다고요."

"세상에 그렇게 크게 소리치지 좀 말아요." 내가 초조해서 말했다. "누가 들을지도 모르잖아요. 꿀벌 연못으로 오면 다 얘기해 줄게요."

"불쌍한 모드가 간밤에 급성 간 경화증으로 죽었대요." 조지나가 말했다. "갬비트 내외가 우릴 작업실에 집합시켜서 자기의식적 관찰을 갱신하는 계기로 죽음을 삼아야 한다고 한참을 이야기했어요. 모드가 겁쟁이였던 건 아니지만, 이렇게 일이 갑자기 벌어질 거라고 생각하진

180

못했을 거예요.”

나는 조지나의 목숨이 위험할 수도 있다는 생각이 들기 시작해서 사건의 불미스러운 전말을 그녀에게 이야기해 주기로 마음먹었다. 나는 머뭇거리며 말문을 열었다. “모드는 간 질환으로 죽었을 리 없어요, 안색이 너무 환했는걸요. 간 경화로 죽는 사람은 나타샤처럼 피부가 노래져요.”

“모드는 항상 얼굴에 그 분홍색 크림을 떡칠했으니까요.” 조지나가 말했다. “너무 두껍게 발라서 그 밑에 피부가 청록색이어도 못 알아차릴 걸요.”

“모드 솜머스는 간 경화증으로 죽은 게 아니라니까요.” 우리는 꿀벌 연못에 도착했고 일벌들 외에는 아무도 없었다. 우리는 돌의자에 앉았고, 나는 반 토흐트 여사와 나타샤가 퍼지에 독약을 넣는 것을 어쩌다 내가 보게 되었는지, 또 어쩌다 모드가 나타샤를 쫓아갔고 급기야 그 치명적인 퍼지를 훔쳤는지 등 전부 조지나에게 말했다. 또 얌전하고 여성스러운 모드가 사실은 남자임을 발견했던, 방갈로 지붕에서의 극적 에피소드도 들려주었다.

“코브라 잡겠네!” 조지나가 하얗게 질려서 말했다. “분명히 그 퍼지는 날 노린 거예요. 그 여자가 다 짠 거야.”

나타샤가 부엌 근처에서 조지나에게 제안했던 작은 화해 만찬은 신중하게 계획한 살인이었던 것이다.

“당장 갬비트한테 말해야 해요.” 조지나가 말했다. “경찰을 불러야 해요. 여기가 미국이라면 둘 다 사형실로

181

보내져서 전기의자에서 라드가 될 때까지 구워질 텐데. 그 구경을 하는 데 10달러까지는 흔쾌히 낼 수 있어요."

"여기는 사형 제도가 없어요." 내가 조지나에게 말했다. "하지만 쇠사슬을 채워서 노역을 시킬 수는 있어요. 곡괭이로 바위를 쪼개고, 빨간 샅바 입은 산만 한 누비아 사람한테 채찍질 당한대요."

조지나는 비웃는 듯 얼굴을 찌푸렸다. "실제로는 여자 감옥에 좋은 응접실 하나 차리고서 퍼지 잔치를 매주 두 차례씩 치르고 일요일마다 강령술 집회 여는 게 전부일 걸요."

"모드가 살해당한 거라는 사실이 밝혀지면," 내가 잠시 생각한 뒤 말했다. "나타샤는 전에 말한 그 쥐를 독살하려고 퍼지를 만들었다고 변명할 게 분명해요."

"쥐한테 초콜릿 퍼지를 만들어 주는 걸 들어나 봤어요?" 조지나가 답했다. "상한 치즈 덩어리를 쓰지."

우리는 갬비트 박사를 찾으러 나섰지만 부엌에서 감자 수프를 젓고 있는 갬비트 부인만 만날 수 있었다.

"갬비트 박사님께서 오늘 방문은 하나도 안 받으실 예정이에요. 박사님께서는 제정신이 아닐 정도로 걱정을 하시는데 사적인 문제에 대한 면담을 하러 찾아오시다니 두 분 다 상당히 경솔하신 것 같네요." 갬비트 부인이 이를 꽉 문 채 미소 지으며 말했다.

"급한 일이에요." 조지나가 말했다. "지금 바로 봐야 해요."

"아무리 그렇다 하더라도 오늘 갬비트 박사님께서는 사적인 건에 대한 업무는 보실 수 없어요." 갬비트 부인이 답했다. "평소 일과를 흐트러트릴 만큼 슬픈 사건이지만, 이제 가서 각자 방갈로를 청소하시고, 자제되고 정돈된 자세로 오늘 하루를 되새겨 보시길 부탁드려요."

이 이상 주장해도 가망이 없음이 분명했고 우리는 이튿날 모드의 장례식이 끝난 다음에야 갬비트 박사와 이야기할 수 있었다. 다시 모드를 파내는 수고를 들여야 할 것이 뻔했기 때문에 안타까운 마음이었지만, 우리가 더 손쓸 수 있는 방법이 없었다.

그동안 우리는 정원 주변을 걸으면서 사태 전반을 갖가지 관점에서 논의했다.

"모드가 사실 변장한 남자일 거라고 누가 꿈이나 꿨을까요?" 내가 조지나에게 물었다. "그 캐미니커스나 얌전한 블라우스를 보면요. 정말 혼이 나갈 정도로 놀라지 않았어요?"

"전혀 놀라지 않았어요." 조지나가 말했다. "난 모드가 왔을 때부터 사실 남자라는 걸 알았어요."

"아니 상식적으로 그걸 어떻게 알 수가 있어요?" 내가 놀라서 물었다. "우리 중 누구보다도 더 여자같이 보였는걸요."

"나는 아서 솜머스가 뉴욕에서 골동품 가게를 할 때부터 알았거든요." 조지나가 말했다. "하지만 그의 이 작은 비밀을 내가 누설할 이유가 하나도 없었어요, 그도 살

184

면서 나한테 폐 한번 끼친 적 없으니까요. 어째서 모드라
는 흉측한 이름을 골랐는지도 내가 상관할 바 아니고요."

"그런데 모드는 왜 늙은 여자들 오는 시설에 갇히는
걸 자처했대요?" 내가 물었다. "더 재미난 데도 충분히 찾
을 수 있었을 텐데요. 자기 돈도 좀 있었던 것 같고요, 내
가 알기론."

"뭐 이야기의 알맹이를 알고 계시니까 전부 알려 드
리는 편이 낫다고 보이네요. 불쌍한 아서한테 더 피해를
줄 수 있는 것도 아니고요.

수년 전에 아서 솜머스는 팔번 가에 있는 아주 조그
만 가게를 사들여서 자기는 골동품이라고 부르는 갖가지
추접한 쓰레기로 가득 채웠어요. 난 그 옆집에 살았어요,
전에 말한 적 있는 그 아비시니아* 사람이랑 같이요. 그
래서 이따금 들러 아서한테 내 자잘한 고민을 털어놨는데
그러면서 꽤 친해졌어요. 얼마 안 지나서 아서의 골동품이
사실 작은 비밀 사업을 하기 위한 위장 간판이라는 걸 알
게 됐어요. 레이스로 덮인 조그마한 분홍색이나 파랑색 바
늘방석을 팔았는데 속이 마리화나로 채워져 있었던 거죠.

손님들은 대부분 덩치 좋은 선원들이었는데, 그런
사람들이 웬 얌전한 바느질 소품을 그렇게나 많이 사러
오는지 알아차리는 데 오랜 시간이 걸렸어요. 아서는 바
늘방석을 직접 만들었어요. 그래서 바느질 솜씨가 그렇게

---

* 오늘날 에티오피아 지역에 13세기부터 20세기까지 존재했던 제국.

능숙해진 거예요. 아주 쏠쏠하고 괜찮은 사업이었죠. 마리화나 피우는 걸 즐기는 사람이 아주 많거든요, 기분이 좋아지니까요.

어느 화창한 날에 아서가 가게 위에 있는 방 세 칸 중 하나를 베로니카 애덤스라는 풍경화가 여자에게 세를 줬어요. 맞아요, 후작 부인이 지내는 독버섯 옆에 있는 시멘트 장화에 사는 그 베로니카 애덤스예요. 지금도 그 길고 긴 두루마리 휴지에 그림을 그리고 있잖아요. 글쎄 그때는 정말 맵시 좋은 여자였다니까요, 아서는 사랑에 빠져 정신을 못 차렸죠. 방세도 안 받았다고요. 애정 관계 때문에 아서가 경솔해진 건지, 분홍색 바늘방석을 실수로 뉴욕시 경찰한테 팔기 시작했어요. 사정이 아주 힘들어지기 시작했고 아서는 싱싱 교도소나 비슷한 데로 보내질 게 자명한 상황이었는데, 그리니치빌리지에서 주류 밀매점을 운영하던 땅콩눈 존슨이 제때 귀띔해 준 덕분에 모면했어요. 그래서 아서랑 베로니카는 국경을 몰래 넘어가서 라레도에서 나이트클럽을 운영했어요. 베로니카는 시간이 날 때마다 풍경화를 그렸어요. 또 손님이 어느 정도 있으면 토요일 밤 스트립쇼를 하러 갔고요. 그런 그녀를 직접 본 적은 없지만 지금 모습만 생각하면 기가 막히는 일이죠. 타조 깃털이랑 구슬로 꾸몄을 거예요. 내 생각엔 아서가 의상을 만들어 준 것 같아요.

그래서 계속 거기서 지냈죠, 베로니카 몸매가 손님을 끌어들일 수준을 유지하는 동안은요. 나중에는 형편이 되어서 은퇴했고 아르헨티나에서 몇 년 보내다가 여기로 온 거예요. 아서는 여자 양로원이라면 꽤나 왕성했던 삶을 고상하게 마무리 지을 수 있겠다고 생각했어요. 불쌍한 아서는 반 토흐트 여사랑 한 방갈로를 같이 쓰게 되리라고 전혀 예상치 못한 거예요. 처참한 날벼락이었지만 그도 나중에는 익숙해졌어요. 겸손함의 미덕을 항상 굉장히 강조하면서, 참견하길 좋아하는 반 토흐트 여사가 비밀을 알지 못하게 한 거죠. 최소한 지금까지는요. 여기까지가, 세상 어디에서 살해당해도 하등 이상할 것 없었지만 늙은 여자들 시설에 들어와서 살해당할 거라고는 차마 상상도 못했던 아서 솜머스의 삶에 대한 도식적인 이야기랍니다."

조지나는 옛날 생각을 하니 슬퍼진 것 같았고, 나는 주제를 바꾸려는 시도를 해보았다. "마리화나는 무슨 맛일지 궁금해요." 내가 말했지만 조지나는 듣지 못했다. 어쩌면 아서와 베로니카 애덤스 생각을 하고 있을지도 모른다. 아니면 아비시니아 사람 생각을 하고 있을지도.

아서 혹은 모드의 장례식은 꽤나 서둘러 치러졌다. 친지는 한 명도 오지 않아서 갬비트 부부만 참석했다. 아서 혹은 모드가 남자라는 사실에 대해 그들이 어떻게 생각했는지 아무도 알 수 없었다. 공동체가 있는 데서는 이에 대해 한마디도 하지 않았다. 베로니카는 변함없이 계속 두루마리 휴지에 그림을 그렸다. 등이 너무 굽어서 얼굴을 볼 수도, 오랜 애인을 잃어 괴로워하고 있다고 짐작할 수도 없었다.

나는 나대로 아주 불쾌한 밤을 보냈는데, 갬비트 박사에게 뭐라고 말할지 고민하다가 나타샤와 반 토흐트 여사의 사악한 모의를 생각하며 불안에 덜덜 떨기를 번갈아 반복했다. 여자 양로원에 와서 이런 종류의 문제를 겪으리라고는 아무도 상상하지 못했을 것이다.

갬비트 박사가 점심 식사 직전에 조지나와 나를 만나 주었다. 토실토실한 얼굴에 유난히 잿빛이 돌았고 초조한 듯 움찔거렸다.

"아니," 그가 짜증 내며 말했다. "일 전반에 대한 조언은 다 갬비트 부인께서 드릴 수 있지 않습니까. 지금 굉장히 바쁩니다. 바로 본론으로 들어가 주세요."

"얼마든지요." 조지나가 평소처럼 용기 있게 말했다. "모드 솜머스는 살해당했어요, 간 경화증에 걸린 적도 없어요."

갬비트 박사는 거친 끽 소리 같은 것을 내더니 다시 추스르고 말했다. "조지나 여사님, 열심히 노력하셔서 그 병적인 상상력을 극복하셔야 합니다."

"병적인 상상력이라니 웃기지 마요!" 조지나가 말했다. "일단 레더비 여사님이 부엌 창문 너머로 뭘 봤는지 들어 보세요."

그래서 내 이야기를 들려줬다.

"그래서," 갬비트 박사가 말했다. "이제 말씀 다 하셨다면 말입니다. 지금까지 살면서 이렇게 악의적인 인격 모독은 한 번도 들어 보지 못한 것 같습니다. 특히 수년 동안 일에 임해 오신 조지나 여사님께 아주 실망했습니다. 두 분 모두 인류의 뿌리 깊은 악덕 중 하나인 병적 상상력에 사로잡혀 계십니다. 이 끔찍한 심리 질환을 이겨내실 수 있도록 두 분께 개인 훈련 몇 가지를 준비해 드리겠습니다."

"미쳤군요." 조지나가 화나서 말했다. "우리는 언제 밥을 먹다 독살당할지 모르는 상황인데 박사님은 여기 앉아 심리학 이야기나 쩍쩍대고 있잖아요. 반 토흐트와 나타샤는 전기의자에 앉혀야 한다고요."

"이제," 갬비트 박사가 의자에서 일어서며 말했다. "그만하십시오 사이크스 여사님. 진정제를 드시도록 조치해 놓겠습니다."

"그러면 갬비트 부인께서 나타샤한테 구해 주신 쥐약은요?" 내가 물었다. "최소한 그에 관한 해명은 나타샤한테 들으셔야 할 것 같은데요."

"곤살레스 여사님은," 갬비트 박사가 위엄 있게 말했다. "아주 괄목할 만한 여성이고, 매우 높은 차원의 초감각적인 힘을 지니신 분입니다. 여사님이나 조지나 사이크스가 그 정신의 섬세한 작동 방식을 이해하기란 불가능할 겁니다. 지금 꾸며 내시는 모욕적인 험담은 그저 여러분이 질투로 들끓고 있다는 사실만 드러낼 뿐입니다.

그러면 두 분 남은 하루 편안히 보내시기 바랍니다. 갬비트 부인이 진정제를 드릴 겁니다." 박사는 문을 열고 우리 둘을 서재에서 밀어냈다.

조지나와 나는 여러 종류의 반응을 예상했지만, 완전한 불신의 벽에 맞닥뜨릴 준비는 전혀 되어 있지 않았다. 우리는 거의 5분 동안 아무 말도 하지 못했다. 살인에 관한 우리 설명을 갬비트 부인에게 전하는 것도 가망이 없어 보였다.

점심 먹는 내내 나는 반 토흐트 여사와 나타샤를 계속해서 몰래 훔쳐봤다. 조지나와 나는 사실상 아무것도 먹지 않았다. 안전하지 않아 보였다.

그날 오후에 손님이 날 찾아왔다고 해서 평일 방문객을 위해 마련된 현관 옆 응접실로 서둘러 갔다. 긴 트위드 드레스를 세련되게 차려입은 카르멜라를 발견하자 놀라움과 기쁨이 넘쳐흘렀다.

카르멜라의 텔레파시가 무언가 잘못되었다는 신호를 전한 것이다. 카르멜라는 내가 어떤 군인과 비엔나왈츠를 추는 춤을 꾸었다고 했다.

"꿈에서의 춤은 주술적인 힘이나 곤란을 뜻해." 카르멜라가 말해 줬다. "그래서 네가 뭔가 곤란한 일을 겪고 있으리란 걸 알았지."

나는 카르멜라를 데리고 내가 가장 좋아하는 장소인 꿀벌 연못으로 가서 불쌍한 모드–아서가 어쩌다 실수로

살해당했는지, 또 그 실수를 불시에 만회할지도 모른다는 두려움에 우리가 얼마나 시달리고 있는지 등 모든 이야기를 쏟아 냈다.

"해결책은 조금 이따가 제시해 줄게." 들고 온 뚜껑 달린 커다란 바구니를 뒤지면서 카르멜라가 말했다. "우선은 누가 오기 전에 초콜릿 과자랑 포트와인을 줘야 돼. 누가 바구니를 검색할지도 모르니까 포트와인은 보온병에 담아 왔어. 쇠창살이 있을지 몰라서 큰 줄칼도 하나 가져왔어. 없는 것 같긴 한데, 혹시 알아. 만약 공격을 받게 되면 아주 유용하게 쓸 거야."

"정말 자상하다, 카르멜라. 나도 너한테 줄 게 있었으면 좋겠는데 외출을 전혀 못 했어."

"신경 쓰지 마." 카르멜라가 말했다. "고양이들은 잘 지내니까, 내가 보기에 지금 네가 걱정해야 하는 건 실수로든 고의로든, 둘 중 어떤 거라도 네 관점에서는 사실상 똑같겠지만, 언제라도 살해당할 수 있다는 사실뿐이야. 당연히 여기 있는 잠재적 희생자 모두에게 조심하라고 말해 줘야 해. 그런 다음에는, 갬비트 박사가 조치를 취하길 거부하고 있으니 다 함께 단식투쟁에 들어가야 해."

정말 좋은 생각이었지만, 우리 모두가 굶어서 죽어 가는 걸 갬비트 내외가 앉아서 차분히 지켜보기만 하는 상황을 상상 못 할 건 없었다. 나는 이런 우려를 카르멜라에게 전했다.

"걱정하지 않아도 돼. 상황이 최악으로 치달으면 언

191

론에 이 이야기를 퍼뜨릴 거니까."

신문 헤드라인이 눈앞에 선했다. "여성 전용 양로원 곳곳에 널브러진 해골" 같은 것이 스페인어로 쓰여 있을 것이다. 유쾌한 생각이 아닐뿐더러 우리 입장에서는 해결책이라고 보기 힘들었다. 하지만 굶어서 죽는 것보다 독살당하는 것이 어쩌면 더 나쁠 수 있다. 게다가 전자의 경우, 우리가 지내는 곳에서 음식물을 구할 수 있으니 치료법이 비교적 간단하다. 나는 단식투쟁이 훌륭한 계획 같다고 카르멜라에게 말했다.

"자정에 햇불을 사용해서 총회를 소집해." 카르멜라가 말했다. "그리고 무슨 짓을 해서라도 자기 먹잇감을 잡으려고 하는 미친 살인범 여자가 있어서 모두가 위험에 처해 있다고 말해 줘. 그런 다음 내가 갖다준 초콜릿 과자를 배급해. 이 정도면 일고여덟 명이 한 일주일은 지낼 수 있을 거야. 그때쯤이면 갬비트 박사가 굴복하겠지."

"갬비트 박사가 앉아서 우리가 굶어 죽는 걸 구경만 하면 어떡하지?"

"그러면," 카르멜라가 말했다. "박사한테 가서, 내가 모든 증거를 갖고 있고 네 편지가 열흘 안에 나한테 도착하지 않으면 내가 이 모든 걸 공론화할 거라고 말하기만 하면 돼."

"반 토흐트 여사랑 나타샤가 초콜릿 과자에 손대지 못하게 조심해야겠네." 카르멜라에게 내가 말했다.

"네 방 마룻장 아래에 묻어 놓으면 돼." 카르멜라가

잽싸게 대답했다. "지금 바로 가서 해 버리자. 네가 사는 등대를 보고 싶어서 못 참겠어, 그 가짜 가구랑."

내 등대로 걸어가는 동안 카르멜라는 다른 집들을 유심히 관찰했다. "네 편지를 보긴 했지만," 그녀가 말했다. "현실이 예술적 묘사를 거의 뛰어넘는걸. 저렇게 지나치도록 흉측한 모양으로 만든 이유가 뭐지? 정원을 아주 망쳐 놨어, 집들만 없으면 정말 아름답고 평온할 텐데."

"하등한 본성이 유발시키는 방위각 진동이라고 갬비트 박사가 부르는 게 있는데, 그거에 따라서 방갈로를 배정해 줘. 그치만 난 빈 데가 등대밖에 없어서 거기로 가게 됐어. 갬비트 부인은 내가 삶은 콜리플라워 안에서 살아야 마땅하다고 하지만 그렇다고 만들어 주진 않았어."

"정말 악마적인 발상이네." 카르멜라가 말했다. "가학증이 있나 봐."

"스스로의 흉한 본성이 어떻게 작동하는지 살펴봐야 된대." 나는 더 열의에 차서 말을 이어 갔다. "갬비트 박사는 자기관찰만이 구원을 얻을 방법이라고 하더라고. 또 아주 복잡한 훈련도 해야 돼."

우리는 등대에 도착해서 문을 꼭 닫았다. 열쇠가 없어 의자로 바리케이드를 쳤다. 그리고 창문 위에 덮개를 건 다음 헐렁한 마룻장을 골라 작업을 시작했다. 방갈로가 노후한 상태라서 별로 어렵지 않았다.

"난 이제 가야겠어." 카르멜라가 말했다. "이 안에서 문 닫고 너무 오래 있으면 의심스러워할지도 몰라. 단식투쟁의 세부 사항들 잊지 마. 회의는 꼭 자정에 해야 해. 해골 머리에 뼈가 교차한 깃발을 구할 수 있으면 큰 도움이 될 거야. 버드나무 목재랑, 침대보를 길게 찢어서 기름에 담근 게 있으면 횃불을 급조할 수 있어. 가능하다면 뱀 기름을 써, 냄새를 맡으면 정신이 번쩍 드니까.

독살자 두 명이 활개 치고 있고, 언제 밥 먹고 나서 무섭게 경련하며 죽을지 모른다는 걸 사람들이 알게 되면 다들 기꺼이 협력할 거야. 정원 안에 외딴 장소를 찾아 봐. 꿀벌 연못 정도면 집 쪽에서도 가려져 있고 살인범 여자들의 눈에서도 벗어날 수 있겠다.

당연하지만 이것도 일종의 반란이니까 당국에서 알아채면 널 향해 기관총을 겨눌지도 몰라. 방탄차가 제일 적합할 것 같아, 작은 탱크도 좋고, 물론 이런 걸 구하는 게 쉽진 않겠지만 말이야. 군에 협력을 요청할 수밖에 없을 거야. 탱크를 대여해 주는지 모르겠지만 오래된 게 있을 수 있어. 어쨌든 회의는 가능한 한 은밀하게 열어야만 해. 다들 올 때 복면을 쓰고 오면 더 좋을 거야, 그러면 잡혀서 고문당하기 전까지는 색출되지 않을 테니까."

카르멜라는 조언을 몇 차례 되짚어 준 다음, 꿀벌 연못 주변 나무에 저격수를 배치하고, 비밀 무선국과 일련의 전초기지를 설치해 톰톰으로 암호화된 전갈을 전달하라는 등의 마지막 지침 몇 개를 더 남기고 떠났다.

카르멜라의 고무적인 방문 때문에 나는 퍽 신나고 기쁜 기분이 들었다. 잠시 후 난 조지나를 만나서 우리 계획을 곧장 전달했는데, 탱크나 뱀 기름이나 비밀 무선국이나 저격수같이 실용적이지 않은 것은 다소 생략했다. 나는 단식투쟁이 바람직할 뿐 아니라 급하고 불가결하다고 강조했다.

"그보다 좋은 생각은 저도 떠올리지 못했을 거예요." 조지나가 말했다. "오늘 밤에 회의를 해야만 해요. 저녁 식사 후에 다들 평소처럼 자기 방갈로로 돌아가는 척하다가, 갬비트네랑 반 토흐트랑 나타샤가 잠자리에 무탈하게 들고 나면 모두 분연히 나서서 연못에서 만나기로 해요."

"얼른 베로니카 애덤스랑 후작 부인이랑 크리스타 벨 그리고 애나 워츠한테 말해서 회의의 배경을 대강이라도 알려 주고 또 나타샤와 반 토흐트 여사한테 들키지 말라고 해야겠어요." 내가 말했다. "배가 아파서 저녁을 못 먹겠다고 말하면 될 거예요. 단식투쟁을 개시하기에 좋은 방법일 수도 있겠어요."

이렇게 합의한 뒤, 우리는 다른 여성들에게 우리 계획을 알려 주러 나섰다.

그날 밤 저녁 식사는 비할 데 없이 침통스러웠다. 음식을 먹는 사람은 갬비트 박사와 반 토흐트 여사, 나타샤뿐이었다. 갬비트 부인은 아스피린과 심한 두통으로 일찍 자리에 들었다. 우리 나머지는 앉아서 그들이 먹는 것을 바라보았다. 긴장감에 몸서리쳐졌다.

"왜 다들 입맛을 잃었는지 알려고 시도하지 않겠습니다." 식사 후에 갬비트 박사가 말했다. "하지만 이것만 말해 두겠습니다. 일에 임함에 있어 히스테리성 불만이 들어설 자리란 없습니다. 심신의 질환은 물리적 질병과 마찬가지로 여러분을 실제로 죽일 수 있습니다. 하등한 중추가 우리 유기체를 장악하도록 고의적으로 방치한다면, 여러분은 머지않아 집단적 퇴보의 희생양이 될 것이고 매우 심각한 결과를 초래할 수 있습니다."

말을 마친 후 박사는 냅킨으로 입을 톡톡 닦은 다음 돌돌 말아서 우리 모두가 사용하는 뼈 재질의 냅킨 고리에 끼웠다. 매일 깨끗한 냅킨을 사용한다면 세탁비가 어마어마해질 거라고 갬비트 부인이 말하곤 했다.

휴게실에서 열리는 저녁 오락 시간은 평소처럼 늦게까지 이어지지 않았다. 갬비트 박사가 종을 울리자 우리 모두 안심하고 각자의 거처로 돌아갔다.

수녀원장이 입가에 냉소를 머금고 우리를 내려다보았다.

그날따라 달이 안 보였지만, 꽤 자주 발생하는 정전에 대비해 방갈로마다 구비해 둔 양초를 다행히 사용할 수 있었다.

꿀벌 연못에 모두가 집합한 게 한 열한 시 반쯤일 것이다. 상황이 워낙 유별났기에 나는 분수의 검고 잔잔한 수면 위로 아직도 벌들이 웅웅대고 있다는 이상한 사실을 거의 눈치채지 못했다. 내 의식 저 밑에서 잠자고 있는 어떤 부분으로 그 소리를 들었는데, 귀나팔에서 나는 특이한 음향 현상이 아닐까 정도의 생각을 그 이후로 했었다.

나는 사실을 빠짐없이 열거하면서 회의를 시작했고 모든 게 사실임을 조지나가 입증해 주었다. 그런 다음 과자를 나누어 주었고 전체 토론이 이어졌다.

우리는 단식투쟁이 가장 실용적인 해결책이라는 데에 동의했지만, 내가 가진 초콜릿 과자만으로 얼마나 오래 생명을 부지할 수 있을지 걱정하는 의견도 있었다.

쌀쌀한 저녁 공기에 맞서 싸울 생각으로 나는 달콤한 포트와인이 담긴 보온병을 챙겨 나왔었고 이 병을 중간중간 돌리며 나누어 먹었다. 다가올 날의 굶주림으로 위협받는 상황만 아니었다면 정말이지 아주 즐거운 모임이었을 것이다.

"저도 비축해 둔 단 과자가 있는데 기쁜 마음으로 공동체를 위해 내놓을게요." 크리스타벨 번스가 말했다. "모두 하나씩 드릴 수 있게 과자를 주머니에 넣어 왔어요. 저녁을 거르고 방에 돌아간 후라면 배고픈 상태일 거라고 예상했거든요. 비축해 둔 것이 많지는 않아서 한 사람당 과자 한 개씩밖에 못 가져왔어요. 다행히 레더비 여사님도 개인적으로 소지하신 초콜릿 과자를 가져왔네요, 영양가가 아주 높겠어요. 어느 정도의 시간은 버틸 수 있을 거예요. 적어도 갬비트 박사가 분별을 되찾아서 나타샤와 반 토흐트 부인을 기관에서 퇴소시킬 때까지는 견딜 수 있겠죠."

크리스타벨이 과자 하나씩 모두에게 건네주었는데, 고운 종이로 깔끔하게 포장되어 있었다. 너무 작아서 하나를 통째로 먹어도 한 입 거리도 안 될 것 같았다.

"과자 안에 보시면 각자의 운명이 적힌 종잇조각이 있을 거예요." 크리스타벨이 말했다. "각자 자기 운명을 소리 내서 읽어 보면 좋겠어요."

모두가 과자를 깨물어 반으로 쪼갰고 자기 종잇조각에 쓰인 것을 한 명씩 소리 내어 읽었다. 우리는 연못 주위로 동그랗게 앉아 있었다. 순서는 달이 움직이는 방향으로 돌아갔다. 베로니카 애덤스 다음에 후작 부인, 애나 워츠, 조지나 그리고 크리스타벨 번스. 내가 마지막이었다.

"희망을 버렸을 테지만, 곧 진정한 사랑을 만나게 될 거예요." 베로니카 애덤스가 읽었다.

"전투에서 이기기 직전이니, 불필요하게 자신을 소진하지 마세요. 승리는 가까이 있어요." 후작 부인의 것이었다.

"고역과 곤란이 언제나 당신의 몫은 아닐 거예요. 거대한 변화가 임박했으니, 긍정적인 마음을 지키세요." 애나 워츠가 해설을 덧붙이려 들었지만, 크리스타벨이 손을 들어 조용히 하도록 시켰고 회의의 좌장으로서 모두의 동의를 받았다. 실바람이 불면서 촛불의 불꽃이 흔들렸다.

"당신의 용기와 선의가 곧 보상을 거둘 거예요. 당신을 향해 앙심을 품은 자들을 두려워 마세요. 그들은 곧 수

치심에 잠길 거예요." 조지나가 읽고서 큰 소리로 낄낄 웃었다. 다음은 크리스타벨이었는데, 이렇게 읽었다. "성스러운 이상에 대한 헌신과 봉사가 당신의 운명이에요."

나는 내 종잇조각을 돌려 빼낸 다음 소리 내 읽었다. "살려 주세요! 탑에 포로로 잡혀 있어요." 잠시 침묵이 흘렀고, 크리스타벨은 마치 더 이상의 논의를 피하려는 듯 걸친 숄 밑에서 톰톰을 꺼내 리듬감 넘치는 박자로 두들기기 시작했다. 우리는 북소리에 맞추어 고개를 끄덕이기 시작했고 이어서 발을 까딱거렸다. 어느새 우리는 연못 주위를 빙글빙글 돌면서 춤을 추고 있었고, 팔을 휘젓고, 전반적으로 매우 이상하게 굴었다. 그때 당시에는 우리 중 누구도 이 괴상한 춤을 유별나다고 느끼지 않는 듯했다. 누구도 피곤해하지 않았다. 거의 일백 살이 다 된 베로니카 애덤스마저 남들처럼 흥겹게 날뛰었다. 나는 그전까지 한 번도, 폭스트롯* 시절 늠름한 젊은 남자의 팔에 안겨 있을 때마저도, 박자 맞춘 춤의 즐거움을 경험해 보지 못했었다. 어떤 경이로운 힘이 우리의 노쇠한 시체에 기력을 불어넣어서 영감이 넘치는 것 같았다.

크리스타벨이 북의 박자에 맞춰 노래하기 시작했다.

벨지 라 하-하 헤카테여 오라!
내 북소리를 따라 우리 위에 내려라

인칼라 이크톰 내 새는 두더지
적도가 올라가고 북극이 내려오네
엡탈룸, 잼 폴룸, 늘어나는 힘
북쪽 빛과 기러기 떼가 저기서 오네
인칼라 벨지 잼 폴룸 북을 쳐라
타르타로스의 대여왕 서둘러 오시네.

노래를 몇 번 되풀이하는 사이 둥근 연못 위로 구름이 모였고 우리는 입을 모아 소리 질렀다. 잼 폴룸! 아베 아베 모든 벌의 여왕이여!

그러자 구름이 양처럼 커다란 거대 꿀벌 모양으로 만들어지는 듯 보였다. 벌이 쓰고 있는 높다란 강철 왕관에는 지하 세계의 별인 수정이 총총 박혀 있었다.

이 모든 일이 집단적 환각이었을 수도 있지만, 집단적 환각이 정작 무슨 뜻인지 여태껏 아무도 내게 설명해 주지 못했다. 괴물 같은 여왕벌은 물 위에서 천천히 회전했고, 수정 같은 날개를 어찌나 빠르게 치던지 창백한 빛을 내뿜었다. 여왕벌이 나를 향하자 나는 그녀가 수녀원장과 묘하게 닮아 있다는 것을 순간 깨닫고 전율을 느꼈다. 그때 그녀가 찻잔만큼 커다란 눈 하나를 감으며 경이로운 윙크를 던졌다.

그 후 여왕벌은 미늘 달린 침부터 천천히 스러지기 시작해 돌돌 말린 더듬이 맨 끄트머리를 마지막으로 완전히 사라졌다. 공기 중에 야생 꿀의 맛있는 냄새가 돌았다.

무슨 기적적인 이유에서인지 아무도 우리의 난봉을 듣지 못했다. 우리는 모두 방해 없이 각자의 방갈로로 돌아가 꿈도 꾸지 않는 깊은 잠에 들었다. 헤어지기 전에 크리스타벨이 3일 후 자정에 다시 모이자고 말했다.

암묵적이고 상호적인 동의하에 우리는 벌의 대여왕 잼 폴룸의 현현에 대해 한마디도 꺼내지 않았다. 하지만 우리는 우리 목적을 수행하려는 용기와 결심으로 충만했다.

물론 식사 때마다 빵 부스러기 하나도 맛보지 않고 내내 자리를 지키는 것이 쉽지는 않았다. 나날이 불길해지는 갬비트 박사의 모습 앞에서 우리는 매번 노력을 갱신해야만 했다. 하루에 과자 두 조각이 알찬 식단이라고는 할 수 없으니 배고픔을 버티는 것도 어려웠다. 갬비트 박사는 매일 우리를 가르치려 들었지만 성과는 없었다. 우리는 굳셌다.

갬비트 부인은 고통스러워 보이는 미소 사이로 비꼬는 투의 발언을 지치지도 않고 해 댔다. 우리 중 아무도 나타샤나 반 토흐트 여사와 말하지 않았고 시간이 갈수록 둘이 초췌해지는 것이 눈에 띄었다. 둘이서 여기저기 서성거리고 뜻밖의 장소에서 나타나곤 했는데, 우리 대화를 엿들으려 하는 게 틀림없었다. 우리는 아주 신중했고 애나 워츠까지도 낮은 목소리로 문장을 짧게 끝내며 말하기 시작했다.

또 다른 사안이 발생해 단식투쟁이 한층 어려워졌다. 날씨가 갑자기 몹시 추워져서 아침마다 정원 전체가

201

서리로 반짝였다. 북회귀선 바로 아래 있는 나라치고 기이한 현상이었다. 한낮에 가까워지면 햇볕에 서리가 녹긴 했지만, 날이 갈수록 더 추워졌고 배를 곯은 상태라 극도로 힘들었다. 모피 외투가 있는 것도 아니라서 우리는 담요를 두르고 덜덜 떨며 돌아다녔다. 이런 고행 속에서도 반짝이는 하얀 서리가 내 마음에 이상한 기쁨을 불어넣었고, 나는 라플란드 생각을 했다.

갬비트 부인이 일손을 동원하려고 애썼음에도 불구하고 우리는 모두 부엌에서 맡은 아침 과업을 그만두었다. 아무것도 먹지 않으니 일할 의무에 부응할 필요도 없었다. 곳곳을 거닐면서 말하거나 꿈꾸거나 가끔 생각도 할 시간이 넘쳤다. 나는 과자 속에 담겨 온 전갈에 대해 꽤나 자주 궁리했다. 생각하면 생각할수록 수수께끼 같은 그 말이 더 다급하게 느껴졌다. "살려 주세요! 탑에 포로로 잡혀 있어요."

누군가가 탑에 살고 있으리라고 항상 추측해 왔지만, 그가 과연 누구일지는 조금도 알 수가 없었다.

어느 날 불을 땔 나뭇가지를 찾던 중에 크리스타벨을 만났다. 점심 먹으면서 몸을 따뜻이 할 수 있도록 정원에 모닥불을 피우기 시작했던 무렵이었다. 나는 그 김에 수녀원장 이야기로 돌아가 보기로 했고 몇 가지 질문을 했다. 예컨대, 도냐 로살린다의 초상화가 어떻게 아메리카까지 오게 된 건지?

"스페인 내전 때 일어난 일이에요." 크리스타벨이 답

202

했다. "돈 알바레스 크루스 데 라 셀바라는 스페인 난민이 파시스트를 피해 도망치면서 이 나라로 갖고 들어왔어요. 아마 도냐 로살린다의 후손이었을 건데, 죽기 전 몇 년을 여기서 살았고 그 집을 갬비트 부부가 차지한 거예요."

"집을 산 건가요, 아니면 빌린 건가요?" 내가 크리스타벨에게 물었다.

"갬비트 부부가 알베르토 데 라 셀바한테 빌리는 거예요. 원래 주인의 아들이고 지금은 시내에서 식료품점을 운영해요."

"저 탑도 빌린 건가요?" 내가 갑자기 물었고, 크리스타벨이 답을 하기 전 잠깐 침묵한다는 걸 눈치챘다. "탑은 갬비트 부부가 실제로 사용한 적 없어요. 사실 탑의 절반은 접근할 수가 없어요. 탑 꼭대기 방까지 가는 계단은 벽으로 막혀 있고 환기 용도로 창살 달린 작은 창문 하나만 내었거든요."

"크리스타벨," 내가 말했다. "탑에는 누가 살아요?"

"제가 말씀드릴 수는 없어요." 크리스타벨이 말했다. "여사님 스스로 알아내셔야 해요. 탑에 들어갈 자격을 얻기 위해선 이 수수께끼 세 가지를 풀어야 해요. 첫 번째는 이래요.

나는 머리와 꼬리에 하얀 모자를 썼어
계절이 바뀌어도 어김없이 모자를 써
뚱뚱한 배 주위로 뜨거운 거들을 둘렀어

203

빙글빙글 움직이지만 다리는 없어

두 번째 수수께끼는 첫 번째랑 연결되고 이렇게 운을 이뤄요.

> 너는 빙글빙글 돌지만 난 꼼짝하지 않아
> 난 앉아서 소리 없이 너를 바라봐
> 네가 깊숙이 기울어지면 모자는 벨트가 되고
> 새 모자가 생기면 옛 모자는 녹아 버리고
> 다리 없이 도는 너지만 이젠 절뚝거리는 것처럼 보
>   이네
> 나도 따라 움직이는 것 같지만 사실 아니야, 내 이름
>   이 뭐게?

첫 번째 수수께끼를 풀면 두 번째 것에 대한 실마리도 찾을 수 있을 거예요. 하지만 세 번째는 그렇게 쉽지 않아요, 여전히 첫 번째와 두 번째와 연관되지만요. 들려드릴게요.

> 너희 중 하나가 돌 때 다른 하나는 앉아 있네
> 모자가 바뀌어도 모자는 항상 꼭 맞네
> 한때 산이나 바람의 삶을 살았던 나
> 새처럼 날지만 새는 아닌 나
> 네가 새 모자를 얻을 때 내 감옥도 깨질 거야
> 잠자던 감시자들이 이제는 깨어났을 거야

나는 그자들의 땅 위로 다시 한번 날 거야

내 엄마는 누구게? 내 이름이 뭐게?

이 세 가지 수수께끼를 모두 풀면 탑에 누가 사는지 이해
하게 되실 거예요."

날씨가 아주 매섭게 추워져서 불을 지필 나뭇가지를
서둘러서 더 모았다. 조지나, 베로니카 애덤스, 후작 부인,
애나 워츠 등 나머지 일원이 잔디밭에 커다랗고 멋진 불
을 피운 다음 따뜻한 샘에서 바로 길어 온 살짝 유황 맛이
나는 물을 끓이고 있었다. 후작 부인이 차를 구해 왔는데,
우리 처지에 큰 사치였다.

"옛날 생각 나네요." 후작 부인이 즐겁게 말했다. "정
원사에게 뇌물을 좀 줘서 차를 사 달라고 했더니 구해다
줬지 뭐예요. 그래서 그 김에 설탕 2킬로그램도 가져다달
라고 했어요."

"설탕!" 우리가 합창하듯 말했다. "만세!" 몇몇이 영
양부족으로 너무 몸이 안 좋아서 폐렴에 걸릴까 봐 겁내
던 차였는데 설탕 2킬로면 우리 목숨을 구할 수 있을 것
이다. 설탕을 먹으면 기운도 나고 몸을 따뜻하게 하는 데에
도 도움이 될 것이다. 차에 설탕을 타 먹으니 여태껏 맛본
것 중 가장 맛있는 묘약 같았다.

오후에는 눈이 조금 내렸고 우리는 각종 덮개를 있
는 대로 구해서 그 밑에 웅크리고 있었다. 갬비트 부인이
방갈로마다 돌아다니면서 갬비트 박사가 특별히 할 말이

있으니 모두 휴게실에 모여 달라고 전했다고 말했다. 평소와 판이하게 깍듯해서 몇몇은 적잖이 놀랐다.

"자리에 앉아 주십시오." 나타샤와 반 토흐트 여사를 포함한 모두가 모이자 갬비트 박사가 말했다. "지금 드릴 말씀이 오래 걸리진 않을 겁니다만, 지난 며칠간 기력을 잃으신 분들이 있을까 염려되니 다들 편히 자리해 주시면 좋겠습니다.

보아하니 평소대로 식당에서 음식 드시길 거부하시는 데에는 모종의 이유가 있는 것 같습니다. 식사하시라고 설득하는 데에 최선을 다했지만 효과가 없군요. 날씨가 유난히도 춥기 때문에 제대로 된 음식을 드시지 않으면 지금은 아직 파악하지 못한 위험을 감수해야 할 수 있습니다.

이 불가해한 행동을 통해서 공동체 일원인 나타샤 곤살레스와 반 토흐트 여사를 배척하셨고 두 분께 크나큰 불행을 끼치셨습니다. 뛰어난 영성을 지닌 이 두 존경스러운 여성께서 나머지 공동체의 폭력적인 태도에 너무도 깊은 상처를 받은 나머지, 각자의 가족과 소통하여 오늘 밤 기관으로 두 분을 모시러 오기로 했습니다."

사람들이 박수를 쳤지만, 갬비트 박사는 듣지 못한 듯 말을 이어 갔다. "이곳에서 오직 두 분만이 일의 덕을 입으셨는데 여러분의 태도가 야기한 통탄할 결과로 인해 기관은 만회할 수 없는 손실을 보게 되었습니다. 제가 이제 바라는 바는 그저, 미래에 여러분의 양심의 가책이 충분히 예리해져서 여러분의 동료에게 크나큰 부당을 저질

206

렀다는 점을 마침내 깨닫게 되는 것뿐입니다. 지금으로서는 이것이 전부입니다. 저녁 식사 때는 모두 자기 자리에 앉으셔서 평상시처럼 먹는 모습을 볼 수 있길 바랍니다."

조지나가 아주 용기 있게 자리에서 일어나 우리의 대변인으로서 이렇게 웅변했다. "갬비트 박사님, 저와 제 동료들은 두 여성을 공공의 위협으로 여기기 때문에 둘이 우리에게서 격리된다는 사실에 아무런 자책감도 느끼지 않아요. 우리가 먹는 음식에 아무도 손대지 않았다고 확신할 수 있는 시점부터 식사 시간에 집합하겠어요. 두 사람이 떠나고 24시간 후, 그리고 식사의 준비 과정을 우리가 감독하기 시작한 후부터가 될 거예요. 앞으로 식사 자리가 어떻게 조직될 건지는 우리가 투표로 결정하겠어요. 더 이상은 밥 먹는 동안 박사님의 따분한 설교를 듣기 싫다고 많은 사람들이 생각하니까요."

갬비트 박사의 안경이 번뜩였다. 갬비트 부인이 벌떡 일어서면서 앉아 있던 의자가 넘어졌다. "조지나 사이크스," 미소 짓는 것을 잊은 채 부인이 매몰차게 말했다. "당신이 이 기관을 운영하는 날이 온 건 아니에요. 내일부터는 일과가 원래처럼 돌아갈 거예요."

"그건 부인이랑 갬비트 박사랑 우리 전부 같이 논의해서 결정할 문제예요." 조지나가 말했다. "다시는 당신네 그 잔인한 일과에 협박당하는 입장에 놓이지 않을 거예요. 비록 삶의 말년에야 자유가 찾아오긴 했지만, 얻은 자유를 다시 내칠 생각은 조금도 없어요. 우리 대부분은 고압적이고 성마른 남편들과 삶을 보냈어요. 거기에서 겨우 벗어나고 나니 이제는 우릴 사랑하지도 않고, 짐으로 여기고, 놀리거나 구박하는 물건 취급하는 아들딸들한테 시달렸어요. 그러고 나서 이제야 자유의 맛을 보기 시작했는데, 당신이랑 음흉한 당신 남편이 또다시 우리를 이래라저래라 하도록 내버려 둘 거라는 망상을 설마 하시는 건 아니겠죠?"

갬비트 부인이 몸을 부들부들 떠는 동안 박사가 먼저 말을 꺼냈다. "이 이야기는 여기서 맺기로 합시다, 성과도 없고 요점에서도 벗어나 있으니 말입니다." 이렇게 말한 뒤 박사는 서둘러 방을 떠났고, 갬비트 부인, 나타샤, 반 토흐트 여사가 그 뒤를 바짝 따랐다.

이제 방갈로로 돌아갔다가 이따 베로니카 애덤스의 장화 안에서 끓이기로 한 저녁분의 설탕 차를 마시러 가야겠다 하던 차에, 종업원 하나가 내게 와 벨라스케스 부인이란 분이 응접실에서 나를 기다리고 있다고 했다. 물론 카르멜라였다. 알고 보니 그녀 때문에 갬비트 박사의 마음이 바뀌었던 것이다. 왠지는 모르겠지만 나는 갬비트 박사가 인간적 호의에 수긍할 사람이라고 한 번도 생각해본 적 없다. 갬비트 부인도, 우리가 단식투쟁하는 모습을 보면서 부엌 예산을 줄이는 쾌적하고 경제적인 방법이라 여겼을 것 같다는 상상이 들었다.

카르멜라는 따뜻하고 편해 보이는 양가죽 망토를 두른 채 응접실에 앉아 있었다. "카르멜라," 내가 외쳤다. "너 정말 예지력이 있나 봐, 딱 필요한 순간에 왔네. 과자가 이제 세 개밖에 안 남았거든. 후작 부인이 설탕 1킬로를 얻어 오지 못했으면 우리 다 열두 시간 동안 굶었을 거야."

"네가 소식이 없길래," 카르멜라가 말했다. "걱정되기 시작했어. 그래서 끝내주는 계획을 세웠지. 갬비트 박사랑 짧게 면담했는데 신문에 기사를 쓰는 내 조카가 (실제로는 글을 쓸 수나 있는지 모르겠어, 케이크는 맛있게 만들지만) 노인 여성들이 있는 기관에서 벌어지고 있는 단식투쟁에 큰 관심을 갖기 시작했다고 말했어. 심지어는 단식투쟁에 불을 지핀 이유도 암시했어. 더 나아가서 가해 일원 둘을 공동체에서 배제하기만 한다면 그들이 지내는 이중 방갈로를 내가 임대하고, 기존에 숙식비로 받던 돈의 두 배를 낼 의사가 있다고도 말했지. 아마 이 주장의 후반부 때문에 박사의 의견이 내 생각대로 바뀐 것 같아. 탐욕 때문에 안경이 반짝반짝 빛나더라고."

"넌 어떤 면에서 천재적인 거 같아." 카르멜라가 공동체에 들어온다는 것에 기뻐하며 내가 말했다. "그런데 그 돈을 다 어디서 나려고?"

"묻혀 있는 보물." 카르멜라가 수수께끼처럼 말했다. "뒷마당에 있는 관리인용 화장실 마룻장 밑에서 보물을 발굴했어."

카르멜라가 진지하게 말하는 건지 농담을 하는 건지 도무지 알 수가 없었다. 관리인용 화장실 아래 보물이 묻혀 있는 경우가 없는 건 아니지만 드문, 정말 매우 드문 일이었다.

"무슨 보물이 묻혀 있는데?" 내가 궁금해서 물었다. "스페인 동전이나 원주민 금은보화야, 아니면 그냥 다이아몬드와 루비 광맥 같은 거야?"

"실수로 우라늄광을 파냈어." 카르멜라가 말했다. "전에 보낸 편지에도 썼는데, 우리 집에서 여기 기관까지 오는 지하 통로를 만들 계획이라고 했던 거 기억 나지? 글쎄 최대한 외딴 지점을 골라서 조용히 파기 시작했는데 거기서 우라늄광을 발견한 거야. 이제 조카랑 나는 백만장자야, 그래서 경주마를 좀 살까 하고 있어."

"카르멜라 정말," 무슨 말을 믿어야 할지 몰라 하며 내가 말했다. "너한텐 제일 희한한 일들만 일어나는 거 같아. 그럼 헬리콥터는 샀겠네, 항상 갖고 싶어 했잖아."

"말했으니 말인데 사실," 카르멜라가 기품 있게 말했다. "그냥 리무진만 샀어. 와서 한번 봐 봐." 대문 앞으로 커다랗고 기다란 현대적 자동차가 다가와 섰는데, 내가 아는 한 카르멜라가 가장 좋아하는 색깔인 라일락색으로 칠해져 있었다. 분홍 장미꽃을 흩뿌린 검정 제복을 입은 중국인 기사가 운전대를 잡고 있었다. 기사는 예의를 갖추어 경례했다.

나는 놀라움을 주체할 수 없어서 단식투쟁 때문에 내가 환각에 시달리는 건 아닐까 하는 고민부터 들었다.

"마종 씨," 카르멜라가 기사에게 말했다. "정어리 상자랑 달달한 포트와인 60병을 들여 주세요." 기사는 차에서 성큼 뛰어나와 트렁크에서 나무 상자를 끌어내기 시작했는데, 트렁크 뚜껑을 여니 카르멜라가 제일 좋아하는 음악인 긴장증적인 사르다나 춤곡*이 연주되기 시작했다.

운전기사 마종은 카르멜라와 나의 안내에 따라 진짜 포르투갈산 정어리 캔 일백 개가 묵직하게 담긴 호화로운 나무 상자를 내 방갈로로 날랐다.

점심때부터 날리기 시작한 눈발이 더 굵어졌고, 정원은 이미 하얬다.

"이 계절에 정말 보기 드문 날씨네." 카르멜라가 말했다. "스웨덴에 와 있다고 상상해도 되겠어. 지구가 기울어지면 극지방의 꼭대기 만년설이 녹고, 전에 극지방이 있던 위치로 적도가 옮겨 가면서 적도에는 모자처럼 눈이 쌓일 거라고 하더라."

머릿속에서 밝은 빛이 번쩍였다. 수수께끼 생각이 난 것이다.

나는 머리와 꼬리에 하얀 모자를 썼어
계절이 바뀌어도 어김없이 모자를 써
뚱뚱한 배 주위로 뜨거운 거들을 둘렀어
빙글빙글 움직이지만 다리는 없어

당연하지, 답은 지구였다. 왜 그 생각을 당장 못 했을까? 그러자 갑자기 겁이 덜컥 들었다. 몬테카를로가 적도 위

---

* 사르다나(sardana)는 스페인 카탈루냐의 춤으로 남녀가 손을 잡고 추는 원무다.

에 있다거나, 비아리츠에 눈이 오는 것을 보니 남극과 북극의 위치가 바뀌는 중이라는 걸 뜻한다거나 하는 어머니의 생각이 진짜 예언이었으면 어떡하지? 그런 변화가 일면 이 행성에 사는 무수한 생명에게 처참한 일이 닥칠 것이다. 머릿속이 빙빙 도는 것 같았다.

"내일 돌아올 땐," 카르멜라가 말했다. "다들 내가 입은 것 같은 양가죽 코트랑 승마 부츠 한 켤레씩 가져다줄게. 아직까지 얼어 죽지 않았다는 게 믿기지 않아."

"재산을 한 번에 다 써 버리면 안 돼." 내가 말했다. "일주일 후에 한 푼도 남아 있지 않다는 걸 깨달아 버리면 얼마나 괴롭겠어."

"걱정 마." 카르멜라가 답했다. "수백만이나 있거든. 다 쓰고 싶어도 못 쓸 거야. 생각해 봐, 동네에서 제일 크고 제일 우아한 찻집을 사서 조카한테 그냥 선물로 줬다구."

"근데 그렇다면 호사라고는 찾아볼 수 없는 여기서 지내느니 시내에 호사스러운 궁전을 사서 거기서 지내는 게 낫지 않아?"

"난 어울릴 사람이 있는 게 좋아." 카르멜라가 답했다. "게다가 호사는 내가 가져오면 돼. 이름을 까먹었는데 그 사람을 쫓아서 걸어간 그 산처럼 말이야."

"던시네인 숲이고, 숲이 걸어갔다고 말한 건 셰익스피어야."* 혹시 잘못 안 게 아닐지 걱정하며 내가 말했다.

---

* 셰익스피어의 『맥베스』에서 "버남 숲이 움직여 던시네인 성을 공격해 오지 않는 한 맥베스는 패망하지 않을 것이다."라는 예언의 구절을 염두에 둔 것이다.

"산이든 숲이든 상관없어." 카르멜라가 말했고 우리는 마종이 포트와인 병을 등대 벽을 따라 가지런히 정리해 두는 것을 바라보았다. 마종은 정어리가 든 소중한 나무 상자를 식탁에 올려 두었다.

"여기 너무 추우니까," 카르멜라가 말했다. "내 코트는 너한테 주고 갈게."

"정말 그러지 마, 그럼 너무 창피할 거야." 카르멜라가 내 말에도 불구하고 그래 주길 바라면서 내가 말했다.

"차에 아주 근사한 곰 가죽 깔개가 있어." 카르멜라가 말했다. "마종 씨!"

"네 사모님."

"가서 차에서 곰 가죽 깔개를 가져오세요. 제 코트는 레더비 여사님한테 맡기고 갈 거니까요. 제대로 된 덮개 없이 오늘 밤 여기서 자면 여지없이 폐렴에 걸릴 거예요."

"네 사모님." 마종이 자리를 뜨는 동안 나는 희미하게 저항했다. 추위가 정말 지독했고 시간이 흐를수록 심해지는 것 같았다.

"극지방의 위치가 정말 바뀌고 있다는 생각이 들어." 카르멜라가 말했다. "틀림없이 기근이 들 거니까, 내일 아침에 쇼핑 가서 물자를 구해 올게. 머지않아 굶주린 늑대 무리와 싸울 일이 생길 게 분명해." 그녀는 이 생각에 흡족해하면서 더 자세히 설명했다. "원래 아프리카와 인도에 살던 코끼리들은 이제 추위를 견디려면 털을 길게 길러서 다시 매머드가 되어야 할 거야. 적응하지 못한 열대 동식물은 사라지겠지. 동물들 생각할 때가 제일 속상해. 다행스럽게도 대부분은 털이 있어서 금방 기를 거고, 육식동물은 사람을 먹이로 삼으면 될 거야. 무슨 일이 벌어질지 예측하지 못하고 노출돼서 죽는 사람이 많을 테니까. 그렇게들 자랑스러워하는 그 고약한 원자폭탄 탓에 말이야."

"우리가 다시 빙하기에 든다는 말이야?" 다행스러움과는 거리가 먼 기분에 사로잡혀 내가 물었다.

"안 될 거 없잖아? 전에도 일어난 적 있는데." 카르멜라가 논리적으로 말했다. "솔직히 말하면, 이 흉포한 정부들이 각자의 궁전이나 의회 건물에서 꼼짝없이 얼어 죽으면 인과응보라고 느낄 거 같아. 항상 마이크 앞에 앉아만 있으니까 얼어 죽을 가능성도 꽤 높다고 보여. 그러면 신선한 변화가 될 것 같아, 1914년 이후로 계속 가난한 나라들을 모조리 살육으로 몰아넣었으니까.

'정부'라고 자칭하는 역겨운 신사 집단한테 수백만 명의 사람이 순종하다니, 도무지 이해할 수가 없어! 정부라는 말이 사람들한테 겁을 주는 거겠지 싶어. 행성 전체가 최면에 걸린 거라고 봐, 정말 건강하지 않아."

"하루 이틀 일이 아닌걸." 내가 말했다. "그리고 불복종하고 소위 혁명이라는 걸 이룬 사람은 상대적으로 적어. 더구나 혁명이 승리하면, 그런 일이 왕왕 있었으니까, 정부를 더 많이 만드는 데다가 심지어 전 것보다 더 잔인하고 멍청할 때도 있다고."

214

"남자들은 정말 이해하기 힘들어." 카르멜라가 말했다. "다 얼어 죽기를 바라자. 권위가 하나도 남아 있지 않는 게 인간한테 훨씬 좋고 건강할 거라고 확신해. 이렇게 행동하고 저렇게 생각하라는 광고나 영화나 경찰이나 의회 말을 들을 필요 없이, 자기 스스로 생각해야 하니까."

이때 마종이 깔개를 갖고 돌아왔다. 카르멜라는 내게 자기 코트를 건네준 다음 깔개로 둘둘 싸매고서 중국인 기사의 팔에 기댄 채 떠났다.

"내일 점심 때 여기로 올게." 카르멜라가 뒤돌아보지 않고 말했다. "그 이중 방갈로를 소독해 달라고 시켜 줘. 살인 때문에 건물의 기운이 병들었을 테니까."

카르멜라는 밤 속으로 사라졌고, 나는 따뜻한 외투에 몸을 편안하게 감싼 채 청어리와 포트와인 잔치에 우리 숙녀들을 초대하러 힘차게 나아갔다.

방갈로와 나타샤의 이글루의 문은 힘없이 열려 있었고 텅 빈 방 안으로 눈보라가 들이닥쳤다. 나타샤와 반 토호트 여사가 떠난 것이었다. 그들이 어디로 갔는지 우리는 영원히 알 수 없었고, 알아내려고 남달리 노력한 사람도 없었다.

새벽에 일어나서 바깥을 내다보았다. 여태껏 눈이 내리고 있었고, 창백한 정원이 아름다워 보였다. 이렇게 이른 시간에 몇 명이 본관으로 걸어가는 모습을 발견하고 깜짝 놀랐다. 나타샤와 반 토흐트 여사가 없으니 식당에서 아침 식사를 하기로 결정했는지도 모르겠다. 이렇게 유달리 배고파 한다는 걸 믿기 어려웠다. 어제저녁 각자 정어리를 몇 통씩 풍성하게 먹고 질 좋은 달콤한 포트와인으로 소화도 시켰는데 말이다. 정말 잔치였는데. 워낙 여러 날 굶어서 아직도 식욕이 남아 있는 것일 수도 있다. 나는 천천히 옷을 입으면서 아직 풀지 못한 수수께끼 두 개에 대해 생각했다.

　　너는 빙글빙글 돌지만 난 꼼짝하지 않아
　　난 앉아서 소리 없이 너를 바라봐

이게 과연 누구일까? 첫 번째 절이 지구를 뜻했으니까 두 번째는 태양을 뜻하는 걸까? 태양은 움직이는 것처럼 보일 뿐이니까 가능성이 있는 듯했지만 셋째 행에서는 "모자"가 바뀐다고 다시 주장한다.

　　네가 깊숙이 기울어지면 모자는 벨트가 되고
　　새 모자가 생기면 옛 모자는 녹아 버리고

벨트는 두말할 것 없이 적도를 뜻하므로 "새 모자"는 옛날 적도에 형성된 새로운 극지방을 말할 것이다. 이게 맞는

216

말이고, 괜히 더 어렵게 만들려 넣은 모호한 구절이 아니
라면, 움직이는 것처럼 보이지만 움직이지 않는 앉아 있
는 관망자가 태양을 뜻할 리 없다. 태양이 움직이는 것처
럼 보이게 하려고 굳이 극지방이 적도와 자리를 바꿀 필
요는 없다. 원래도 움직이는 것처럼 보이니까.

> 다리 없이 도는 너지만 이젠 절뚝거리는 것처럼 보
> 이네
> 나도 따라 움직이는 것 같지만 사실 아니야, 내 이름
> 이 뭐게?

정말 뭘까? 그리고 왜 빙빙 도는 지구가 절뚝거리는 것처
럼 보이는 걸까?

나는 해법을 찾을 수 없었고 삐걱대는 고리짝적 뇌
를 수수께끼로 쥐어짜기에는 정말이지 너무 늙었다는 기
분이 들었다. 살짝 분이 나서 큼지막한 양가죽 망토를 두
르고 눈 속으로 걸어 나갔다. 여태껏 해는 뜨지 않았고 새
벽이 기이할 정도로 긴 느낌이었지만, 어차피 해가 가리
워질 만큼 하늘이 흐렸다.

눈이 거의 내 무릎까지 쌓여 있었지만 강한 추위로
포슬포슬하고 건조했다. 다른 이들은 각종 오래된 담요로
몸을 감고 있는데 나 혼자 이렇게 따뜻하고 좋은 망토를
입고 있자니 좀 죄책감이 들었다. 혹시 카르멜라가 망토
를 더 가져오지 못하면 이 큰 망토로 조끼를 여러 벌 만들

어 나눠 입으면 되겠다고 생각했다. 그러면 기관지를 따뜻하게 할 수 있을 것이다. 우리 나이에는 폐 질환을 가볍게 여기면 안 된다.

정원에서 유일하게 푸른 곳은 지하에서 온천수가 올라오는 낮은 바위들 주변으로, 완벽한 원을 그리고 있었다. 컴컴하고 따뜻한 심연을 둘러싼 둥근 초록색 원은 드넓게 펼쳐진 눈밭 사이에서 기묘하고 부자연스러워 보였다. 내 생각에 갬비트 부부는 우리가 류머티즘에 시달리는 관절을 담글 수 있는 실내 목욕탕을 만들었어야 했다. 유황 물은 당연히 류머티즘에 좋지 않을까? 어쩌면 자기네 소유가 아닌 땅에 그렇게 많은 돈을 쓰기 싫었을 수도 있다. 그렇다면 땅 주인이라도 자기 땅 한가운데서 천연 온천수가 나니 좋은 스파 시설을 지었을 수 있을 텐데 말이다. 식료품점으로 이미 돈을 충분히 벌었나 보다.

후작 부인이 내 쪽으로 오길래 망토 속에 같이 피신했다. 추워서 얼굴이 암청색이 되어 있었다.

"뭐라고 말로 형언할 수가 없네요." 그녀가 내 왼쪽 귀 속으로 소리쳤다.

"정말 그래요, 이 시기에 날씨가 이렇게 흉한 건 본 적이 없어요." 귀나팔을 바로잡으며 내가 답했다. 이제는 귀나팔을 줄에 꿰어서 로빈 후드 스타일로 항상 걸고 다닌다.

"흉한 게 아니라," 후작 부인이 말했다. "형언할 수 없다고 했어요!"

218

"네, 정말 형언할 수가 없네요, 하지만 조만간 지질학자들이 매우 충실하면서 한마디도 이해할 수 없는 보고서를 내지 않을까요." 내가 답했다. "북회귀선 아래에 이렇게 눈이 많이 오는 건 분명 아주 드문 일일 거예요."

"눈도 눈이지만," 후작 부인이 답했다. "지금 오전 열한 시인데 아직도 해가 뜨지 않았다는 것도요!"

듬성듬성 남은 회색 머리카락이 두피 위로 바짝 곤두섰다. 해가 뜨지 않았다. 대단한 격변이 일어나고 있는 게 분명하다. 나는 무서웠지만 동시에 신이 났다.

거실에는 불이 피워져 있었고, 우리 숙녀들은 커피가 담긴 머그잔을 들고 온기 주위로 모여 있었다. 활기를 띠고 이 현상에 대한 이야기를 나누었다.

"바다사자가 여기로 이주해 왔으면 좋겠어요." 애나워츠가 말하고 있었다. "정말 놀랍도록 영리하거든요. 정원에서 바다사자한테 묘기를 가르칠 수 있고, 저 정어리를 좀 먹일 수도 있겠어요."

"해가 정말 사라지는 거라면," 조지나가 말했다. "이 행성에는 북극 곰팡이만 남을 거고 그마저도 언젠간 사라질 거예요." 모두가 가장 먼저 염려하기 시작한 것은 옷이었다. 나는 카르멜라가 다른 사람들 옷을 가져오겠다는 약속을 깜빡하면 내 망토를 조각으로 자르자고 제안했다. 그런다면 최소한 우리 기관지계는 보호할 수 있을 거라는 데에 모두가 동의했다.

"거대한 북극곰이 우리를 완전히 처치하기 전까지는

그래도 시간이 좀 있을 거예요." 애나 워츠는 정신이 온통 북극 동물에 엉겨 붙은 듯 말을 이어갔다. "큰 북극곰은 무시무시한 적일 테지만, 개인적으로 전 사납게 대하지만 않으면 모든 동물들이 상냥하다고 믿긴 해요. 아주 상냥하면서도 조심스러운 태도로 처음에 다가가는 거죠, 저녁때마다 우유 한 사발이나 절인 대구 조각 같은 걸 내어 주는 거예요, 곰들이 아주 좋아하는 걸로요. 조금씩 조금씩 유도해서 쓰다듬어 줄 수도 있게 되고, 그러다가 방갈로 안에서 잠을 재울 수 있게 되면 훨씬 온기가 돌 거예요. 보통 짐마차 말만큼 커다란 북극곰 한두 마리면 내뿜는 온기가 상당하거든요."

"온기 얘기가 나왔으니 말인데," 조지나가 말했다. "오늘 밤에는 우리 간이침대를 이 방으로 옮겨서 계속 불을 때는 게 좋겠어요, 안 그러면 아무도 못 살아남을 거예요. 우리가 지구에 생존하고 있는 마지막 인류일 수도 있잖아요."

벽난로 위 황동 시계가 벌써 정오가 되었음을 알렸지만 창백한 태양은 환해질 줄 몰랐고 눈발도 줄지 않고 계속 내렸다. 바깥의 나무들은 이미 축 처져 있었고 바나나 나무 한두 그루가 눈의 무게에 눌려 쓰러져 있었다.

애나 워츠가 부엌으로 가더니 마른 빵을 가져와서는 새 모이로 베란다에 던져 주었다.

"얼마나 추울까, 불쌍한 것들, 눈 깜짝할 사이에 먹을 게 없어지다니." 실제로 비둘기 몇 마리, 참새, 까마귀 두어 마리가 바깥에서 눈 위를 서성이며 먹을 것을 찾고 있었다. 나무에 앉은 새들은 쩍쩍 노래를 하다가도 아침인지 저녁인지 헷갈리는 듯 별안간 멈추었다. 우리도 황동 시계만 없었으면 분간하지 못했을 것이다.

조지나는 혹시라도 갬비트 박사가 와서 불을 피운 것을 지적할까 봐 문을 전부 잠갔다.

"지금 와서 그 고약한 설교를 해 대면," 조지나가 말했다. "묶어서 재갈을 물려야 해요. 어쨌든 6 대 2밖에 안 되니까요."

나는 정오 때까지 오겠다고 약속한 카르멜라가 걱정되기 시작했다. 길은 이미 눈에 뒤덮여 있을 것이고 차를 몰기 어려울 수도 있다.

어쩌면 열한 시인데도 아직 새벽이라고 생각하고서 그냥 늦잠을 잔 것일 수도 있다, 나도 그랬으니까.

잔디밭에 점점 많은 새들이 모여들었고 그중 대범한 녀석들이 베란다로 폴짝 올라 빵 부스러기를 쪼아 먹기 시작했다. 왕부리새 한 마리와 앵무새를 비롯해서, 열대 해안에서 사는 갈매기, 펠리컨, 작고 하얀 두루미까지 있어서 모두 깜짝 놀랐다.

이내 우리 모두 창 앞에 서서 그 광경을 바라보고 있었다. 창백한 땅거미 아래에서 새가 무슨 종인지 매번 알아볼 수는 없었지만, 웬만큼 가까이 다가오는 것들은 눈에 대비되어 꽤 잘 보였다.

그때 갑자기 초인종이 큰 소리로 웽그랑댔고 집 쪽

에 가까이 있던 새들이 놀라 공중으로 날아올랐다. 나는 조지나와 함께 현관으로 갔다. 현관문 앞에 카르멜라의 라일락색 리무진이 대어져 있는 것을 보고 우리 둘 다 기뻐했다.

"대문 좀 열어 줘." 카르멜라가 창문 중 하나에서 머리를 빼꼼 내밀고 말했다. "차를 정원 안으로 가져가서 헤드라이트를 써야겠어, 당분간은 전기가 없을지도 몰라."

나는 카르멜라가 자동차와 맞춘 라일락색의 멋진 새 가발을 쓰고 있다는 것을 알아보았다. 원래 것은 좀 너무 강렬한 빨강이긴 해서, 이게 훨씬 잘 어울린다고 생각했다. 한참을 헉헉대고 낑낑댄 끝에 조지나와 나는 돈 알바레스 데 라 셀바가 죽은 후로 계속 닫혀 있던 것이 분명한 육중한 대문을 겨우 열었다. 마종이 정원 안으로 차를 몰고 들어왔고 차는 주르륵 미끄러지다가 멈췄다. 눈이 이미 너무 높이 쌓여서 정원으로 진입할 수 없었다.

"여기에 둬도 괜찮을 거야." 내가 카르멜라에게 말했다. "거실은 우리가 차지했고 갬비트 내외를 들여 줄 생각은 추호도 없거든. 평화적으로 들어온다면 몰라도."

"훌륭해." 카르멜라가 말했다. "한곳에 모여 있으면 연료를 절약하기도 쉬울 거야."

마종은 차 트렁크를 열고 사르다나 춤곡이 듣기 좋게 울려 퍼지는 가운데 벌써 각종 화물 상자를 내리고 있었다. 차의 좌석 칸도 양가죽 망토, 승마 부츠, 석유램프, 석유, 우산, 모자, 저지 스웨터, 식물이 심긴 화분 그리고 불안해하는 고양이 열두 마리로 천장까지 가득 차 있었고, 나는 그중 내 고양이를 알아보고 기쁨으로 차올랐다.

카르멜라가 차 문을 열자 고양이들이 전부 차 밖으로 뛰어나와 쉭쉭 성을 내며 온 사방으로 달려갔다. "금세 진정하고 집으로 들어올 거야." 카르멜라가 말했다. "대책을 준비해 두는 차원에서 내 망토에 말린 대구포를 넣어 두었으니까, 내 냄새로 금방 날 찾아올 거야. 길을 잃거나 하진 않아."

마종이 화물 상자를 집 안으로 옮기는 동안 카르멜라는 손에 들고 있는 긴 목록에서 한 항목씩 지워 나갔다.

"버섯 포자. 콩, 렌틸 콩, 말린 콩이랑 쌀. 잔디 씨, 비스킷, 생선 캔, 각종 달달한 와인, 설탕, 초콜릿, 마시멜로, 고양이 캔 사료, 얼굴 크림, 차, 커피, 약상자, 밀가루, 제비꽃 캡슐, 수프 캔, 밀가루 한 포대, 반짇고리, 곡괭이, 담뱃잎, 코코아, 매니큐어 등등." 적에게 포위되어도 충분할 만큼의 생필품이었다.

"하늘이 맑아지는 대로 별자리조견반을 써 보자." 카르멜라가 말했다. "그러면 무슨 일이 벌어지고 있는 건지 확실하게 알 수 있을 거야. 지난 세 달 동안 천문학과 학생이랑 친구 맺으면서 정확한 사용법을 배웠어."

"정말 네 말대로 극지방의 위치가 바뀌는 것 같아." 나는 크리스타벨이 제시한 이상한 수수께끼를 생각하면서 말했다. "어제 아침부터 해가 사실상 뜨지 않았어."

"돈이 있으면 사람들이 얼마나 친절해지는지 놀랍다

니까." 카르멜라가 생각에 잠긴 듯 말했다. "사실 그 천문학자는 나랑 결혼하고 싶어 했지만 스물두 살밖에 안 된 사람이랑 결혼은 경솔하다는 생각이 들더라. 어쨌거나 다시 결혼하고 싶은 생각도 없고."

우리는 생필품을 거실에 쌓아 두었다. 실내가 따뜻하지는 않았지만, 갬비트 부인이 농에 모아 둔 장작이 많지 않아 내일이나 오늘 밤까지 버틸지도 의문스러웠다. 또 전에는 저녁에 장작불만 때도 충분히 따스하게 지냈기에 석탄이 따로 있지도 않았다.

카르멜라가 모두에게 양가죽 망토와 승마 부츠, 털양말과 모자를 나누어 주었다. 우리는 북극권에 반세기 동안 발이 묶여 있는 북극 탐험대 일당처럼 보였다.

"마종이 부엌일을 담당할 거야." 카르멜라가 말했다. "놀랍도록 알뜰한 요리사거든."

"갬비트 부인은 어쩌고요?" 조지나가 물었다. "목숨을 걸고 부엌을 사수하고 있을 텐데요."

"이제 봐야죠, 어쩌면 손에서 일을 전부 덜어 낼 수 있어서 좋아할지도 몰라요."

그렇게 우리는 거실에 자리를 잡았다. 오후 네 시쯤 되자 밤이 내리기 시작했고 눈이 그쳤다.

조금씩 구름이 걷히면서 별빛이 반짝이는 맑고 검은 하늘이 그 장관을 드러냈다. 카르멜라가 별자리조견반을 꺼냈고 우리는 다 같이 별을 관찰하러 정원으로 나섰다. 별자리조견반은 판지 원반에 우리 쪽 지구에서 보이는 별지도가 그려져 있고, 그 위로 우리 쪽에서 보이지 않는 별들이 있는 플라스틱 원반이 회전하는 형태였다. 월과 시간의 복잡한 체계로 보이는 것이 판지의 원둘레에 적혀 있었는데, 이것이 별들과 모종의 방식으로 상응하는 것 같았다. 원반의 가운데에는 작은 구멍이 나 있었다.

카르멜라는 원반을 척척 다루더니 금세 날짜와 시간을 찾아냈다.

"원반의 가운데로 북극성을 볼 수 있어야 돼요." 그녀가 모두에게 알려 주었다. "그래야 움직이고 있는 다른 모든 천체들의 위치를 찾을 수 있어요. 가만히 있는 북극성이 움직이는 것처럼 보이려면, 지구의 극지방이 실제로 너무 기울어져서 자계 위치가 완전히 바뀌어야 할 거예요."

내 것이 아닌 것 같은 목소리가 머릿속에서 노래했다.

너는 빙글빙글 돌지만 난 꼼짝하지 않아
난 앉아서 소리 없이 너를 바라봐
네가 깊숙이 기울어지면 모자는 벨트가 되고
새 모자가 생기면 옛 모자는 녹아 버리고
다리 없이 도는 너지만 이젠 절뚝거리는 것처럼 보
　　이네
나도 따라 움직이는 것 같지만 사실 아니야, 내 이름
　　이 뭐게?

북극성이지, 당연하잖아. 별자리조견반이 없었다면 절대

생각해 내지 못했을 것이다. 별자리조견반을 처음 샀을 때 가운데를 북극성과 맞추어야 한다고 들었던 것은 기억 나지만 말이다.

카르멜라는 횃불의 불빛을 비추며 원반을 관찰하고 있었다. 북극성은 진작에 찾았지만 다른 별자리가 모조리 제자리를 벗어나 있었다.

기묘한 창백한 섬광이 때때로 하늘을 밝혔다. 바람 한 점 없이도 나무들이 나부꼈고 나뭇가지에 쌓인 눈 무더기가 바닥으로 허물어졌다. 그리고 집이 하늘 쪽으로 올라가는 것이 보였다. 나무들이 세찬 바람과도 같은 힘에 흔들렸다. 하지만 차가운 공기는 잔잔했다. 눈 위로 균열이 생겼고, 집은 고통스러운 듯 신음 소리를 냈고, 물건들이 떨어지는 소리가 들렸다.

"지진이야!" 조지나가 외치면서 넘어지지 않기 위해 베로니카 애덤스를 붙잡았다. "저기 탑을 봐요!"

탑 주변의 건물은 갑자기 불이라도 난 듯 빨간 빛을 내고 있었다. 거대한 석조 탑이 양옆으로 흔들리더니 우두둑하는 굉음이 공기를 찢으면서 벽이 달걀 깨지듯 쩍 벌어졌다. 열린 틈 사이로 날름대는 불꽃 하나가 창처럼 뚫고 나왔고, 새처럼 보이는 날개 달린 생명체가 모습을 드러냈다. 산산조각 난 탑의 꼭대기에서 잠깐 멈추어 선 그 한순간 동안 우리는 그 비범한 생명체를 목격할 수 있었다. 찬란한 빛을 환하게 발하는 인간 형상의 몸은 반짝이는 깃털로 온통 뒤덮여 있었고 두 팔이 없었다. 여섯 개

의 커다란 날개가 몸에서 돋아나더니 날아오를 준비를 하
며 파르르 떨었다. 그리고 날카롭고 긴 웃음과 함께 하늘
로 솟아올라 북쪽으로 날아갔고, 어느덧 우리 시야에서
벗어났다.

한때 산이나 바람의 삶을 살았던 나
새처럼 날지만 새는 아닌 나

세피라다, 하지만 이런 아들을 가진 어머니라니 누구일까?
크리스타벨이 기묘한 미소를 띠고 나를 쳐다보고 있
음을 발견한 나는 숙고하길 멈추고 이렇게 말했다. "첫 번
째 수수께끼의 답은 지구예요. 두 번째는 북극성이고, 세
번째는 세피라인데, 그 어머니가 누구인지는 모르겠어요."
크리스타벨은 높은 목소리로 킬킬댔는데, 다들 날개
가 여섯 달린 세피라를 눈으로 쫓느라 나 말고는 아무도
듣지 못했다.
"절 따라오시면," 그녀가 말했다. "이제 전 세계 나라
들에 공포의 씨앗을 심기 위해 탈출한 세피라의 어머니가
누군지 알게 되실 거예요."

잠자던 감시자들이 이제는 깨어났을 거야
나는 그자들의 땅 위로 다시 한번 날 거야
내 엄마는 누구게? 내 이름이 뭐게?

우리는 하늘을 멍하니 바라보고 있는 무리를 떠나서 탑 쪽으로 갔다. 모든 것이 잠잠해졌고 하늘은 더 많은 눈을 준비하는 듯 흐려지고 있었다. 탑에 다가가는 동안 거대한 틈에서 연기 줄기가 뿜어져 나와서, 불이 난 게 틀림없다는 생각이 들었다. 우리는 지진 때문에 경첩에서 뜯겨 나온 문을 통해 안으로 들어갔다. 강한 유황 냄새가 대기 중에 맴돌았다.

"위로 갈까요, 아니면 아래로 갈까요?" 내부에 들어서자 크리스타벨이 물었다. 나선계단 하나가 탑 꼭대기로 향하고 있었다. 계단의 일부가 무너져 내려 있었고 벽에 난 거대한 틈 사이로 구름이 모여드는 밤하늘이 눈에 들어왔다. 발밑으로는 통로 하나가 입을 벌리고 있고 깊숙한 어둠에 묻혀 들어가는 계단이 있었다. 지하에서 불어오는 따뜻한 바람이 얼굴에 안쳤다.

위로 갈까, 아니면 아래로 갈까? 답을 하기 전에 나는 몸을 숙여 어둠 속을 꿰뚫어 보려 애썼다. 아무것도 보이지 않았다.

그러고는 눈을 위로 돌려서 구름 뭉치들 사이의 틈으로 환하게 빛나는 별을 바라보았다. 가늠할 수도 없이 멀리 있는 것 같았고 아주 추워 보였다.

"아래로 갈게요." 마침내 내가 대답했는데, 땅속에서 불어오는 따뜻한 바람 때문이었다. 탑 꼭대기에서 얼어 죽는 것보다는 화장터로 떨어지는 게 아무래도 낫다.

뒤돌아 나올 수도 있었지만, 호기심이 두려움보다

더 깊었다.

"혼자서 가셔야 해요." 크리스타벨은 이렇게 말하고 는 내가 답하기도 전에 밤 속으로 사라졌다.

날씨가 그렇게 춥지만 않았다면 그때라도 되돌아왔 을지도 모른다. 공포가 가득 차올랐다. 바로 그 순간 망토 속으로 으슬으슬한 바람이 밀고 들어와서 나는 내키지 않 지만 아주 천천히 돌계단을 따라 내려가기 시작했다.

꽤 폭이 넓은 계단이었다. 그럼에도 불구하고 너무 깜깜해서 넘어질까 봐 무서웠다. 내 손마저도 보이지 않 았다. 하지만 어둠 속에서 더듬어서 벽을 찾은 다음 거기 에 몸을 기댄 채 내려갔다.

한동안은 계단이 직선으로 내려갔다. 그러다가 급격 하게 굽은 곳에 도달했는데, 벽이 둥글고 반질반질한 게 내 손과 같은 무수한 손들이 같은 곳을 문지른 듯했다. 굽 은 곳을 따라 조심조심 돌자 벽난로처럼 깜박이는 빛이 어둠을 쫓아내고 있었다. 거기에서 스무 발 정도 더 내려 가니 바닥이 평평해지면서 긴 회랑이 나타났고, 그 밑으 로 바위를 파내어 만든 커다랗고 둥근 방이 내려다보였 다. 조각한 기둥으로 받쳐진 아치형 지붕이 방 한가운데 에 놓인 불에 비춰 은은히 빛났다. 불은 연료 없이 타고 있는 듯, 돌바닥의 구멍에서 곧장 솟아나고 있었다.

회랑의 끄트머리로 가니 그 크고 둥근 방으로 이어 지는 마지막 계단이 있었다. 계단 아래에 도달하자 유황 냄새가 났다. 동굴은 부엌처럼 따뜻했다.

불꽃 옆으로 한 여자가 앉아서 커다란 무쇠솥을 젓고 있었다. 얼굴은 보이지 않았지만, 알던 사람 같았다. 옷가지나 구부린 모습의 어떤 면모 때문인지 전부터 자주 봐 온 사람이라는 느낌이 들었다.

내가 불 쪽으로 다가가자 여자는 냄비 젓는 것을 멈추고 나를 반겨 주러 몸을 일으켰다. 우리가 서로의 얼굴을 마주했을 때 나는 심장이 경기를 일으키며 멈추는 것을 느꼈다. 내 앞에 서 있는 여자는 나였다.

물론, 그녀는 나보다 등이 덜 굽어서 키가 더 커 보였다. 나이는 일백 살 많을 수도 있고 적을 수도 있었다. 그녀는 나이가 없었다. 나와 이목구비가 동일했지만 표정은 더 기쁘고 더 지적이었다. 두 눈은 침침하지도 충혈되지도 않았고, 편안하게 몸을 가누었다.

"여기까지 오는 데 오래 걸렸네. 영원히 안 올까 봐 걱정했어." 그녀가 말했다. 나는 내 나이가 돌무더기처럼 내 위로 쌓인 것이 느껴져서 중얼거리며 고개를 끄덕이는 데에 그쳤다.

"여긴 뭐 하는 데야?" 나는 온몸을 덜덜 떨면서, 내 무게로 무릎이 굽고 으스러짐을 느끼며 겨우 물었다.

"여긴 지옥이야." 그녀가 미소를 띠고 말했다. "그렇지만 지옥은 그냥 용어의 한 형태일 뿐이야. 사실은 여기는 모든 것이 유래하는 세계의 자궁이지." 그녀는 말을 멈추고 탐구하듯이 나를 바라보았다. 내가 질문하길 기다린다는 것을 알 수 있었지만, 내 정신은 냉동 양고기 덩이처

231

럼 멍했다. 질문 하나가 머릿속에서 솟았고 얼토당토않다는 생각이 들었음에도 불구하고 말로 뱉었다. "내가 탑 꼭대기로 갔으면 누구를 만났을까?"

그녀는 웃었고, 나는 내 웃음소리를 들었다. 물론 그렇게 명랑하게 울려 퍼진 적은 없지만 말이다.

"그걸 누가 알겠어? 하프를 연주하는 천사를 떼로 만났을 수도 있고, 산타클로스일 수도 있겠지."

질문들이 생겨나기 시작하면서 내 허락도 없이 머릿속으로 뛰어들었고, 매번 전보다 더 바보같이 느껴졌다. "우리 중 누가 진짜 나야?" 내가 소리 내어 물었다.

"그건 네가 먼저 결정해야 하는 문제야." 그녀가 말했다. "일단 결정하면, 그다음에 네가 할 일을 알려 줄게.

아니면 우리 중에 누가 나인지 내가 결정하는 편이 좋겠어?" 그녀가 물었고, 나는 그녀가 나보다 훨씬 더 지적으로 보인다고 생각해서 쉰 소리로 답했다. "예 사모님, 결정해 주시면 좋겠어요, 오늘 저녁엔 머리가 평소만큼 맑지 않네요."

그녀는 날 머리부터 발까지, 다시 발부터 머리까지 위아래로 다소 깐깐하다고 생각될 만큼 훑어보더니 마침내 혼잣말하듯 말했다. "모세만큼 늙었고, 세트만큼 못생겼고, 장화처럼 억세고 볼링 핀보다도 감각이 없네. 하지만 고기가 귀하니까 얼른 들어가."

"뭐라고?" 나는 잘못 알아들은 것이길 바라면서 말했다. 그녀는 고개를 엄숙하게 끄덕이면서 기다란 나무

숟가락이 담긴 수프 속을 가리켰다. "육수로 들어가, 이 계절에는 고기가 귀하다니까."

경악에 빠져 할 말을 잃은 나는 그녀가 당근 한 개와 양파 두 개의 껍질을 벗겨서 거품이 이는 솥에 던져 넣는 것을 바라만 보았다. 영예로운 죽음을 내세운 적은 한 번도 없지만 그렇다고 고기 육수가 되는 결말을 고려해 보지는 못했다. 내 육즙을 더 맛있게 해 줄 야채를 다듬는 그녀의 무뚝뚝한 손길은 얼떨떨할 정도로 불길했다.

그때 그녀가 칼을 돌바닥에 갈면서 친근한 미소를 띤 채 내 쪽으로 다가왔다. "안 무서운 거 맞지?" 그녀가 말했다. "걱정 마, 금방일 거야, 게다가 네가 직접 내린 결정이잖아. 다른 사람 때문에 억지로 여기까지 내려온 건 아니잖아?"

나는 고개를 끄덕이는 동시에 뒤로 물러나려고 했지만, 무릎이 너무 후들거린 나머지 계단 쪽으로 향하는 대신 질질 끌려가듯 게걸음으로 점점 더 솥에 가까이 다가갔다. 내가 사정거리에 충분히 들어왔을 때 그녀는 뾰족한 칼을 내 등에 갑자기 꽂았고 나는 아파서 비명을 지르며 펄펄 끓는 수프로 곧장 뛰어들어 순간적으로 극도의 고통을 느낀 후 내 고행의 동지인 당근 하나와 양파 둘과 함께 뻣뻣하게 굳었다.

묵직한 우르릉 소리가 나고 뒤이어 몇 번의 굉음이 울리더니 어느덧 나는 솥 바깥에 서서 수프를 젓고 있었고 그 속으로 물구나무선 내 살점이 여느 소고기 구이처럼 해맑게 끓고 있는 것이 보였다. 나는 소금 한 자밤과 통후추로 간을 하고 국자로 적당히 퍼내 화강암 그릇에 담았다. 부야베스처럼 맛이 좋진 않았지만 추운 날에 아주 제격인 평범하게 맛있는 스튜였다.

사변적인 관점에서 본다면 우리 둘 중 누가 나인지 궁금했다. 동굴 어딘가 매끈하게 광을 낸 흑요석 조각이 있다는 것이 생각나서 거울로 쓰려고 주변을 둘러보았다. 그래 저기 있구나, 박쥐 둥지 근처의 구석에 언제나처럼 매달려 있었다. 나는 거울을 들여다보았다. 처음에 보인 것은 나를 향해 음흉한 미소를 짓는 타르타로스의 산타바르바라 수녀원장 얼굴이었다. 그녀의 모습이 스러지면서 이어 여왕벌의 커다란 눈과 더듬이가 보였고 윙크를 하더니 내 얼굴로 변신했는데, 흑요석의 검은 표면 때문인지 평소보다 살짝 덜 피폐해 보였다.

팔을 뻗어 거울을 멀리 들어 보니 얼굴이 셋인 여성이 차례로 눈을 번갈아 가며 윙크하는 모습이 어렴풋이 보였다. 얼굴 중 하나는 검고 다른 하나는 빨갛고 마지막은 하얬는데, 각각 수녀원장, 여왕벌 그리고 내 것이었다. 물론 착시였을 수도 있다.

뜨거운 국물을 먹고 나니 한결 기운이 좋아지면서 상쾌했고, 심지어는 오래전 마지막 남은 이빨을 빼낼 때 느꼈던 것처럼 깊은 안도감이 들었다. 나는 양가죽 망토를 둘러 여민 다음 수년 전 잊어버렸다고 여겼던 노래 애니 로리를 휘파람으로 불며 돌계단을 올라갔다.

누군가 이 계단을 처음 절뚝거리며 내려온 것이 이미 여러 해 전인 듯 느껴졌고, 이제 나는 활기찬 산양처럼 지상 세계로 오르고 있었다. 더 이상 어둠은 언제라도 나를 죽음으로 치닫게 할 수 있는 소름 끼치는 죽음의 덫이 아니었다.

이상하게도 나는 고양이처럼 어둠 속을 볼 수 있었다. 나는 여느 그림자처럼 밤의 일부였다.

바깥에는 다시금 눈이 풍요롭게 내리고 있었고 무너져 내린 기관 위로 어느새 흰색을 흩뿌려 놓은 후였다. 집은 완전히 바닥까지 허물어져서 와해된 무더기 위로 들쭉날쭉한 벽 두 개만 겨우 서 있었다. 첫 번째 지진을 바로 뒤따라온 두 번째 지진 때문에 건물이 무너졌나 보다. 나는 평화롭게 폐허를 감상했다.

내 동료들은 눈으로 덮인 잔디밭에 커다란 불을 피우고 크리스타벨의 톰톰 소리에 맞추어 그 주위를 돌며 춤을 추고 있었다. 체온 유지에 효과적일 것 같았다.

잔해 아래 어디엔가 갬비트 내외가 묻혀 있을 것이 분명했지만 아무 움직임도 찾아볼 수 없었고, 돌과 모르타르 더미는 눈에 부드럽게 묻혀 가는 중이었다.

나는 고무되고 신비로운 기분에 휩싸여 불 주변에서 춤을 추는 동료들과 합류했다. 태양이 전혀 뜨지 않은 상태로 낮이 밤과 맞물리다 보니 몇 시인지 도무지 알 길이 없었다.

"수프는 맛있게 먹었어요?" 크리스타벨이 북을 두들

235

기며 외쳤고, 나머지 사람들도 웃으며 반복해 외쳤다. "수프는 맛있게 먹었어요?"

그제서야 나는 탑 아래 동굴 방에서 벌어진 일에 대해 모두가 알고 있다는 것을 깨달았다. 몸이 꽤 훈훈해질 때쯤 춤을 멈추고 숨을 가다듬었다.

"내가 국물을 마셨다는 걸 어떻게 알았어요?" 내가 묻자 모두가 웃었다.

"여사님이 제일 마지막으로 동굴에 내려간 거거든요." 크리스타벨이 말했다. "우리 다 지하 세계에 다녀왔어요. 가서 누굴 만났어요?"

의식에 따른 질문이었고, 나는 사실대로 말해야 한다는 것을 깨달았다.

"나 자신을 만났어요."

"또 누굴 만났죠?" 크리스타벨이 물었고 동료들은 박자에 맞추어 손뼉을 쳤다.

"타르타로스의 산타바르바라 수녀원장과 여왕벌이요." 내가 답했다. 뒤이어 갑자기 궁금증이 일어서 물었다. "여러분은 누굴 만났는데요?"

그러자 다들 한목소리로 말했다. "우리 자신, 여왕벌 그리고 타르타로스의 산타바르바라 수녀원장!"

그러고서 나 역시 함께 까르르 웃었고, 다시 톰톰 소리에 맞추어 춤을 추었다.

해가 다시 뜨기까지 얼마나 오랜 시간이 걸렸는지는 알
수 없지만 결국 해는 떴고, 지평선과 맞닿은 창백하고 하
얀 빛이 눈과 얼음으로 변신한 땅 위를 비췄다.

지진의 여파로 흰 폐허가 풍경을 지배했다. 온전한
상태로 서 있는 집이 시야에 한 채도 없었고 많은 나무들
이 뿌리 뽑힌 채 쓰러져 있었다. 카르멜라의 운전기사인
마종도 지진에서 살아남았다. 보라색 리무진에 피신한 덕
분이었고 리무진은 엔진이 부서진 것만 빼면 무사했다.
구석구석에서 모습을 드러낸 고양이들은 불안해 보였지
만 열두 마리 모두 온전하고 상처도 없었다. 우리는 햇빛
이 난 시간을 집의 잔해 사이를 뒤지며 먹을 만한 것을 물
색하는 데에 할애했다.

찾은 것은 전부 동굴 방으로 옮겼는데, 방은 바위 사
이로 타오르는 불 덕분에 따뜻했다. 크리스타벨의 설명에
따르면 천연가스가 나오고 있어서 영원히 탈 수 있다고
한다. 지상의 정원에서 끓는 온천수는 이 탑 아래에 있는
바위에서 솟아난 것이다.

수프는 흔적도 찾을 수 없었지만 불 곁에는 못 쓰게
된 쇠솥이 하나 있었다. 광을 낸 육각형 흑요석 판 한 장
이 벽에 걸려 있었고, 우리 모두 그것이 거울 용도임을 알
고 있었다.

낮과 밤의 배분이 균등하지 못했다. 정오가 되면 해

가 중천에 뜨는 대신 벌써 지곤 했다. 지구가 새로운 질서 속에서 균형을 되찾으려고 궤도를 절뚝이며 도는 듯했다.

우리는 금세 동굴 방에 편하게 자리를 잡았고, 고양이들 전부, 또 이제는 중국어로만 말하기 시작한 마종도 우리와 함께했다. 얼마간의 음식이 있었지만 대부분의 물품 상자는 건물 잔해에 깔려서 꺼내 올 수가 없었다. 렌틸 콩이랑 밀 몇 부대, 밀, 버섯 포자, 엉망으로 으깨진 마시멜로 정도가 우리 식량의 전부였다.

보라색 리무진은 수리가 불가능한 상태인 데다가 눈이 수 미터씩 쌓인 상황에서 큰 쓸모도 없어 보였다. 우리는 종종 동굴 밖으로 나갔지만 근방에서 인간은 보지 못했고 새와 동물만 많았다. 사슴, 퓨마, 심지어 원숭이까지 산에서 내려와 주변을 서성이며 먹이를 찾았다. 이들을 사냥할 생각은 안 했다. 우리 동반자들을 살육하는 것으로 새로운 빙하기를 시작해서는 안 된다.

온천 주변은 다른 곳과 달리 눈이 부드럽고 얼지 않아서, 마종이 여기서 흙을 파내 굴 속으로 옮겨 주었다. 우리가 만든 커다란 버섯 정원에서 버섯은 온기와 습기를 누리며 왕성하게 번식했다. 이것이 우리 식단의 주요한 부분을 차지했고 우리는 수확량이 줄지 않도록 포자를 채취할 부분을 따로 구획해 잘 남겨 두었다. 때때로 밀을 심어서 싹이 트면 먹곤 했지만, 햇빛이 없어서 번식시키지는 못했다. 어느 날 우리는 염소 몇 마리가 온천 주위로 눈을 뚫고 자란 잔가지와 풀을 뜯어먹는 것을 발견했다. 이 기쁜 사건 덕에 고양이들과 우리는 신선한 우유를 얻을 수 있었다. 우리는 나무에서 가지를 꺾어다 염소 여물로 주었고, 이내 염소들도 먹을 것을 찾아 동굴에서 때때로 나타나며 함께 지내게 되었다.

해가 뜰 때마다 우리는 먹을 것을 찾아 폐허로 갔고, 가끔 찌부러진 정어리나 쌀 한 움큼으로 나들이의 보상을 얻기도 했다.

한 새벽에 — 우리는 더 이상 낮이라는 말을 쓰지 않았다 — 나는 가구처럼 보이는 얼음덩어리 아래쪽을 열심히 파고 있었는데, 그때 너무 특이한 광경이 벌어져서 동쪽 벽의 잔해 위에 있던 까마귀 떼가 소스라쳐 날아갔다.

한때는 도로였던 희미한 자국 위로 우체부가 걸어오고 있었던 것이다. 그는 평범한 우체부 제복을 입고 편지를 담은 책가방을 들고 있었다. 가장 이목을 끈 물건은 어깨에 걸치고 있는 기타였다. "안녕하십니까." 그가 말했다. "이 주소로 온 편지 몇 통 가지고 왔습니다." 그러고는 마블 아치와 경호 근위대가 그려진 엽서를 건네주었다.

이 놀라운 문서에는 이렇게 쓰여 있었다.

추운 날씨에도 불구 모두 매우 건강함. 도버해협에서 스케이트 타는 사람들 모습이 장관임. 사모님과 본인은 도버 절벽 바로 옆에서 아이스하키 경기를 보았음. 모두 건강하길 바람.

마그레이브 드림.

"영국에서 오는 편지가 상당히 많아서 당연하지만 전처럼 배달이 빠르진 않습니다." 우체부가 말했다. "걸어서, 더 엄밀하게 말하자면 스키를 타고 왔습니다."

"생존자가 좀 있나요?" 내가 물었다.

"많지는 않습니다." 우체부가 말했다. "대부분의 큰 도시에는 설인들이 우글거린답니다. 해를 끼치는 건 아니고 다른 사람들처럼 먹을 걸 찾아 들쑤시고 다니는 정도입니다."

"내려오셔서 따뜻한 우유 한 잔 드시고 가세요." 내가 우체부에게 말했다. "모두가 어떤 소식이든 듣고 싶어 할 거예요. 다른 사람을 본 지 다들 너무 오래되었거든요."

"사양하지 않겠습니다." 우체부는 이렇게 말하고 손을 비비면서 나를 따라왔다.

동굴 안에서는 애나 워츠가 염소 우유에 버섯을 요리하고 있었고 조지나와 베로니카 애덤스는 염소 털을 자을 물레를 만들고 있었다. 파묻힌 야채를 찾아 탐방을 나섰던 카르멜라, 후작 부인, 크리스타벨 그리고 마종도 곧이어 돌아왔다. 당근과 염소에게 먹일 언 지푸라기를 찾아왔다.

"제 이름은 탈리에신입니다." 우체부가 말했다. "길고 긴 인생 내내 소식을 전하면서 살아왔습니다."

애나 워츠가 우체부에게 버섯과 우유를 한 컵 담아 주었다. 그는 불가에 자리를 잡고 이야기를 시작했다. "모든 나라와 바다가 지진으로 뒤흔들렸고 그 무지막지함에 집도, 성도, 오두막도, 교회도 남아 있는 것이 없었습니다. 모두 수일간의 폭설과 어둠 이후에 벌어진 일이었습니다. 어떤 지역에서는 무시무시한 천둥이 치면서 비가 하늘에서 내리는 즉시 얼어붙기도 했습니다. 꽁꽁 언 비의 기둥이 고층 빌딩만큼 높게 눈 위로 솟았습니다. 진풍경이 아닐 수 없습니다. 야생 짐승과 집짐승 무리가 도시를 종횡하면서 각자의 울음을 한꺼번에 외쳤고 들썩이는 땅을 피해 숨을 곳을 찾았습니다. 어떤 곳에서는 땅에서 불이 튀어나왔고 하늘에서 기이한 광경이 목격되기도 했습니다. 살아남은 인간 대부분은 공황과 충격에 사로잡혔지만, 그중 충직한 이들도 있어 무너진 도시 밑에서 아직 숨 쉬고 있는 수백만 명의 생존자를 구하려 했습니다. 거주자가 많은 지역에서는 끔찍한 장면이 만연했습니다."

"성배는 어떻게 되었나요?" 크리스타벨이 물었다.

"아일랜드에서는," 탈리에신이 답했다. "서쪽 해안의 지진이 너무도 무지막지한 나머지 수 마일 높이로 날아다니는 바위로 허공이 가득 찰 정도였습니다. 600군데도 넘는 곳에서 땅을 뚫고 화산이 솟았고, 눈과 용암이 뒤섞인 치명적인 수프가 흘러 사람과 짐승을 저 멀리 실어 갔습니다. 하늘에서 두더지, 쥐, 죽은 작은 새가 비처럼 내리면서 지붕을 두들기고 도로와 논밭에 1야드 두께로 쌓였습니다. 이 대격변의 와중에 성전기사단의 고대 요새인 코너의 토성은 연처럼 하늘로 날아갔습니다. 불가사의가 든 석실은 산산조각 났고 성배는 다른 것들과 함께 허공 속으로 던져졌습니다. 성스러운 그릇은 반쯤 무너진 농가의 초가지붕 위에 무사히 안착했습니다. 지나가던 농부 여자가 이를 거둬서 나무함에 넣은 다음, 재앙에서 생존한 지역 교구의 신부에게 가져갔습니다. 오그레이디라고 하는 이 신부는 이 신성한 잔이 교회에서 보통 사용하는 잔의 일종이라고 생각했으나 다만 모양이 다소 독특하다고 여겨서 주교 몇과 예수회원 몇이 피해 있는 더블린의 와인 저장고로 들고 갔습니다. 닫힌 공간 안에 있었다면 잔 주위로 힘이 응집되었겠으나, 코너의 토성을 박살 낸 폭발로 인해 일시적으로 분산된 상태였습니다. 마법의 법칙이 본디 그러하며 힘을 지닌 대부분의 사물도 이를 따릅니다. 그리하여 성배는 양심의 가책 없는 성직자들의 손에 모독당했고, 지푸라기로 채운 화물 상자에 봉해진 채 흔한 골동품처럼 왈가왈부의 대상이 되었습니다. 그러나 예수회원 중에 루퍼트 트래픽스란 이름의 배운 자가 있었으니, 그가 성배의 기묘한 무늬를 알아보았습니다. 이 잔을 코너의 토성 경내에서 발견했다는 사실을 오그레이디로부터 듣고서 그의 의심은 확신으로 변했습니다. 일군의 학자들은 그 탑이 고대로부터 이어지는 성전기사단의 주거지라는 것을 알고 있었기 때문입니다.

영국제도 위로 한낮의 태양이 스물아홉 시간 동안 내리쬐는 동안 어둠은 흩어졌고, 이 예수회원은 성배를 들고 잉글랜드로 도망쳤습니다. 주교와 나머지 예수회원들이 음식 없이 와인만 잔뜩 섭취하고서는 만취해 인사불

성 상태로 누워 있었기 때문에 어려운 일이 아니었습니다. 저는 폭발이 일어났을 때 코너의 토성 지역에 있다가 성배를 따라 더블린으로, 그 뒤에는 잉글랜드로 갔습니다.

잉글랜드 은행 지하 깊은 곳에는 금고가 있어 교회의 고위 성직자는 물론 정치인, 부자 기업인, 장군 등 여러 힘 있는 사람들의 피난처 역할을 했습니다. 정부가 귀중하다고 판단하는 생명들을 보호하기 위해 지난 핵전쟁 때 건설된 지하 도시입니다. 공황 상태에 빠진 일반 대중이 이 지하 도시를 점령해서는 안 되니, 그 존재는 물론 기밀에 부쳐졌습니다. 이곳이 예수회원 루퍼트 트래픽스의 목적지였습니다.

한편 햄프스테드 히스 지역에는 마녀 집단이 법의 훼방을 피해 비밀리에 모여 의식을 개최하는 동굴이 하나 있었습니다. 고대로부터 마녀들은 전쟁과 박해의 시간 동안 동굴에서 춤을 춰 왔습니다. 저는 쫓길 때마다 마녀들이 있는 곳에 함께 숨었고 마녀들은 언제나 정중하고 친절하게 저를 맞이해 주었습니다. 여러분도 물론 아시겠지만, 제 임무는 지위와 자격 고하를 막론한 모든 사람들에게 검열되지 않은 소식을 전하는 것입니다. 그 때문에 전지구의 권위자들한테 인기가 없습니다. 저의 목표는 인간들이 자신의 노예 상태를 각성하고, 권력을 탐하는 존재들의 착취를 인지하도록 돕는 것입니다.

그리하여 저는 런던에 도착하자마자 곧바로 햄프스테드 히스의 동굴에 있는 마녀들 사이로 피신했습니다.

여기서 저는 잉글랜드 은행 아래의 지하 도시로 연결되는 통로가 있다는 사실을 알게 되었습니다.

성배가 이미 이 섬에 있다는 소식을 전하자 마녀 집단에 흥분이 일었고 저희는 성배를 다시금 손에 넣기 위해 온갖 계획을 세웠습니다. 여러분도 아시다시피, 위대하신 어머니께서 이 행성에 돌아오시기 위해서는 어머니의 부군인 뿔 달린 신의 호위하에 숨결로 가득 채운 성배를 어머니께 되돌려 드려야 합니다.

저희는 성배를 되찾기 위한 각종 기발한 계획을 세웠지만 성배에 접근할 수 없었습니다. 그러다 마침내, 성배가 사복 경찰관 몇 명과 예수회원 루퍼트 트래픽스의 호위하에 수상비행기에 실려 잉글랜드를 떠났다는 소식을 저희 첩자들이 전해 왔습니다. 나아가 성배의 목적지가 바로 이 고원이라 전했습니다. 아메리카 대륙의 이 지역에서는 지진과 화산 폭발이 상대적으로 약했다는 사실이 알려졌기 때문입니다. 복수심 많은 아버지 신의 신봉자들은 당연히 성배를 계속 본인들 곁에 두고자 했고, 회원 중에도 성배의 마력에 대해 아는 자는 아주 핵심적인 몇 명에 불과했습니다. 이 소수의 회원들이 깨우쳤던바, 위대하신 어머니께서 다시금 성배를 손에 넣는다면 그들이 인류에 건 최면의 힘이 유지될 리 없었습니다. 루퍼트 트래픽스 또한 이러한 성배의 역사를 온전히 전해 들은 자 중 하나였던 것입니다.

이 정도면 제가 왜 여기에 있고, 왜 여전히 성배를

찾고 있는지 충분히 설명해 줄 것 같습니다."

이 중대한 소식을 접한 후 잠시간 침묵이 흘렀고, 애나는 우리 컵에 버섯과 염소 우유를 다시 채워 주었다.

"성배를 되찾아 여신께 되돌려 드릴 계획을 지금 당장 세워야 해요." 크리스타벨이 말했다. "핵전쟁 이후 여신께서 탈주하신 일은 지금 세대의 관을 봉하는 최후의 못 같은 사건이었어요. 이 행성이 유기 생명과 존속하려면 여신의 복귀를 이끌어야만 하고 그래야 선의와 사랑이 다시 한번 세계에 만연할 수 있어요."

"여기서 몇 마일 떨어진 도시에," 탈리에신이 말했다. "성배가 있습니다. 분노한 아버지 신의 신봉자 중 살아남은 이들은 벌써 성배가 이 나라에 있다는 사실을 알고 있고, 머지않아 여기에 도착해 자기들의 악마적이고 신성 모독적인 종교의 마지막 잔재를 구하려 할 것입니다."

"여왕벌이시여 잔을 숨결로 가득 채우소서." 크리스타벨이 열의를 담아 말했다.

"유럽에서는 사자가 드디어 나라들 위에 군림했고, 그에 좌절한 유니콘은 시리우스로 날아갔습니다." 탈리에신이 수수께끼처럼 말했다. 그 말에 우리 핏줄에 흐르는 피가 차게 식었다.

"유니콘이 없다니!" 크리스타벨이 경악에 빠져 외쳤는데, 이때만 해도 이 참혹한 소식의 함의를 전부 이해한 이는 그녀뿐이었다. 탈리에신은 고개를 숙이고 답했다. "인류에 잔악함과 황폐함만이."

"어떻게 하면 성배를 되찾을 수 있죠?" 불안해하며 서성거리던 조지나가 물었다. "아마 경비가 삼엄하겠죠?"

"성스러운 헤카테의 조언을 떠올릴 수 있도록 물약과 정수(淨水)를 만들어야 해요." 크리스타벨이 말했다. "정수를 필요한 만큼 만든 다음, 독말풀, 사향, 마편초를 구해서 강력한 수프를 지어야 해요. 도시에 가면 어딘가에 약국 하나쯤은 찾을 수 있을 거예요. 탈리에신과 마종은 어둠이 내리면 재료를 찾으러 나서세요."

우리 모두 이 계획에 동의했다. 우리가 성배를 손에 넣을 방법을 분명하게 파악하려면 여신께 기도를 드리는 수밖에 없었다.

탈리에신과 마종은 망가진 리무진에서 찾은 도구로 무장한 채 도시로 나섰다. 눈보라를 또다시 예고하며 모여든 구름 사이로 창백한 초승달이 비행했다.

크리스타벨이 소환을 위한 정화(淨化)를 행하는데 갑자기 염소들이 눈에 띄게 소란을 피우기 시작했다. 동굴 방의 가장 어두운 끄트머리까지 달려가 애처롭게 매매거리기 시작한 것이다. 저 멀리서 개 여러 마리가 울부짖는 듯한 소리가 들렸다.

"불쌍한 것들, 아마 배를 곯고 있겠죠." 애나 워츠가 잠시 듣고 있더니 말했다. "먹을 걸 좀 가져다줘야겠어요." 그러고는 끓인 쌀, 우유 조금, 그리고 감칠맛을 더할 정어리 몇 마리를 넣어서 수프를 준비하기 시작했다.

수프가 다 만들어지자 애나와 후작 부인은 무쇠솥을

들고 지상으로 올라갔다. 그새 더 가까워진 개 울음소리를 듣고 있자니 왠지 예사롭지 않다는 느낌이 들었다. 애나와 후작 부인이 돌아왔을 때 솥은 텅 비어 있었다.

"불쌍한 것들." 애나가 말했다. "저렇게 배고파 하는 개들은 본 적이 없어요. 게다가 말이죠, 전부 셰퍼드종인데도 쓰다듬어 줄 여지를 안 주더라니까요. 몇 달 동안 굶은 것처럼 음식에 달려들었어요. 사람들이 자기 동물을 이렇게까지 방치하다니 정말 개탄스러운 일이에요. 제 목숨 하나 어떻게 살려 볼까 궁리만 하고, 자기들한테 충성하는 이 불쌍한 개들은 굶은 상태로 무리 지어 다니게 둔다니요."

그때 우리 모두 계단 발치를 주목하게 되었다. 애나를 뒤따라온 큼직한 잿빛 수컷 셰퍼드가 불안한 듯 두리번거리고 있었던 것이다. 내가 자리에서 일어나 개에게 다가가자 그 커다란 짐승은 움찔대며 옆으로 몸을 피했다. 구석에 옹송그린 염소들 쪽에서 두려움에 찬 울음소리가 솟구쳤다. 이건 개가 아니라 거대한 회색 팀버 늑대였다.

이 늑대는 무리의 우두머리로 보였다. 무리 중 가장 용기 있는 녀석이 위험을 무릅쓰고 동굴의 온기를 향해 내려온 것이다. 우리가 말린 생선 조각을 몇 개 던져 주자 늑대는 의심에 싸인 눈으로 우릴 시종일관 곁눈질하며 게걸스럽게 먹어 치웠다.

"정말 머리털이 곤두설 정도로 사랑스럽네요." 영원한 불 뒤쪽으로 자리 잡은 조지나가 말했다. "눈 깜짝할

새에 사람 목덜미를 뿌리째 뜯어낼 수 있을 거예요.”

애나는 마치 부러 물리고 싶은 사람처럼 계속 늑대 쪽으로 다가섰다. “불쌍한 녀석! 굶겨 죽일 생각이었을까요? 정말 개를 이렇게 취급하는 사람들이 있다니 망신스러워요. 솔직히 인간은 동물만큼 착하지도 못하잖아요. 진실로 우릴 이해해 주는 건 개밖에 없어요.” 아무도 차마 애나에게 사실 이것은 개가 아니라 깊은 숲속에서 온 야생 짐승이라고 설명해 줄 수 없었다.

밖에 있는 늑대 무리가 계속해서 우는 가운데 나는 그 합창 소리가 어딘가 변했다는 사실을 알아차렸고, 그때 두피가 살짝 저리면서 이상하게도 민스파이* 기억을 불러일으키는 또 다른 소리가 한층 가까이에서 난다는 사실을 포착했다. 여전히 귀나팔을 필요로 하긴 했지만 최근 들어 소리를 예감하는 능력이 생겨서 나팔은 이후에 그 느낌을 번역하는 데 사용하곤 했다.

“벌써 크리스마스일 리가 없지 않나요?” 카르멜라가 말했다. 소리가 동굴 속에서 더 선명하게 울려 퍼지기 시작했고, 그제야 나는 늑대들의 합창에 더해진 것이 수많은 작은 종이 딸랑거리는 소리임을 깨달았다. 늑대는 귀를 쫑긋 세운 채 서서 기다리고 있었다.

“어머나! 날씨랑 아주 환상적으로 어울리네요.” 조지나가 지적했다. “좀 있으면 우리 산타클로스 할아버지가

---

* 민스파이(mince pice)는 과일과 향신료로 속을 채운 영국 간식으로, 보통 크리스마스 때 먹는다.

건들거리며 와서 온 세상에 장난감과 따뜻한 희망을 뿌려 주겠는걸요."

그런데 정말로 거의 흡사한 일이 벌어졌다. 몇 분 후에 날카로운 휘파람 소리가 여러 번 들리더니 가장 멀고 오래된 과거로부터 온 듯한 목소리가 돌계단 위에서 아래로 실려왔다. "폰트팩트! 폰트팩트! 뭐 하는 거니! 이 늑대가 못돼가지고! 얼른 아빠한테 와."

말보로의 목소리는 다른 누구의 목소리보다 더 멀리까지 뻗어 나가곤 했다. 내 귀가 가장 어두운 날에도 그의 목소리만은 방 몇 칸을 건너서도 들을 수 있었다. 불현듯 계단 위에 말보로가, 무언가 바뀐 듯했지만 그 어느 때보다도 자기다운 모습으로 서 있었다. 그는 공교롭게도 검은 담비 모피로 가장자리를 댄 밤색 벨벳 옷을 입고 있었다. 놀랍도록 시든 얼굴 위로 높고 각진 모자를 푹 눌러쓰고, 축축하게 젖은 테니스화의 발끝에 닿을 만큼 아주 길고 가는 턱수염을 기르고 있었다. 양쪽 어깨에는 하얀 매가 한 마리씩 앉아 있었다.

늑대는 애정을 주체하지 못하는 스패니얼처럼 굴었다. 바닥에 드러누워서는 다리를 허공에 긁어 대며 기쁨에 차 낑낑거렸다.

"말보로!" 내가 외쳤다. "난 네가 여태 베네치아에 있는 줄 알았어!"

"자기," 말보로는 마치 우리가 바로 어제 만난 양 말했다. "자기가 어딨는지 알아내느라 정말 갖은 고생을 하다가, 빵집에서 살아남은 카르멜라 조카를 겨우 찾았어. 지금 도시는 정말 꽤 아름다워. 못생긴 집들이 다 무너졌고 고드름 때문에 모든 게 이빨이 달린 것처럼 보여. 형언할 수 없을 만큼 기묘해."

"베네치아에서 여기까지 어떻게 왔어?" 내가 물었다. "그리고 동생은 어쩌고?"

"당연히 아누베스도 같이 왔지." 말보로가 말했다. "지금 방주 위층에 있어. 동생을 소개해 주기 전에 네가 준비할 시간을 좀 줘야겠다고 생각했어. 놀랄 수도 있거든, 물론 네가 정말 평범한 사람을 기대하진 않으리란 건 잘 알지만. 동생 기분이 상하지 않게 조심해 주면 좋겠어. 사실 너도 그렇게 보통 사람처럼 보이진 않고 말이야."

나는 내 동지 여섯에게 말보로를 소개해 주었고 말보로는 동굴을 돌아다니며 이런저런 안목 있는 감탄을 연발했다. "이렇게까지 비율이 정교하다니. 지구라트에 와 있는 기분이 들어. 자기, 유니콘 무늬를 짜 넣은 고블랭* 벽걸이 천을 약간 길고 가늘게 해서 저 구석 살짝 옆에 걸어 놓으면 정말 매혹적인 눈속임이 될 것 같은데, 그런데 그러면 염소들이 먹어 버리려나?"

"지금은 고블랭 천 갖고 있는 게 없어." 내가 말했다. "하지만 예쁜 지푸라기가 한 더미 있으니까, 구할 때까지는 그걸 쓸 수 있어." 말보로는 멈춰 서서 여전히 구석에

* 고블랭(Gobelin)은 프랑스의 유명한 직물 제조 가문의 이름을 딴 직물의 일종으로, 색실로 무늬를 짠 태피스트리용 천을 말한다.

251

서 부들부들 떨고 있는 염소들을 쓰다듬었다. 늑대 폰트팩트가 주인 가까이로 달려오자 다시 난리법석이 일었다.

"아주 겁이 잔뜩 났네! 불쌍한 염소들, 이 불쌍한 예쁜이들, 우리 폰트팩트는 너넬 해치지 않을 거야." 말보로가 다정한 목소리로 중얼거렸다. 염소들은 전혀 개의치 않았다. "우리 폰트팩트는 아무도 해치지 않아. 늑대는 정말 개보다 훨씬 똑똑하거든. 게다가 폰트팩트 아빠는 양이었어, 맞지 우리 아가?"

"입고 계신 예복이 정말 예뻐요. 완전히 샤넬 같아요." 조지나가 말보로에게 말했다. "흑담비만 한 게 없죠. 정말 포근하고 멋도 있고요. 악 소리 날 만큼 비쌌을 것 같은데요?"

"실은 저도 몰라요." 말보로가 말했다. "셀리나 스칼라티 공주님께 침실용 평성가*를 써 드린 답례로 선물 받았거든요. 원래는 공주님께서 레즈비언 빈곤을 후원하는 가장무도회를 바티칸에서 주최하려 할 때 직접 입으시려고 만든 옷이래요. 하지만 교황이 제안 자체에 대해 굉장히 고지식하게 굴었다죠."

"말보로," 내가 말했다. "동생을 바깥에 이렇게 오래 두면 안 되지 않겠니? 죽을 것같이 추울 텐데."

"아누베스는 인내심이 강해." 말보로가 말했다. "게다가 방주는 중앙난방이 되어서 우리 다 몇 달간 거기서

---

* 평성가(平聖歌, plainchant)는 서구 교회 성가의 한 종류다.

지냈어. 늑대들 때문에 캐나다를 거쳐서 육로로 왔거든. 아누베스가 늑대들을 정말 아껴. 이따 보면 너도 이해할 거야. 베네치아에 있는 동안 동생이 너무 외로워했는데, 눈이 시작되고 나니 비슷한 것들끼리 서로 끌어당긴 거지." 모든 것이 수수께끼처럼 들렸다. 호기심과 공포가 뒤섞인 상태로 말보로 동생과의 만남을 고대하기 시작했다.

"그래도 동생을 아래로 초대하는 게 좋을 것 같은데." 내가 말했다. "동생 혼자 지상에 남겨 두다니 좀 예의가 아닌 것 같아."

계단을 오르는 동안 말보로는 베네치아에서 이탈리아와 프랑스와 영국을 거친 다음 북해를 건너 캐나다까지 온 여정에 대해 이야기해 주었다.

탑 바깥에 말보로의 방주가 서 있었다. 정말이지 놀라운 광경이었다. 썰매처럼 날 위에 얹혀 있다는 점만 빼면, 금박을 입히고 베네치아의 광인 거장이 그렸을 법한 회화처럼 화사한 색으로 칠한 것이 르네상스식 노아의 방주같이 보였다. 기계장치는 전부 종으로 덮여 있어서 바람이 불어올 때마다 부산스럽게 딸랑거렸다.

"원자 추진력으로 추동되는 거야." 말보로가 자랑스럽게 말했다. "엔진 전체가 암탉 알만 한 수정 상자에 쏙 들어가. 이동 차량의 가장 현대적인 형태라 할 수 있지. 연료도 필요 없고 소음도 없어. 심지어 소음이 전혀 없으니까 허전한 기분이 들어서 종을 달아야 했다니까. 마음에 들어?"

253

"정말 요란스럽다." 내가 감탄하며 말했다. "그러면 베네치아에서 주문한 거야?"

"내가 직접 설계했어." 말보로가 말했다. "집시다운 소박함과 원자력의 편안함을 겸비했지."

늑대들은 마치 호위하듯 방주 주변으로 반원을 그리고 앉아 있었다. 완벽하게 길이 들었다고 말보로가 안심시켜 주긴 했지만 불안한 기분이 들었다. 게다가 폰트팩트가 처음 모습을 드러낸 후부터 사라진 고양이들 생각을 떨쳐 버릴 수 없었다.

"잠깐만, 이제 동생을 부를게." 말보로는 이렇게 말한 뒤 두 손으로 입 주위를 감싼 뒤 간담이 내려앉는 듯한 비명을 연이어 질렀다. 그러자 방주 안쪽에서 비명 소리가 화답했고, 수사슴과 백조 무리 사이로 큐피드와 프시케가 포옹하고 있는 모습이 우아하게 조각된 출입문이 덜컹거렸다.

"무서워하지 마." 말보로가 말했다. "네 기분이 평소랑 다르다는 걸 동생이 알아차리면 많이 불안해하거든."

그리고 방주에서 모습을 드러낸 형태는 이미 걷잡을 수 없이 부푼 내 상상력으로도 고안해 낼 수 없을 만큼 전혀 예상 밖의 것이었다. 말보로의 동생 아누베스는 늑대 머리를 한 여자였다. 훤칠한 몸은 비율이 빼어났고 머리만 제외하면 전부 인간이었다. 반짝이는 천을 몸에 두르고 곤돌라처럼 끝이 뾰족하고 작은 신발이 가는 발을 감쌌다. 아누베스는 방주의 열린 문 안쪽에 서서 으르렁

대며 날카롭고 하얀 이빨을 드러냈다. 말보로가 대답하듯 으르렁댔고, 난 대화에 전혀 참여할 수 없었다.

"동생은 언어를 열 가지나 이해하고 산스크리트어를 쓸 줄도 알아." 말보로가 말했다. "하지만 구개 구조가 좀 특이해서인지 발음하는 걸 어려워해서 우리끼리는 항상 짖으면서 말해. 그치만 넌 영어로 말해도 돼, 완벽하게 알 아들으니까."

"안녕하세요?" 내가 떨리는 소리로 말했다. "저희 집 으로 모실게요." 말보로의 동생이 으르렁거렸다. 이후에는 늑대어의 영리한 음성 구문 몇 개를 익혔지만, 그때는 이 대화법이 민망하다고 여겼다.

"방주 안을 구경해 보고 싶냐고 아누베스가 물어봤 어." 말보로가 말했다. "동생은 집에 대한 자부심이 정말 큰데, 내가 봐도 죄다 훌륭한 취향으로 꾸며 놓긴 했어."

"황송하네요." 나는 뻣뻣하게 고개 숙여 인사하며 말 했다. 나는 아누베스에게 말을 할 때마다 모종의 격식을 차리게 되는 경향이 있음을 깨달았다. 아주 위엄이 넘치 는 여자였다.

방주 내부는 아편에 취한 집시가 꾸는 꿈 같았다. 경이로운 문양으로 자수를 놓은 벽걸이 천, 이국적인 깃 털의 새처럼 생긴 향수 분무기, 눈이 움직이는 사마귀 모 양 전등, 거대한 과일 형태의 벨벳 쿠션이 있었고, 희귀한 나무와 상아를 수려하게 깎아 만든 엎드린 늑대 여자 조 각 위로 소파가 올려져 있었다. 천장에는 미라 처리한 각종 생물들이 매달려 있었는데, 어찌나 솜씨 좋게 각각의 동작을 잡았는지 꼭 살아 있는 것처럼 보였다.

"아누베스는 죽은 걸 발견할 때마다 미라로 만드는 걸 좋아해." 말보로가 말했다. "동생 취미야. 아주 고대부터 내려오는 이집트 기술을 사용하는 거야. 우리 가족은 전부 예술적인 데가 있어."

아누베스는 으르렁거리더니 천장에 손을 뻗어 아주 기묘한 동물을 내린 다음 내가 자세히 볼 수 있게 해 주었다. 거북이에 쭈글쭈글한 아기의 얼굴, 그리고 질주하는 상태로 고정된 길고 가는 다리가 달려 있었다. "아누베스가 그러는데, 베네치아에서 제일 큰 시체 보관소 관리인이 죽은 아기를 선물로 줬을 때 재미 삼아 만든 콜라주 같은 거래. 다리는 원래 추위 때문에 죽은 황새 거야. 정말 기발하지. 동생이 그림을 그려야 하는 게 아닐까 생각하기도 해. 분명 재능이 있어."

이때 아누베스와 말보로가 몇 번 서로에게 으르렁댔고, 우리는 고개를 곧추세우고 있는 자수정 코브라 위에 아슬아슬하게 얹혀 있는 작은 옥 탁자 주위에 둘러앉았다.

"정말이지 모든 걸 아주 편안하고 개성 있게 꾸며 놓았네." 내가 말보로에게 말했다. "여행하기에 아주 이상적인 형태인 것 같아." 아누베스는 재스민 차와 작은 유리잔에 담긴 프랑스 독주를 대접했는데, 좋은 샴페인이라고 하긴 했지만 맛은 샴페인과 전혀 달랐다.

"맞아." 말보로가 복숭아 모양의 벨벳 쿠션에 편안

하게 기댄 채 말했다. "우리 가족은 언제나 여행에 중독되어 있었지. 내가 하도 왔다가 떠났다 하니까 예전에 네가 나보고 제비 같다고 한 적도 있었어. 또 난 임레스 종조부의 특징도 물려받은 거 같아. 헝가리 귀족이었는데 그분 어머니가 유명한 트란실바니아 뱀파이어였어. 너한테 우리 가족사를 모두 이야기해 주지 못한 데에는 여러 이유가 있지만, 특히 헝가리에서 공산주의자를 숙청할 때 비밀 서약을 했기 때문이기도 해. 이제는 슬프게도 우리 가족 중 남아 있는 사람은 나랑 아누베스뿐이야. 전에도 말한 적 있지만 오드리, 아나스타샤, 애너벨 같은 다른 여자 형제들이랑은 관계가 다소 껄끄러웠어. 다 같은 정신병을 앓았거든. 내가 지구 반 바퀴를 돌아서 각각의 성에 찾아간 적이 있는데 결국 내 여행의 목적이 초기 모델 청소기 하나를 훔쳐 오는 게 되어 버렸다니까, 그걸 말도 안 되게 비싼 가격에 서로한테 빌려주는 버릇이 있었거든. 재앙이 닥치면서 다 죽었어. 오드리는 침실로 들이닥친 작은 빙하 속에 거꾸로 얼어붙은 채로 발견됐어. 그 와중에도 여전히 빈 샴페인 병을 입에 갖다 대고 있더라고. 신체적인 면만 보자면 임레스 종조부의 특징을 물려받은 건 아누베스뿐이야. 종조부는 늑대 인간이었거든."

"이해해, 공산주의자들이야 당연히 늑대 인간에 지독한 반감을 품었겠지. 게다가 귀족 집안 출신이었으니까." 내가 말했다. 아누베스는 흡족해 보였고 긴 분홍색 혀로 주둥이를 핥았다.

257

"헝가리에 있던 가족 재산은 몰수당했어." 말보로가 말을 이었다. "임레스 종조부는 잡혀서 상트페테르부르크의 우리 안에 전시되다가 수치심으로 죽었고, 사람들이 그런 종조부를 박제해서 국립자연사박물관에 넣었어. 난 종조부 임레스를 기리는 짧지만 한스러운 추모 시를 발표한 적도 있어. 너도 이해하겠지만 우리 집안에 흐르는 늑대의 피는 비밀 같은 거였어, 물론 나 개인적으론 개성이라고 생각하지만."

"늑대 인간이 멸종한다면 아주 안타까울 거야." 내가 말했다. "동물 머리를 한 여신과 남신이 우리 역사에 준 영감을 생각해 봐."

말보로는 재스민 차를 섬세하게 한 모금 마시면서 믿기 어려울 정도로 긴 수염을 쓰다듬었다. "솔직히 말하면 그런 참사를 방지하려고 여행을 개시한 것도 있지." 그가 말했다. "아누베스도 이제 거의 여든 살이다 보니 종족을 번식할 여력이 없어지기 전에 결혼을 해야겠다고 결정했어. 그래서 늑대 왕 폰트팩트를 찾아 캐나다를 가로지르는 여행을 했던 거고, 폰트팩트도 짝을 맺기로 흔쾌히 받아들였지."

"미안한데 지금 뭐라고 했어?" 내가 깜짝 놀라서 말했다. "그러면?"

"그래 맞아." 말보로가 말했다. "아누베스는 네가 아까 만난 폰트팩트 왕과 행복한 결혼 생활을 하고 있어. 곧 있으면 새끼들이 태어날 예정이야. 늑대 무리는 전부 폰트팩트의 부하들이라 우리가 어딜 가든 따라다니는 거고."

나는 이 깜짝 놀랄 소식을 소화하기 위해 잠시 침묵했다. 새끼들을 아기라고 불러야 하나? 아니면 늑대 아기? 강아지? 말보로가 알려 주기 전까지는 이에 대해 언급하지 말자고 결심했다. 말보로는 어떤 일에 대해서는 아주 관습적이었다.

"온 마음을 다해 축하드려야겠네요." 아누베스에게 내가 말했다. "어린 생명들이랑 함께하면 모두가 행복해할 거예요."

말보로는 늑대들이 있으면 염소들이 힘들어할 테니 자기랑 동생은 계속 방주에서 지낼 것이라고 말했지만, 예의를 지키느라 말을 못 해서 그렇지, 우리가 사는 헐벗은 동굴보다 방주에서 훨씬 더 안락하게 지낼 수 있었기 때문인 게 분명했다. 나는 우리가 도와줄 수 있는 일이 있으면 언제든 알려 달라고 한 뒤, 미라로 만든 뻐꾸기 부리에서 뿜어진 하얀 생강 향수 안개 속에 둘을 남겨 두고 나왔다.

늑대들은 내가 조심조심 자기들 무리 사이로 빠져나오는 것을 주시했다. 나는 누구의 기분도 상하게 하고 싶지 않았고 늑대들은 성질이 급하기로 유명하다.

지하 동굴에서 마종과 우체부 탈리에신의 귀환을 알리는 크리스타벨의 북소리가 들려왔다. 둘은 무너진 약국에 침입하는 데에 성공했고 좀 고역을 치르긴 했지만 필요한 재료를 찾을 수 있었다. 독말풀이 든 도자기 병에 좀 금이 가긴 했어도 내용물은 무사했다. 크리스타벨은 모든 사람들에게 모종의 정화 의식을 행한 다음 세 개 병의 내용물을 전부 무쇠솥에 부었다.

달이 움직이는 방향으로 춤을 추기 시작했고, 크리스타벨의 북이 만드는 리듬과 솥에서 끓는 독말풀, 마편초, 사향이 내뿜는 강력한 증기 덕분에 우리는 맹렬한 속도로 광란에 빠졌다. 염소들은 매애거리면서 우리 주위로 더 큰 원을 그리며 껑충껑충 뛰었다. 탈리에신과 마종은 지상으로 물러났다. 남자한테는 이 마법 의식을 보는 것이 허용되지 않았다.

벨지 라 하-하 헤카테여 오라!
내 북소리를 따라 우리 위에 내려라
인칼라 이크툼 내 새는 두더지
적도가 올라가고 북극이 내려오네
엡탈룸 잼 폴룸 늘어나는 힘
북극광과 야생 벌 떼가 저기서 오네

날개가 웅웅 붕붕거리는 소리가 공기를 가득 채웠고, 우리 머리 너머로 수백만 마리의 꿀벌이 모여들더니 끓는 무쇠솥 위에 거대한 여자의 형상을 이뤘다. 벌 떼는 거인 여자 대형을 이룬 채 일렁일렁 흔들렸다.

"말해 주소서 잼 폴룸이시여!" 크리스타벨이 외쳤다. "잼 폴룸이시여 말해 주소서! 당신의 야생 벌꿀의 심장을 열어 당신의 가장 성스러운 잔을 차지할 방법을 알려 주

261

소서! 지구가 지금의 축에서 죽지 않게 해 주소서! 말해 주소서 잼 폴룸이시여!"

형상은 윙윙거리며 일렁이더니 수도 없이 많은 수백만 마리 벌이 만든 그 몸속 깊숙한 곳 어딘가에서 목소리가 흘러나왔고, 견딜 수 없이 달콤한 그 목소리에 우린 모두 꿀에 흠뻑 잠겨 버린 느낌이 들었다.

"벌은 사자의 시체 위에 다시 둥지를 틀 것이다. 그러면 내 잔이 꿀로 가득 채워질 것이고 나는 나의 남편이자 아들, 뿔 난 신 세피라 북극성과 함께 그를 나눠 마실 것이다. 벌 떼를 따르라."

원을 그리고 있던 염소들이 소스라치게 놀라 흩어졌고, 불 붙인 향을 손에 든 아누베스가 위풍당당하게 걸어와 우리 원에 합세했다.

"저는 늑대들의 여왕 아누베스입니다. 당신의 가장 성스러운 잔을 되찾는 데에 저희 종족도 힘을 보태고 싶습니다, 위대하신 여신 헤카테 잼 폴룸이시여!" 그녀가 늑대어로 말했다. 여신이 수백만 개의 목소리로 웅웅거리니 만나처럼 동굴 천장에서 꿀 방울이 떨어졌다. 우리는 맛나고 향기 좋은 끈적함으로 뒤덮였고, 핥아서 몸을 닦을 수밖에 없었다.

이제 벌 떼가 흩어지면서 여신의 몸은 수백만 개의 반짝이는 파편들로 부서져 계단 위로 날아갔다. "따르시오!" 크리스타벨이 여전히 춤을 추며 소리쳤고, 우리는 벌들의 궤적에 이끌려 갔다.

이어서 아누베스의 긴 울음에 출동한 늑대 무리 전체가 우리를 뒤따랐고, 말보로의 방주도 무수한 종들을 벌 떼와 한목소리로 세차게 울리며 길을 나섰다.

이리하여 여신은 벌, 늑대, 늙은 여자 일곱 명, 우체부 한 명, 중국인 한 명, 시인 한 명, 원자력으로 추진되는 방주 한 대, 그리고 늑대 여인 한 명이 이룬 군대와 함께 자신의 성스러운 잔을 되찾을 수 있었다. 아마도 이 행성의 역사상 가장 기묘한 군대일 것이다.

침략의 군사전략을 지휘한 후작 부인은 늑대들에게 성배가 억류된 대주교의 저택을 에워싸라고 명령했다. 우리 나머지는 그동안 늑대의 공격을 받고 있다고 소리 지르기로 했다. 그러다 문이 열리면 곧바로 벌 떼가 저택으로 돌진해 어디엔가 숨겨진 잔을 찾아오는 것이다.

모두 계획대로 진행되었다. 우리가 비명을 지르기 시작하자마자 대주교 본인이 문을 열러 계단을 뛰어 내려왔다. 벌 떼는 그 초자연적 지능을 원동력 삼아 집 안으로 휘몰아쳐 들어갔고, 몇 분 후 성배를 들고 돌아와 우리 동굴 속 한 비밀스러운 곳까지 실어 날랐다. 벌들이 지난 곳에 남은 꿀 자취는 눈 위에서 금처럼 빛났다.

몇 초 지나기도 전에 대주교가 온 집을 깨웠고 금세 한 군단의 분노한 성직자와 비밀경찰이 정원으로 쏟아져 나왔다. 이들이 늑대들의 반격을 받는 동안 우리는 무사히 탈출했고 마지막으로 늑대 무리도 뒤따라왔다.

이게 내 이야기의 끝이다. 시적인 과장이나 다른 어

떤 왜곡 하나 없이 충실하게 적어 내려간 것이다.

성배를 탈취한 뒤 얼마 지나지 않아 아누베스는 여섯 마리의 새끼 늑대 인간을 낳았고 다행히 털이 자라면서 새끼들 생김새가 나아졌다. 관습은 그 나름대로 아름다울 때가 있어서, 새끼들은 어느새 아기 고양이들과 즐겁게 어울려 놀기 시작했고 폰트팩트 왕은 발랄한 자식들을 보며 늑대다운 미소를 짓곤 했다.

빙하기는 지나기 마련이라, 지금은 세상이 전부 얼어붙었지만 어느 날엔가 풀과 꽃이 다시 자랄 거라고 우린 예상한다. 그동안 나는 밀랍 판 세 개에 매일의 기록을 남기려 한다.

내가 죽으면 아누베스의 늑대 아기들이 문서를 이어 쓸 것이다. 이 행성이 고양이, 늑대 인간, 벌 그리고 염소로 가득해질 때까지. 여신의 숨결을 고의적으로 포기한 인류지만, 이를 통해 개선할 수 있기를 우리 모두 열렬히 바란다.

카르멜라의 별자리조견반에 따르면 지금 우리는 전에 라플란드가 있던 지역 근방에 있고 이 사실이 나를 미소 짓게 한다.

무리에 있던 암컷 늑대가 아누베스와 같은 날 출산해 하얗고 북슬북슬한 강아지 여섯 마리가 태어났다. 썰매를 끌 수 있도록 훈련을 시킬까 생각 중이다.

늙은 여자가 라플란드에 갈 수 없다면, 라플란드가 늙은 여자에게 와야 한다.

리어노라 캐링턴, 「거인 여자(알의 수호자)(The Giantess [The Guardian of the Egg])」, 1947년.

옮긴이의 글

새처럼 날지만 새는 아닌 나*

내가 처음 산 리어노라 캐링턴의 『귀나팔』은 미국의 이그잭트 체인지(Exact Change) 출판사에서 1996년 발행한 판본이다. 이 책의 표지에는 캐링턴의 그림이 있는데, 작은 보름달 같은 얼굴 주위를 금빛 밀밭이 머리칼처럼 감싸고 있는 어떤 여자를 묘사한다. 머리에 비해 지나치게 커다란 몸에는 흰색 망토가 둘러져 있고, 그 밑에서 빠져나온 작은 두 손은 점박이 무늬 새알을 하나 품고 있다.

이 작품의 제목은 '거인 여자(알의 수호자)(The Giantess [The Guardian of the Egg])'다. 캐링턴이 서른 살 되던 해, 또 캐링턴의 첫째 아이가 태어난 이듬해인 1947년에 그린 것이다. 그림을 받치는 나무 판의 높이는 120센티미터에 다소 못 미치고 그 폭은 높이의 반보다 조금 더 넓다. 그림은 달걀노른자에 안료를 이겨 만든 템페라로 나타낸 것이다. 템페라는 순식간에 마르고 마른 후에는 표면에 왁스 같은 질감을 이룬다고 한다. 캐링턴은 알이 생명의 출산, 부엌의 창조력, 연금술의 화학을 연결한다고 여겨 그림의 재료로, 또 희망과 신비를 상징하는 소재로 자주 사용했다.

* 이 책 204쪽 참조.

267

책의 판형은 정사각형에 가깝기 때문에 표지에는 그림의 일부만 실려 있다. 특히 많이 잘린 부분은 땅을 딛고 선 거인의 맨발과 그 주변을 묘사한 그림의 아래쪽으로, 미니어처처럼 보이는 인간 사회의 풍경이 낮은 구릉들 위에 펼쳐져 있다. 괭이와 낫을 들고 어디론가 우르르 몰려가는 사람들, 거인의 발 사이에 피신한 사람들, 유령 같은 형상을 쫓는 사냥개들. 하지만 거인은 낮은 세계에서 벌어지는 소란스러운 사투는 아무래도 좋다는 듯, 지루한 대화가 오가는 와중에 고집스럽게 딴생각을 하는 어린이 같은 표정을 하고 있다.

이 시기 캐링턴의 그림에는 한 물체를 나타낼 때 명암의 스펙트럼을 고루 표현하는 대신 빛을 받은 밝은 면만을 가늘고 짧은 흰색 선으로 강조하듯 묘사하는 기법이 종종 나타난다. 그럴 때 물체는 마치 반투명한 배경 뒤에서 몰래 빛나는 것처럼, 또는 배경 속으로 반쯤 스며든 것처럼 보인다. 「거인 여자」에서는 거인이 망토 아래 입은 옷의 문양이 이와 같이 표현되어 있다. 빨간색 옷을 가르는 직사각 격자마다 새 머리를 한 사람들이 등장하는 기묘한 하얀 도상이 하나씩 그려져 있는데, 마치 식탁에 펼쳐 놓은 한 벌의 타로 카드처럼 보인다. 외투 아래 간수하고 있는 이 상징의 세계가 무한한 마법 공간이라는 걸 증명하듯, 그로부터 여러 마리의 커다란 기러기들이 날아나와 여자를 호위하듯 감싼다.

이 거인이 자애로운 대지의 여신이라고 분석하는 사

람들도 있지만, 그 무심함과 초연함 때문에 내 눈에는 좀 사악한 데가 있어 보인다. 거인은 인간적 윤리를 초월한 관점에서 세상을 본다. 그녀가 수호하는 생명의 알은 인간이 부지하려는 목숨과는 다를 것이고, 그 안에는 인간 없이도—적어도 너나 나 없이도—성사되는 미래가 발육하고 있을 것이다. 아마 알에 잉태된 생명체는 거인 옷의 문양에 등장하는, 반은 새이고 반은 인간인 새 인간이 아닐지? 생식력을 잃은 양로원 할머니들만 살아남은『귀나팔』의 세계에서 미래의 후손으로 지목된 것이 아누베스의 늑대 아기들인 것처럼 말이다.『귀나팔』에는 수많은 서사가 겹쳐져 있지만, 그중 가장 장대한 것은 지구가 90도 기울어지면서 "여신의 숨결을 고의적으로 포기한 인류"(이 책 264쪽)와 문명이 몰락하고 세계를 마법의 원리로 재편할 기회가 찾아온다는 이야기다. 그런 면에서 이 그림은 책의 표지를 차지할 자격이 있다.

그러나 만약 내게『귀나팔』의 표지 그림을 고를 기회가 주어진다면 아마 캐링턴이 1949년에 그린 또 다른 템페라 작업 「새 핑퐁(Bird Pong)」을 택할 것이다. 이 그림에도 천장과 벽과 바닥이 모두 붉은색으로 칠해진 방에 있는 하얀 새 인간이 등장한다. 그러니까 어쩌면 이 그림은 거인 여자의 '안쪽'에서, 아니면 우리가 아는 세계가 멸망하고 거인 여자가 품은 알이 부화한 이후부터 벌어지는 일을 표현할 것일 수도 있겠다.

인간의 몸에 새 날개를 달고 있는 이 생명체는 온몸

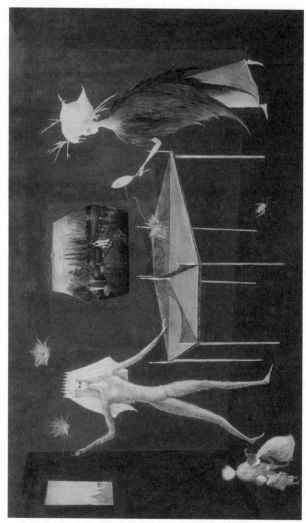

리어노라 캐링턴, 「새 핑퐁(Bird Pong)」, 1949년.

에 털이 빽빽하게 나 있는 베일 쓴 여자와 함께 탁구를 친다. 화면 중앙에 놓인 탁구대는 육각형이고 네트 여섯 개가 탁구대 중앙에서 각 모서리까지 별처럼 뻗어 있다. 이 게임에서 탁구공 역할을 하는 것은 무지갯빛 벌새다. 공중에 여러 마리가 날아다니는 가운데, 탁구대 아래에는 이미 한껏 두드려 맞은 듯 한 마리가 깃털을 떨군 채 죽어 있다. 하지만 두 괴물은 반쯤은 동족이라고 우겨 볼 만한 이 가련한 생명의 죽음에는 아랑곳하지 않은 채, 경기 규정도 승패 판정도 제멋대로일 것이 분명해 보이는 엉뚱한 스포츠에 몰두해 있다.

　　탁구대 너머 붉은 벽에는 작은 창이 중앙에 나 있다. 창틀의 양옆과 상단이 커튼처럼 주름이 잡혀 있는 것을 보면, 어쩌면 벽에 난 창이 아니라 인형극에 쓰이는 것 같은 아주 작은 무대일지도 모른다. 창밖으로는 고풍스러운 초록색 정원이 펼쳐져 있고 한 쌍의 연인이 그 안을 거닌다. 대리석상처럼 키가 크고 하얀 이 둘은 서로와 얼굴을 맞대고 내밀한 대화를 나누고 있지만, 아득한 데에 있어서 우리는 그들의 표정을 읽을 수 없다. 이 장면에는 아무튼 애틋한 내막이 분명히 있을 것만 같다. 화폭의 한쪽 구석에는 얼굴이 지워진 유령 같은 어린아이 세 명이 옹기종기 모여 가엽게도 서로를 살핀다. 전면에서 펼쳐지는 기상천외한 액션과는 어울리지 않는 서정적인 장면들이고, 속내를 파악할 수 없는 반인반수들의 눈과는 달리 상투적인 인간 정서를 요령 없이 드러낸다.

「새 평풍」이 『귀나팔』의 표지 그림으로 적합하다고 여긴 것은 이렇게 상반된 두 면모가 서로를 뒷받침하는 세계를 그리고 있기 때문이다. 『귀나팔』은 주술과 기생명체가 등장하는 동화이자 음모와 암살과 반전이 줄을 잇는 스릴러물이고, 기성 관습에 대항하는 소수자 투쟁의 서사, 새롭게 태어나는 입문 의식의 서사, 성배의 신화와 연금술을 응용하는 신비주의 서사가 그에 접목되어 있다. 나아가 연령주의와 엄숙주의를 비판하고, 생태여성주의와 젠더 유동성을 체화하는 동시에 더 급진적으로 몰고 가는 작품이다. 눈길을 뺏는 요소가 이렇게나 많기 때문에 묻혀 버리곤 하지만, 이 소설에는 늙은 여자들의 회상과 꿈을 중심으로 구성되는 서사가 암류처럼 흐른다.

꼼짝없이 양로원에 보내지리라는 사실에 좌절한 메리언 레더비는 아들네 집 뒷마당에 우두커니 앉아 몽상에 빠져든다. 족히 70년은 지났을 젊은 시절의 기억이 안데르센의 동화와 뒤얽히며 꿈으로 변신한 듯한 이 대목에서, 메리언은 "기적에, 마녀에, 동화에, 자기, 철 좀 들어요!"(37쪽)라고 핀잔주는 남자 연인의 말에 아래와 같이 응수한다.

당신은 마법을 믿지 않을 수도 있지만 지금 정말 이상한 일이 벌어지고 있어요. 당신 머리가 공기 중에 흩어졌고 당신 배 너머로 진달래나무가 보여요. 당신이 죽었다거나 하는 대단한 일이 벌어진 건 아니

272

고, 그저 당신이 점점 바래고 있고 난 당신의 이름마
저 기억나지 않아요. 당신이 입은 하얀 플란넬 바지
가 당신보다 더 선명하게 기억나는걸요. 그 하얀 플
란넬 바지에 대한 내 느낌은 모두 기억나지만, 그 플
란넬 바지를 걷게 한 누군가는 완전히 사라졌어요.

그렇다면 당신은 나를 분홍 리넨의 민소매 드
레스로 기억하고 내 얼굴은 수많은 다른 얼굴들과
뒤섞여 있겠죠, 나는 이름도 없고요. 그러니 개성에
대해 이렇게 유난 떨 필요가 있을까요? (37쪽)

이 장면은 정말 아름답고 슬프지만, 또한 아주 별나게 웃
기다. 거대한 공동 같은 상실감을 여러 번 되새기고, 간혹
잊고, 다시금 떠올리는 과정을 수도 없이 반복했을 때에
야 취득할 수 있는 화석 같은 유머라고 생각했다. 92세 메
리언 레더비는 유년의 기억이나 오래전의 사랑을 향한 그
리움 같은 속된 감정들에 진실하면서도, 자기 연민에 빠
지는 대신 심정을 툭툭 털고 일어나 망각 속으로 스스로
걸어 들어간다. 그리고 그 여정의 끝에서 자기 식인(食人)
의 의식을 거쳐 '마녀'로 다시 태어난 메리언은 여전히 늙
었고, 여전히 낭만적이다.

소설에 등장하는 모든 초현실주의적인 순간들은 이
렇게 볼품은 없어도 눈치 보지 않고 살아온 괴짜 노인들
의 생애들에 기대고 있다. 남장을 하고 금녀의 영역인 성
전기사단의 성에 침입해 잉태한 '악마의 아기'를 출산하

며 죽은 도냐 로살린다의 이야기는, 전직 스트리퍼 부인과 함께 여생을 보내기 위해 여장을 하고 여성 전용 양로원에 입소했다가 독을 먹고 죽은 아서/모드 윌킨스/솜머스의 이야기에 빚지고 있다. 카르멜라가 고양이를 빗길 때 빠진 털로 겨울 조끼를 짜 주고 로젠지를 나누어 먹는 괴짜 친구가 아니었다면, 이후 우라늄 광산을 발견하고 벼락부자가 된 그녀가 라일락색 리무진에서 아무리 호화로운 모피와 식자재를 꺼낸다 한들 그 행동이 지금처럼 우정과 연대의 활력을 갖지 못할 것이다. 또 메리언이 동화와 금성에 심취하고 라플란드에 환상을 갖는 철없는 할머니였기 때문에, 흰 눈으로 뒤덮인 문명의 폐허에 나타난 늑대 인간과 원자 추진력으로 작동하는 썰매가 세상의 구원을 담보할 수 있는 것이다.

리어노라 캐링턴은 서른세 살이 되던 1950년에 『귀나팔』의 원고를 마무리했고, 이후 아흔네 살이 될 때까지 살았다. 어쩌면 캐링턴은 이 소설을 쓰면서 더 이상 아름답지도 강하지도 않은 미래의 자신이 어떤 방식으로 살 것인지 구상해 봤을지도 모르겠다. 지축을 뒤틀어 지구를 빙하기에 몰아넣고 지구상 생물 대부분을 죽여도, 전 재산을 가방 하나에 쌀 수 있는 늙은 여자의 오랜 꿈 하나를 이루었다면 행복한 결말이라고 납득하는 괴팍한 논리를 펴면서 그녀가 했을 결심을 상상해 본다. 그리고 말년의 캐링턴에 대해 전해지는 여러 일화를 보건대, 그녀 역시 여전히 관습과 특권에 반항하며 스스로의 별종 같은 욕망

274

과 감정에 진실한 아흔 몇 살의 여자로 살았던 것 같다.

이 소설의 문장들을 번역하는 내내 대단한 기쁨을 누렸다. 그 기회를 주신 김뉘연 편집자에게 감사의 마음을 전한다.

이지원

리어노라 캐링턴 연보

1917년—4월 6일, 랭커셔주의 클레이턴 그린에서 직물 공장으로
　　　큰돈을 번 아버지 해럴드 와일드 캐링턴(Harold Wilde
　　　Wilde Carrington)과 아일랜드 출신의 어머니 모린
　　　무어헤드(Maureen Moorhead) 사이에서 출생.

1926년(?)—에식스주의 성분묘(聖墳墓) 수녀원 학교에 입학하지만
　　　얼마 지나지 않아 학교에서 '정신적 결함'을 이유로 되돌려
　　　보낸다. 이후 애스콧의 세인트 메리 수녀원에 입학하지만
　　　또다시 퇴학당한다.

1932년—피렌체의 기숙학교에서 1년가량 수학.

1933년—파리의 신부(新婦) 학교에 보내지지만 몇 달 지나지 않아
　　　퇴학당한다.

1935년—버킹엄궁전에서 열린 영국 왕실의 연례 사교계 데뷔
　　　무도회에서 선보여진다.

1936년—런던의 첼시 스쿨 오브 아트에 입학해 다니다가, 얼마
　　　지나지 않아 화가 아메데 오장팡(Amédée Ozenfant)이
　　　런던에 새로 문을 연 미술 아카데미로 옮겨 수학한다.

1937년—친구의 소개로 막스 에른스트(Max Ernst)를 만난 후
　　　연인이 된다. 얼마 후 프랑스 파리로 거처를 옮기고, 앙드레

브르통(André Breton)을 중심으로 한 파리 초현실주의자 모임에 참여하게 된다.

1938년 — 파리에서 열린 『초현실주의 국제전(Exposition Internationale du Surréalisme)』, 암스테르담에서 열린 『초현실주의전(Exposition du Surréalisme)』에 참여. 단편소설집 『공포의 집(The House of Fear)』을 프랑스어로 출간한다. 같은 해 여름, 에른스트와 프랑스 남부의 시골 마을 생마르탱다르데슈로 이사한다.

1939년 — 단편 「타원형 여자(The Oval Lady)」 집필. 프랑스가 독일에 전쟁을 선포하면서 독일 국적의 에른스트가 군 수용소에 억류되고, 캐링턴은 정신착란을 겪는다.

1940년 — 친구들의 도움으로 스페인 마드리드로 건너간다. 병세가 악화되자 가족들이 캐링턴을 스페인 북부의 산탄데르에 위치한 정신병원에 입원시킨다.

1941년 — 남아프리카공화국의 다른 정신병원으로 옮기자는 가족의 의사에 따라, 항구가 위치한 포르투갈 리스본으로 간다. 여기에서 캐링턴은 평소 친분이 있던 당시 멕시코 대사이자 시인인 레나토 르두크(Renato Leduc)에게 도움을 청해 혼인신고를 한 뒤 뉴욕으로 떠난다. 단편 「기다림(Waiting)」 발표.

1942년 — 에른스트와 브르통을 비롯해 루이스 부뉴엘(Luis Buñuel), 마르셀 뒤샹(Marcel Duchamps) 등 뉴욕으로 망명

온 여러 초현실주의자들과 교류하며 작품 활동을 이어 간다.

1943년 — 레나토 르두크와 멕시코시티로 이주한다. 뱅자맹
　　　　페레(Benjamin Péret), 레메디오스 바로(Remedios Varo),
　　　　옥타비오 파스(Octavio Paz), 디에고 리베라(Diego Rivera)
　　　　등 멕시코의 문화 예술계 인사들과 관계를 맺게 된다. 이 중
　　　　바로와는 신비주의에 대한 공통의 관심사를 나누며 오랜
　　　　기간 예술적 동료이자 친구로 지내게 된다.

1944년 — 르두크와 이혼. 산탄데르 정신병원에서의 경험을 회고한
　　　　「아래에서(Down Below)」를 잡지 『VVV』에 발표한다.

1946년 — 헝가리 출신 사진기자 에메리코 '치키' 바이스(Emerico
　　　　'Chiki' Weisz)와 결혼. 첫째 아들 가브리엘(Gabriel) 출산.

1948년 — 뉴욕의 피에르 마티스 갤러리(Pierre Matisse
　　　　Gallery)에서 여성으로서 처음으로 개인전을 연다. 둘째 아들
　　　　파블로(Pablo) 출산.

1950년 — 『귀나팔』 원고 완성. 멕시코시티에서의 첫 개인전을
　　　　열고서 지역 미술계의 큰 관심을 받고, 당시 멕시코의 가장
　　　　명망 있는 화랑 갈레리아 데 아르테 멕시카노(Galería de
　　　　Arte Mexicano)의 이네스 아모르(Inés Amor)와 연을 맺는다.

1951년 — 『플란넬 잠옷(My Flannel Knickers)』의 프랑스어 번역본
　　　　출간.

1952년 ─ 두 아들과 함께 유럽을 다녀온다.

1956년 ─ 갈레리아 데 아르테 멕시카노에서 개인전 개최.

1957년 ─「중간의 남자(The Neutral Man)」발표.

1960년 ─ 멕시코시티의 국립현대미술관(Museo Nacional de Arte
　　　　Modern)에서 개인전 개최. 집필, 의상, 무대미술을 맡은
　　　　연극「페넬로페(Pénélope)」를 무대에 올린다.

1963년 ─ 새로 건립된 멕시코시티 국립인류학박물관의 대형
　　　　벽화를 의뢰받아「마야족의 마법 같은 세계(El Mundo
　　　　Mágico de los Mayas)」를 제작한다.

1968년 ─ 멕시코시티의 하계올림픽대회 개최에 반대하는 시위에
　　　　관여하다 신변의 위협을 느껴 미국 뉴올리언스로 몸을
　　　　피한다. 이때 이후로 1980년대까지 미국에서 홀로 생활한다.

1972년 ─ 멕시코시티의 여성해방운동에 참여하면서 포스터「의식
　　　　있는 여성들(Mujeres conciencia)」을 디자인한다.

1974년 ─『귀나팔』의 프랑스어 번역본 출간.

1976년 ─『귀나팔』이 영어로 출간됨.

1986년 ─ 미국 여성예술코커스(Women's Caucus for Art)의
　　　　평생공로상(Lifetime Achievement Award) 수상.

1991년 — 런던 서펜타인 갤러리(Serpentine Gallery)에서 개인전
    개최.

1994년 — 멕시코 몬테레이 현대미술관(Museo de Arte
    Contemporáneo de Monterrey)에서 회고전 개최.

2005년 — 멕시코 국가과학예술상(Premio Nacional de Ciencias y
    Artes) 수상.

2011년 — 5월 25일, 멕시코시티에서 94세의 나이로 사망.

워크룸 문학 총서 '제안들'

일군의 작가들이 주머니 속에서 빚은 상상의 책들은 하양
책일 수도, 검정 책일 수도 있습니다. 이 둘들이 우리 시대의
취향인지는 확신하기 어렵습니다.

제안들 33

리어노라 캐링턴
귀나팔

이지원 옮김

초판 1쇄 발행. 2022년 5월 31일

발행. 워크룸 프레스
편집. 김뉘연
제작. 세걸음

ISBN 979-11-89356-72-9 04800
978-89-94207-33-9 (세트)
17,000원

워크룸 프레스
03035 서울시 종로구
자하문로19길 25, 3층
전화. 02-6013-3246
팩스. 02-725-3248
메일. wpress@wkrm.kr
workroompress.kr
workroom.kr

옮긴이. 이지원 — 서울대학교에서 미학과 불어불문학을 공부하고,
데카당문학으로 동 대학원에서 석사 학위를 받았다. 큐레이터와 미술 프로듀서로
일한다. 알프레드 자리의 『파타피지크학자 포스트롤 박사의 행적과 사상:
신과학소설』을 한국어로 옮겼다.